BRUDER BENEDIKT
UND DIE SCHÖNE LEICH

Christoph Frühwirth

BRUDER BENEDIKT UND DIE SCHÖNE LEICH

Ein Strizzi-Krimi

1. Auflage 2023

Medieninhaber, Verleger und Herausgeber:
Red Bull Media House GmbH
Oberst-Lepperdinger-Straße 11–15
5071 Wals bei Salzburg, Österreich

Satz: MEDIA DESIGN: RIZNER.AT
Gesetzt aus der Palatino, Courier, Bauer Bodoni
Umschlaggestaltung: www.b3k-design.de, Andrea Schneider, diceindustries
Umschlagmotive: © Gerhard Wild / picturedesk.com; © Andre Bonn / shutterstock.com
Printed by CPI books GmbH, Germany
ISBN: 978-3-7104-0302-6

PROLOG

Schöne Leich, gerichtsmedizinisch

Frau Inspektor Zimmermann stellte in der Teeküche des Kriminalbüros Wasser zum Kochen auf. Sie freute sich nach einer unruhigen Nacht auf dem schmalen Feldbett auf ein Ei im Glas. Endlich war das ihr verhasste Wiegenfest vorbei. Von ihr aus konnte das neue Jahr bereits heute, am Christtag, beginnen. Sie holte drei Eier aus dem Kühlschrank, als ihr Diensthandy läutete. Vor lauter Schreck fielen ihr beinahe die Eier aus der Hand. Sie klemmte sich das Handy zwischen Schulter und Wange.

»Zimmermann, Büro Eisenstadt«, schnarrte sie.

»Fräulein Zimmermann! Vor meiner Kirchentür liegt ein eidottergelber Pepi …«

Die sich überschlagende Stimme ließ sie zusammenzucken. Bruder Benedikt. Ihr persönlicher Gottseibeiuns. Er klang verwirrt: »… und ein zerbrochener Eierschädel.«

Frau Inspektor Zimmermann traute ihren Ohren nicht: Konnte der Mönch hellsehen? Sie starrte auf die drei Eier in ihrer Hand: Was faselte er da von Eidotter und zerbrochenen Eierschalen? Rhetorisch setzte sie in dienstlichem Tonfall zu ihrer Frage an: »Mit wem spreche ich!?«

»Benedikt.«

»Kenne ich nicht. Familienname?«

Stottern am anderen Ende der Leitung: »Bruder Benedikt.«

Sie musste schmunzeln und wechselte in einer Sekunde der Unachtsamkeit das Handy in die andere Hand – platsch machte es. Die Eier fielen zu Boden.

»Scheiße!«, entfuhr es ihr.

»Das können Sie laut sagen …«

»Vorname! Nachname!«, bellte sie wütend ins Handy.

»Benediktus … Benediktus … Fräulein Zimmermann, Bruder Benedikt am Apparat!«

»Mein Frühstücksei klebt am Boden!«

»Genauso sieht er aus, der Tote: der Eierschädel eingeschlagen, die eidottergelbe Perücke daneben.«

»Was faseln Sie da, sind Sie betrunken?«

»Höchstens schlaftrunken. Vor meiner Kirche liegt einer, dem sie den Schädel eingeschlagen haben. Ich fürchte, ein alter Bekannter aus früheren Tagen.«

Frau Inspektor Zimmermann hatte nach einem Hörsturz unangenehmes Ohrensausen, das ihr Gehirn bei Aufregung wie ein Presslufthammer malträtierte. Sie gab sich kurz dem stechenden Schmerz hin, ehe sie sich sammelte und zusammenfasste:

»Vor Ihrer Kirche liegt ein Toter.«

»Dem ersten Augenschein nach zu schließen: Ja.«

»Rühren Sie ihn nicht an!«

»Ich stehe in der Unterhose da.«

»Keine Details!«

»Ich stehe in meiner Kanzlei: zwischen dem Toten und mir liegt die Kirchenstraße.«

Frau Inspektor Zimmermann gönnte sich eine kurze Nachdenkpause, schließlich gab sie die Order aus: »Rühren Sie sich nicht vom Fleck!« Dann drückte sie Bruder Benedikt weg und holte sich einen Schwamm. Sie hasste Unordnung.

KAPITEL 1

Bluatiger Thomerl

Die Gretl-Tant' war eine stämmige Frau. Eine, die ihren Mann stand. Sie kannte es nicht anders. War sie doch vom Schicksal verschont geblieben und ging unbemannt durchs Leben. An ihrer Seite nur der jeweilige Pfarrer der Gemeinde. Zeit ihres Berufslebens war die Gretl-Tant' Köchin im Kindergarten der Gemeinde. Eines Tages hatte sie der erste von mittlerweile sieben Pfarrern angesprochen: ob sie für ihn kochen wolle.

Die Gretl-Tant' war eine gottesfürchtige Frau. Und sie liebte Kochen über alles. So hatte sich eins zum anderen gefügt. Und als sie in Pension ging, kochte die Gretl-Tant' nur mehr im Pfarrhaus für Gottes Lohn und ihre eigene Logis.

Je älter die Gretl-Tant' wurde, umso jünger wurden die Pfarrer, die sie in Kost hielt. Der nunmehr siebte hatte erst vor Kurzem seinen Sechziger gefeiert. Er war der erste Mönch unter den weltlichen Priestern. Sein Ordensname: Bruder Benedikt.

Es war noch kein Jahr vergangen, seit er in der Gemeinde wirkte. Und doch hatte ihn die ein Vierteljahrhundert ältere Gretl-Tant' vom ersten Kennenlernen an ins Herz geschlossen.

Ein Mann und eine Frau, denen kein Beischlaf im Wege stand. Eine Frau und ein Mann, die Genuss ohne Reue verband. Mit Bruder Benedikt hatte die Gretl-Tant' im hohen Alter endlich den Sohn bekommen, den sie sich immer gewünscht hatte.

Er hingegen fand in ihr eine mütterliche Freundin.

»Gehen S' raus zum Holzstoß«, sagte die Gretl-Tant' zu ihm, »dort klauben S' mir eine Handvoll Scheit.« Voll beladen mit Holzscheiten kam Bruder Benedikt zurück. Der untersetzte, dickbäuchige Mann schnaufte schwer. »Heben S' Ihnen keinen Bruch«, sagte die Gretl-Tant'. Mit Kennergriff zog sie ein krummes Scheit aus dem Stapel: »Wenn Sie am Heiratsmarkt wären, täten S' jetzt eine krumme Holde abkriegen.«

Bruder Benedikt seufzte: »Nehmen S' mir lieber die Last ab.«

»Seien S' froh, dass Sie nicht verheiratet sind.«

»Wie kommen Sie darauf?«

»Was glauben S', welche Last Sie da erst zu tragen hätten.«

»Sprechen Sie aus Erfahrung?«

»Ich weiß, was ich weiß«, sagte die Gretl-Tant'.

»Warum so schnippisch?«, fragte Bruder Benedikt, »Eifern Sie gar?«

»Ich und eifern! Froh bin ich, dass dieser Kelch an mir vorübergegangen ist.«

»Ich bin gern verheiratet«, sagte Bruder Benedikt und rieb den Ring an seinem Finger.

»Das gilt ja net«, sagte die Gretl-Tant', »das ist ja eine Josefsehe.«

»Dann gehen wir's an«, sagte Bruder Benedikt.

Die Gretl-Tant' lachte: »Sie mit Ihre zwei linken Händ'?«

»Sehen S' einen anderen Handlanger?«

Die Wintersonnenwende fiel mit dem Thomastag zusammen. Drei Tage vor Weihnachten wurde geschlachtet, gewurstet, geselcht. Es war ein Hochfest des Fleischlichen. Zumindest im Burgenland. Früher war an jedem Hof eine Sau geschlachtet worden. Unter Mithilfe der Nachbarn wurde das Fleisch vor Ort verarbeitet. Da ging es hoch her. Die Kinder durften die Blutsuppe für die gleichnamigen Würste anrühren. Die Erwachsenen schwitzten die Leber im Schmalz an. Das ganze Dorf schlug sich die Bäuche voll. Der selbst gebrannte Schnaps sorgte für ausgelassene Stimmung. Abends dann, wenn die Kinder zu Bett gegangen waren, räucherten die Alten die Stallungen. Die Jungen schauten in die Zukunft. Sie griffen sich ein Holzscheit und nahmen Maß an der Liebe. War es dick, so bekamen sie gut genährte Geliebte, war es dünn, waren auch die Geliebten von magerer Figur. War das Scheit schließlich krumm … nun, dann waren auch die Geliebten von krummer Gestalt.

Der Sautanz, an dem die winterliche Vorratskammer gefüllt worden war, war längst zur Brauchtumsveranstaltung verkommen. Geblieben waren allerdings das Selchen und Räuchern. Im hinteren Bereich des Pfarrhofes stand ein Holzkasten mit Eisenverschlägen. Er sah aus wie ein Kleiderschrank. Öffnete man jedoch die beiden Türen, offenbarte sich einem das rußige Innere einer Räucherkuchl. Es war, als blickte man in die schwarzen Abgründe der menschlichen Seele.

Zur Wintersonnenwende produzierte die Gretl-Tant' die traditionellen Bratwürste für den Heiligen Abend. Bruder Benedikt durfte sich sein eigenes Paar Würste machen. In der Küche, die sich im ehemaligen Weinkeller des Pfarrhofes befand, war bereits alles für das Wursten vorbereitet. Die Fleischstücke von Schweineschulter und Bauch lagerten in der Kühltruhe. Einige Blechschüsseln standen am Arbeitstisch. Daneben, in großen Plastikdosen, die verschiedenen Gewürze. Die Gretl-Tant' vermengte das Fleisch mit den Gewürzen. Sie knetete das Gemenge kräftig mit beiden Händen. Bruder Benedikt bot seine Hilfe an, was forsch abgelehnt wurde: »Da müssen S' zupacken, sonst wird die Wurst bröselig.«

»Zweifeln Sie an meinen Fähigkeiten?«

»Zweifeln … ich kenn Sie.«

»Und wie Sie zweifeln, liebe Gretl.«

»Das ist nicht persönlich gegen Sie, aber Sie sind halt doch mehr ein Theoretiker.«

»Ihr Wort in Gottes Ohr.«

»So!« Die Gretl-Tant' wischte sich die Hände an der Küchenschürze ab. Sie deutete auf den Fleischwolf, ein Ungetüm aus Metall, der unter dem Arbeitstisch stand: »Zeigen S', ob Sie Schmalz haben!«

Bruder Benedikt hievte das Gerät neben die Schüsseln. Dabei fluchte er innerlich. Inzwischen hatte die Gretl-Tant' die Därme zurechtgelegt. Sie schraubte den Füllstutzen auf den Fleischwolf. Dann gab sie den ersten Teil Fleisch in den Aufsatz. Das Gerät hatte bereits bessere Zeiten erlebt. Es war beinahe so alt wie seine Besitzerin. Sie hatte es als junge Frau geschenkt bekommen. Zu einer Zeit also, als sie auf eine baldige Hochzeit vorbereitet und demgemäß in die Geheimnisse der Hausfrauenküche eingeweiht worden war. Eine Handkurbel erinnerte sie schmerzlich an diese Zeit.

»Sie können drehen oder füllen«, sagte sie und drängte Bruder Benedikt in Richtung der Kurbel.

»Wursten möcht ich.«

»Haben Sie schon einmal einen Darm in der Hand gehabt?«

»Nichts Weltliches ist mir fremd.«

Sie schlug die Augen auf, als sie das listige Blinzeln ihres Gegenübers bemerkte. Dann stellte sie sich an die Kurbel und ließ die Masse langsam durchlaufen. Bruder Benedikt verhielt sich nicht ganz so geschickt. Er nestelte mit dem hauchdünnen Häutchen am Auslaufstutzen herum, bis er es schließlich über das Rohr gezogen hatte.

»Straff halten«, kam die Order.

Mit einem Flutsch landete die Masse im Darm. Erschrocken ließ Bruder Benedikt vom Füllstutzen ab. Der Darm riss, und die rötliche Masse platschte auf die Arbeitsfläche.

»Alles andere hätt mich gewundert«, kommentierte die Gretl-Tant' trocken das Ungeschick. »Sie kurbeln, ich fülle!«

Widerspruchslos wechselte Bruder Benedikt die Position. Was Männer alles über sich ergehen lassen mussten, dachte er bei sich. Und er meinte damit nicht das Wursten. Gott sei Dank blieb ihm diese irdische Schmach erspart, und er konnte sich ganz dem überirdischen Vergnügen widmen. Mit einer geschickten Handbewegung verknotete die Gretl-Tant' die Würste. Eine nach der anderen landete auf der Arbeitsfläche. »Beim Drehen müssen sie immer in die entgegengesetzte Richtung arbeiten. Einmal nach vorn, einmal nach hinten.«

»Verstehe.«

Die Gretl-Tant' fixierte ihn mit prüfendem Blick: »Sie sind mir ein ganz ein, wie sagt man bei Ihnen in Wien …?«

»Ein Odrahter? Danke für das Kompliment.«

»Kompliment?«

»Wer ›odraht‹ ist, ist gerissen.«

»Haben S' das bei Ihren Strizzis g'lernt?«

»Eine Grundschläue schadet nicht, sind Gottes Wege doch unergründlich.«

Die Gretl-Tant' antwortete darauf nicht. Sie kannte die krummen, schätzte jedoch die geraden Wege. Geradeheraus, das war es, was in einem Dorf wie dem ihren noch immer zum Ziel geführt hatte. Zack, zack, zack. Routiniert schnitt sie die Würste an den Enden durch. »Jetzt kommen S' in die Selch'!«

Sie standen wieder im Freien. Ein kalter Wind blies über den Hof. Die Gretl-Tant' öffnete die beiden Türen des Kastens. Rauch schlug ihnen entgegen. Der heiße Rauch und der kalte Wind hüllten den Hof in Nebelschwaden. Die Würste hingen auf Eisenstangen. Die Gretl-Tant' arretierte die Stangen und schloss rasch wieder den Räucherkasten. »Zwei Tag lassen wir sie jetzt drin. Dann sind s' an Heiligabend gerade recht.«

»Da hängen Sie jetzt im Fegefeuer, die armen Würstchen«, murmelte Bruder Benedikt.

»Sie immer mit Ihren biblischen Vergleichen.«

»Was glauben S', wie ich meinen Strizzis ins Gewissen geredet hab?«

»Haben S' Ihnen die ewige Selch angedroht?«

»Nein, ich hab in Bildern zu ihnen gesprochen.«

»Und wurden Sie erhört?«

»Wir haben uns blind verstanden.«

Es dunkelte bereits. Der späte Nachmittag ging in den frühen Abend über. Bei einer Speckjause und Jagatee saßen sie in der gemütlichen Pfarrstube. Der Schwedenofen knisterte vor sich hin. Bruder Benedikt fühlte sich wohl. In Wien, im Kloster seines Stammordens, hätte er nun im großen Refektorium Platz genommen und schweigend mit seinen Mitbrüdern zu Abend gegessen. Er war Barmherziger Bruder. Das Stammkloster hatte seinen Sitz in Wien-Leopoldstadt. Im 2. Wiener Gemeindebezirk. Mit Einbruch der Nacht wandelte sich dieser zum Rotlichtbezirk. Wenn die sogenannte schwoazze Luft, die Dunkelheit, über das Grätzel kam, dann begann einst das Tagwerk der Strizzis. So nannte man die kleinen Zuhälter, die Gelegenheitsdiebe, die Eintänzer einsamer Damen. Arme Seelen allesamt, die ab und an im Gefängnis der Leopoldstadt gelandet waren und sich dem Gefängnisseelsorger anvertraut hatten: Bruder Benedikt. Ihm hatte der Orden diese anspruchsvolle Aufgabe zugeteilt, weil ihm die menschlichen Abgründe schon immer näher waren als die gleichförmige Ebene der Tugendhaftigkeit. Doch die Spezies Strizzi war längt ausgestorben. Brutale Kriminalität hatte sich in der Leopoldstadt breitgemacht. Und Bruder Benedikt war nicht unglücklich gewesen, als er von seinem Orden ins benachbarte Burgenland geschickt worden war. Zuerst als Seelsorger nach Eisenstadt in das von einer Filialstelle des Klosters betriebene Krankenhaus und bald darauf als Pfarradministrator in das idyllische Städtchen Purbach. Die örtliche Pfarrstelle war vakant geworden. Die Suche nach einem geeigneten Hirten gestaltete sich schwierig. Inländische Geistliche zu finden war wie die Suche nach der Nadel im Heuhaufen. Ausländische Geistliche, so hatte der Pfarrgemeinderat beim Bischof deponiert, aber seien nicht erwünscht. Es war die Gretl-Tant' gewesen, deren Wunsch hier Befehl war. Dem Argument, sie würde auf ihre alten Tage nicht anfangen, afrikanisch oder »sonst wie exotisch« zu kochen, wollte niemand etwas entgegensetzen. Und den Pfarrer verhungern zu lassen, das wäre den Einwohnern gar gotteslästerlich vorgekommen. Bis zur Bestellung eines neuen Pfarrers war also Bruder Benedikt mit der Leitung der Kirchengemeinde beauftragt.

»Das Brot hab ich selber 'backen, der Speck ist aus dem Räucherofen, das Gemüse aus dem eigenen Garten, und der Schnaps ist ein Hausbrand.« Die Holzplatte vor Bruder Benedikt war ein Augenschmaus. Aus Buchenholz gearbeitet und mit dem Lötkolben verziert, bot sie Platz für feinste Speckröllchen in den Geschmacksrichtungen Chili, Knoblauch und Kräuter. Der Selbstgebrannte zog beim Teeschlürfen scharf in die Nase ein. Die Brotkruste knackte beim Reinbeißen resch. In Wien wäre es mit einem dünnen Fastensüppchen getan gewesen. Die Ordensbrüder hielten sich ausnahmslos an die Regel, nach der der Advent eine strenge Fastenzeit ist. Erst zu Mitternacht des Heiligen Abends, zum Hochfest von Christi Geburt, ging diese karge Zeit über in jene der Völlerei. Doch in seiner Pfarrei war ein Mönch entbunden von den Regeln seines Ordens. Er konnte sie, wie es so schön hieß, nach Treu und Glauben ausrichten.

»Sie führen den Pfarrhof noch wirklich wie einen Hof«, stellte Bruder Benedikt anerkennend fest.

Er hielt es im Sinne eines gedeihlichen Miteinanders mit bodenständiger Auslegung der Ordensregeln: Solange er in Purbach amtierte, hatte sich die klösterliche der weltlichen Praxis unterzuordnen. Während Bruder Benedikt sich den Bauch vollschlug, lästerte die Gretl-Tant' das Maul: »Eigentlich sind wir ja kein Gasthof.«

»Wie meinen S' das?«

»Na, wegen Ihrem Gast.«

Dem Pfarrhof gegenüber, im Windschatten der Kirche, stand das ehemalige Mesnerhaus. Es beherbergte unter dem Dach eine Schlafkammer mit Kitchenette und Nassraum. Meist stand das Mesnerhaus leer, doch seit Anfang Dezember wohnte hier ein Schönling aus Wien. Binnen kürzester Zeit hatte er sich im Ort eingelebt. Er sprühte über vor Lebensfreude und hatte immer ein Augenzwinkern für die Damenwelt bereit. Bereits nach den wenigen Wochen seiner Anwesenheit war der Schöne Jean, wie er ob seiner eidottergelben Perücke genannt wurde, den Purbacher Männern ein Dorn im Auge.

»Ich hab das Gelübde der Gastfreundschaft abgelegt.«

»Des können S' so oder so auslegen.«

»Ich leg's mir lieber für mich zurecht«, sagte Bruder Benedikt ausweichend.

»Aber müssen S' grad einem Strizzi die Decken richten?«

»Die Strizzis kommen eher in den Himmel als die Pharisäer.«

»So einen Schmarrn können S' in Wien predigen. Der da drüben …«, sie räusperte sich, »Ihr Gast, der fällt unangenehm auf.«

»Meinen S' wegen seinem Pepi?«

»Geh, eitel sind alle Mannsbilder.« Sie legte ihr Besteck zur Seite und verschränkte die Arme: »Bearad ist er. Des alte Mesnerhaus ist kein Sündenpfuhl.«

»Gretl! Falsche Verdächtigungen sind eine Sünd'.« Nun legte auch Bruder Benedikt sein Besteck zur Seite. Mit Nachdruck holte er aus: »Ich kenn unseren Gast schon mein halbes Leben lang. Ich weiß, er war kein Guter. Im Gegenteil. Aber was ich spür, ganz tief drin in mir: Der

Johann ist geläutert. Jeder Mensch hat das Recht auf eine zweite Chance. Wer bin ich, ihm diese vorzuenthalten?«
»Ihr Wort in Gottes Ohr.«

Einst wurde die Dunkelheit mit Zweifel gleichgesetzt. Der Apostel Thomas war ein solcher Zweifler. Er glaubte erst an Jesu Tod, als er seinen Finger in dessen blutige Wunde legte. Was lag also näher, als den kürzesten Tag mit der längsten Nacht diesem Apostel zu widmen. Gleichzeitig war diese Nacht eine der Umkehr: »Thuma kehrt den Tag uma«, sagte der Volksmund. Man begrub das Gestern und feierte, als ob es kein Morgen gäbe. In den Küchen des kleinen Städtchens brannte überall Licht. Rund um die Tische waren die Familien versammelt, Nachbarn, Freunde und Verwandte. Man hockte zusammen und schaute in die Zukunft: »Glück hinein, Unglück hinaus«. War die Mitternachtsmette ein Hochfest der Kirche, so war der Bluatige Thomerl drei Tage zuvor ein Fest des Genusses. Sein Leben lang hatte der Schöne Jean von der Fleischeslust seiner Mitmenschen gelebt. Die Wiener Leopoldstadt war so etwas wie eine zwischenmenschliche Fleischhauerei. Hier wurde nacktes Fleisch als Lebensmittel feilgeboten. Frauen waren eine Ware. Und die Männer teilten sich diese Ware. Die einen, indem sie dafür kassierten. Die anderen, indem sie dafür bezahlten. Die Prostitution war ein menschenverachtendes Geschäft. Gleichzeitig stellte sie den Menschen in den Mittelpunkt ihres Handelns. Menschen wie den Schönen Jean. Von Kind an war sein Weg vorgezeichnet: Gelegenheitsdiebstähle, Raufhändel. Als Heranwachsender erster Kontakt zum Straßenstrich. Nach abgebrochener Lehre Gesellenprüfung bei einer Rotlichtgröße, für den er als

Leibwächter arbeitete, als »Bugl«. Seine Gesellenprüfung war ein Bauchstich, der seinem Herrn das Leben rettete und ihm einige Jahre Schmalz einbrachte, wie es im Häftlings-Jargon so schön blumig hieß. Im Gefängnis lernte er einen jungen Ordensmann kennen. Die beiden Gleichaltrigen mit den so unterschiedlichen Lebensläufen verstanden sich von Anfang an. Der eine, Bruder Benedikt, weil er zuhörte, ohne zu werten. Der andere, der Schöne Jean, weil er dem Mönch ehrlichen Respekt zollte. Der Häfen war wie ein Kloster organisiert: eine verschwiegene Männergemeinschaft im gemeinsamen Interesse zu überleben. Gottesfurcht war eines dieser Überlebensmittel. Das Überirdische galt als Symbol gegen das irdische Böse, das an jeder Ecke, in jeder Zelle lauern konnte. Gott war eine ordnende Größe. Der Ordensbruder als Stellvertreter Gottes war dem Häfenbruder ein willkommenes Gegenüber. Sonntag für Sonntag stand der Strizzi dem Priester bei der Messe zur Seite. Der Schöne Jean frömmelte nicht. Er ging regelrecht in seiner Aufgabe auf. Wie ein Stammkunde im Bordell, der eifrig Bibelstunden besuchte, verstand er sich als Wanderer zwischen den Welten. Hatte nicht bereits Jesus die Hure Maria Magdalena zu seiner Vertrauten gemacht? Der Schöne Jean las die Bibel zum Vergnügen. Und Vergnügen bereitete ihm auch der Gottesdienst. Diesen besuchten vor allem weibliche Insassen. Er kam sich jedes Mal wie der Hahn im Korb vor, wenn er in seinem rot-weißen Ministrantengewand vor die im Einheitsgrau gekleidete Weiblichkeit trat. Im Gefängnis war sein Zugang zu Frauen ein ganz anderer als im wahren Leben. Ein naiver, von kindlichem Eifer getragener. Er himmelte die Unerreichbaren als leibhaftige Mütter Gottes an und schwärmte von ihrer, den

Umständen geschuldeten, Jungfräulichkeit. Der Schöne Jean entwickelte in dieser Zeit mit seinem Beichtvater einen Lebensplan für einen Weg der Tugend. Den er verwarf, als ihn bei seiner Haftentlassung eine schwarze Nobellimousine erwartete. Die Rotlichtgröße erwies sich in ihrer Dankbarkeit großherzig. Die ersten Tage und Nächte schienen dem Schönen Jean wie der Himmel auf Erden. Im Schoße der Hure Babylon vergaß er die frommen Wünsche, nicht jedoch seinen Beichtvater.

Die Zeit verging. Der Strizzi stieg selbst zur Rotlichtgröße auf. Der Gefängnisseelsorger wurde zum Fachmann für Seelenkunde. Beider Wirkungskreis blieb die Leopoldstadt. Zwangsläufig liefen sie sich regelmäßig über den Weg. Ebenso regelmäßig wies Bruder Benedikt den alten Bekannten auf seinen Lebensplan hin: »Du hast mir etwas versprochen!«

»Versprochen ist versprochen und wird auch nicht gebrochen«, schmunzelte der Schöne Jean jedes Mal. Sein kindliches Gemüt machte ihn allseits beliebt.

»Noch ist es Zeit«, war die lapidare Antwort des Mönches.

Zu Beginn des Advents schien diese Zeit gekommen zu sein. Bruder Benedikt und der Schöne Jean hatten sich aus den Augen verloren. Umso mehr freute sich der Mönch, als sein alter Bekannter seinen Besuch ankündigte. Die Gretl-Tant' schaute nicht schlecht, als der Bekannte aus Wien vor der Haustür stand. Man sah ihm den Strizzi von der Sohle bis zum Scheitel an. Die Stiefletten auf Glanz poliert. Die Jeans mit Bügelfalte. Das blütenweiße Hemd bis zur Brust aufgeknöpft. Das schwarze Sakko nach Maß. Doch am augenfälligsten war das Haupthaar.

Es war eidottergelb. Und künstlich. Kleider machen Lumpen, dachte die Gretl-Tant' bei sich. Als Bruder Benedikt von dem Schönling dann auch noch geduzt wurde, verstand die alte Frau die Welt nicht mehr. Nie im Leben wäre es ihr eingefallen, einem Mann Gottes solcherart vertraulich zu begegnen. Sie schob Arbeit vor und löste sich in Luft auf. Die beiden Männer machten es sich im Pfarrbüro gemütlich. Nach anfänglichem Geplänkel kam der Schöne Jean auf den Grund seines Besuches zu sprechen: »Für mich ist die Zeit gekommen.« Er nahm den Pepi ab und präsentierte seine hohe Stirn: »Die Glatze hab ich dem Krebs zu verdanken.«

»Das tut mir leid.«

»Mir net. Ich hab den Herrgott ein Lebtag lang auf die Probe g'stellt. Jetzt stellt er mich auf die Probe.«

»Du meinst, es ist Zeit für deinen Lebensplan?«

»Wann, wenn net jetzt.«

»Bist du etwa zum Beichten 'kommen?«

»In gewisser Weise. Ich möcht mit dem bissl Leben, des noch in mir ist, ins Reine kommen. Ich hab in Wien alles verkauft. Ich brauch a Luftveränderung.«

»Versteh ich dich richtig: Du willst wegziehen aus Wien?«

»Die Schwoazze Luft is' schon lang nimma frisch.«

»Und jetzt meinst, frische Landluft tät dir gut.«

»Die Purbacher Landluft tät mir gut.«

»Du wärst ja net der Erste aus euren Reihen, der sich hier ansiedelt.«

Der Schöne Jean lächelte säuerlich. Er wusste, worauf Bruder Benedikt anspielte. War sein Bugl, der Strizzi-Fritzl, doch ebenfalls in der Weinbauidylle heimisch geworden.

»Der Fritzl ist a bissl bös auf mich, wegen dem will ich bestimmt net her.«

»Habts gestritten?«

»Hocknstaad is' er.«

Jean habe zuletzt ein Zinshaus besessen, das er an Wohnungsprostituierte und Ausländer vom Arbeitsstrich vermietet habe. Der Strizzi-Fritzl habe sich dort als eine Art Hausmeister verdingt. Mit Jeans Rückzug ins Altenteil sei der ehemalige Hawara nun finanziell völlig von seiner Alten in Purbach abhängig.

»Gut, das ist eine Sache zwischen euch zwei. Aber wie kann ich dir helfen?«

»Die Kirche hat doch Grund und Boden.«

»Die Kirche verkauft nicht!«

»Ich kann großzügig sein, wenn's um die gute Sache geht.«

»Das wirst du auch sein müssen. Zum Sonderpreis gibt's hier nämlich nix.«

»Wenn wir nicht handelseins werden, müsst ich mich halt a bissl umschauen vor Ort.«

Sie waren noch lange bei einer guten Flasche Wein zusammengesessen. Schließlich hatte Bruder Benedikt dem Stadtflüchtling das alte Mesnerhaus als Quartier für die Dauer seiner Herbergssuche angeboten.

KAPITEL 2

Bruder Benedikt und seine Hawara

Es war seine erste Mette in Purbach. Wenn er es in der Leopoldstadt geschafft hatte, gottlose Strizzis kindliche Gottesfurcht zu lehren, würde er wackere Christenmenschen allemal erreichen. An den Sonntagen im Jahreskreis besuchte nur eine Handvoll Purbacher die heilige Messe. Doch bei der Mette, bei der es auch um Sehen und Gesehenwerden ging, wollte keiner fehlen. Demgemäß war das Kirchenschiff bis zum letzten Platz gefüllt. Bruder Benedikt stimmte es voll Inbrunst an: »Herr, erbarme dich unser.« Und das Kirchenvolk in den Betbänken antwortete aus vollem Halse. Er beendete das Gloria, indem er mit fester Stimme bekräftigte: »Du nimmst hinweg die Sünden der Welt: Erbarme dich unser.« Es hallte im Kirchenraum: »Amen.«

Der Schöne Jean spitzte die Ohren. Er passte nicht so recht in die Reihen der biederen Kirchgänger. Sein eidottergelber Pepi hingegen leuchtete im Halbdunkel des Kirchenschiffes. Mit dem Selbstbewusstsein eines Uraltbekannten saß er aufrecht in der vordersten Kirchenbank, den Rücken durchgestreckt, den Nacken leicht gekrümmt: die Sitzhaltung des Landadels. Er wirkte wie ein vom Himmel gefallener Engel. Bruder Benedikt ging zum Ambo. Er stützte sich auf das Pult, fixierte kurz den Schönen Jean und predigte im tiefsten Wienerisch aus

Da Jesus und seine Hawara. Er sprach in den Worten, mit denen er bereits die Wiener Unterwelt erreicht hatte, zur bürgerlichen Landbevölkerung und schlug damit bewusst einen Haken zwischen seiner Herkunft und der Ankunft in Purbach. Der Schöne Jean schwelgte in Erinnerungen. Sein alter Bekannter aus der Leopoldstadt war noch immer der Alte. »Wia da Jesus auf d' Wöd kumman is'. Sei Mamsch, d'Maria, is' verhabert g'wesen mit an gewissen Josef – und bevor s' noch was g'habt hat mit dem, hat's erfahren, dass an G'schroppen kriagt. Nur woa der vom Heiligen Geist.«

Waren das noch Zeiten, damals, in der Gefängniskapelle. Brüder im Geiste waren sie gewesen, Benedikt und er. Während der eine von der Jungfrau Maria predigte, betete der andere die Jungfräulichkeit der Gefängnisinsassinnen an. Mit keuschen Blicken hatte der Ministrant auf sich aufmerksam gemacht, um bei der ersten Reaktion aus den weiblichen Reihen unkeusche Luftbussis folgen zu lassen. Die sonntäglichen Messfeiern waren, wie es in Wien so schön hieß, »a Hetz« – und kosteten die Damen nicht mehr als ein Lächeln. Der Schöne Jean stellte sich in aller Unschuld vor, wie sie in ihren feuchten Träumen seiner gedachten. Die Sehnsucht war ja doch die befriedigendste aller Süchte.

Da blinkte das Handy des Schönen Jean: eine SMS, Nummer unbekannt. Er las die kurze Nachricht und stutzte: »Ich weiß alles, Saubär. Treffen nach Mitternachtsmette beim Kreuz hinter der Kirche.«

»Der Herr sei mit euch!« Die kräftige Stimme von Bruder Benedikt hallte im Kirchenschiff wider und fuhr dem Schönen Jean in die Glieder. Wer wusste was? Bruder Benedikt bereitete am Altar die Gaben. Die Ministranten brachten das Schälchen mit den Hostien und das Kännchen mit dem Messwein. Er hob beide Arme, sodass er in seinem weiten Messgewand aussah wie eine in liturgische Farben getauchte Fledermaus. »Und mit deinem Geiste«, antwortete die Gemeinde. Er brach die Hostie: »Lamm Gottes, du nimmst hinweg die Sünde der Welt.« Damit lud er zur Kommunion: »Herr, ich bin nicht würdig …«

Zittrig öffnete der Schöne Jean seinen Mund. Als Bruder Benedikt ihm die Hostie auf die Zunge legte, bekreuzigte er sich: auf Stirn, Lippen und Brust. Dann trat er zur Seite und kniete sich in der Betbank nieder zur stillen Andacht. Warum schickte ihm jemand eine Nachricht von einem Handy mit unbekannter Nummer? Wollte ihn jemand erpressen? Doch womit?

Bruder Benedikt säuberte Kelch und Hostienschale und freute sich auf den nächtlichen Spaziergang nach dem Purbacher Weisenblasen. Beides hatte Tradition. Nach jeder Mitternachtsmette ging er mit den Füßen beten. Zum ersten Mal hingegen wohnte er dieser berühmten Brauchtumsveranstaltung bei. Hoch oben am Kirchturm, auf einer schmalen Balustrade, standen vier Trompeter und stimmten in jede Himmelsrichtung Weihnachtslieder an. Unten am Kirchplatz versammelten sich die Kirchgänger und lauschten den Klängen der, wie sie diese nannten, Engelsposaunen. Bruder Benedikt hob die Arme zum Fledermausgruß und sprach den Schlusssegen:

»Gegrüßet seist du, Maria, voll der Gnade,
der Herr ist mit dir.
Du bist gebenedeit unter den Frauen,
und gebenedeit ist die Frucht deines Leibes, Jesus.
Heilige Maria, Mutter Gottes, bitte für uns Sünder,
jetzt und in der Stunde unseres Todes. Amen.«

Der Schöne Jean murmelte jedes einzelne Wort lautlos mit. Die Lichter im Kirchenschiff gingen aus, und die Menschen in den Betbänken zündeten ihre eigenen Kerzen an. Wie von einem unsichtbaren Marionettenspieler gelenkt, standen sie, jeder seine Kerze in der Hand haltend, auf und nahmen den Mittelgang, der zum hinteren Kirchenausgang führte. Zuerst die letzte, dann die vorletzte bis hin zur ersten Reihe, die sich zum Schluss in die Prozession eingliederte. Begleitet wurde dieser Umgang von der Orgelempore aus. Der Andachtsjodler, angestimmt von Frau Cäcilia Spreizendorfer, sorgte für ein musikalisches Wohlgefühl. Für einen kurzen Moment vergaß der Schöne Jean die Nachricht. Seine Nackenhärchen kräuselten sich, und sein Johannes regte sich: »Tjo, tjo i ri, tjo, tjo i ri, tjo tjo ri ridi, ho e tjo i ri!«

Der Schöne Jean erstarrte in der Bewegung: Bezog sich die Nachricht etwa auf die Jodlerin? Oder auf ihre Konkurrentin? Oder auf beide? Er schüttelte sich, als wollte er damit alle Bedenken abschütteln. Legte es da jemand auf einen Bahö an? Wollte ihm einer der Hiesigen einen Denkzettel verpassen? Wie auch immer, der Nichtsnutz konnte etwas erleben. Er würde die Angelegenheit unter Herren regeln: dezent, aber nachhaltig. Der Schöne Jean fühlte nach dem Schlagring, den er immer bei sich trug. Dann trat er ins Freie und atmete die frische Luft ein. Er brauchte einen klaren Kopf.

»Hast du dich schon eingelebt?«, Bruder Benedikt trat nach ihm vor das Tor.

Der Angesprochene wirbelte herum: »Jessas, hast du mich jetzt erschreckt.«

»Frohe Weihnachten«, sagte Bruder Benedikt, ehe er sich zur Menge gesellte.

»Ja, dir auch«, murmelte der Schöne Jean.

Am Kirchturm, in lichter Höhe, blinkten die vier Trompeten. In jede Himmelsrichtung erklang nun instrumental der Andachtsjodler. Eine Hundertschaft an gereckten Köpfen wandte sich den blechernen Klängen auf der Balustrade zu. So mancher hatte nasse Augen beim Anblick der golden glänzenden Trompeten. Es war eine unbeschreibliche Stimmung: *Es wird scho glei dumpa*, *Aber heidschi bumbeidschi*, *Still, still, still*. Den Abschluss machte: *Es ist ein Ros entsprungen*. Den Schönen Jean schauderte bei diesem letzten Lied. Er musste endgültig mit seiner Vergangenheit abschließen ...

Bruder Benedikt schwebte beinahe durch das abendliche Stadtbild. In den Fensterläden, an den Hauseingängen, in den Vorgärten und an den Straßenlampen: Überall glitzerte und funkelte es. Es war zu kitschig, um wahr zu sein. Er kam sich beinahe vor wie eines der güldenen Putten, die die Kirchenempore zierten. Purbach bemühte sich mit Abertausenden Lichtlein um eine weihnachtliche Stimmung, die einem Biedermeierbildnis entsprungen sein konnte. Er bog von der Hauptstraße in die Kellergasse ein. Hier entfaltete sich die Pracht zu einem wahren Lichtermeer. Eine Baumallee, die den Ort des Vergnügens teilte, war von den Gemeindearbeitern in tagelanger Arbeit mit einer schier endlosen Lichterkette geschmückt worden. Bruder Benedikt nahm den Abstecher auf eine kleine Anhöhe und blickte von oben auf das Lichtermeer. Es wirkte auf ihn, als würde ein Schwarm Glühwürmchen über dem Kopfsteinpflaster fliegen. Voll Inbrunst stimmte er das Halleluja an, verstummte jedoch erschreckt, als hinter ihm ein Pärchen vorbeispazierte. Wie ein kleiner

Junge zog er den Kopf ein und versteckte sich hinter seiner Mönchskutte. Das Pärchen nickte nur und ging seiner Wege. Bruder Benedikt nahm schnellen Schrittes das erste der beiden Stadttore. Er kam am ehemaligen Stadtrichterhaus vorbei. Der jetzige Besitzer hatte es detailverliebt renoviert und darin Ferienwohnungen eingerichtet. Das Haus schloss direkt an das zweite, das innere Stadttor an. Im Dreieck von Tor und Haus war ein kleines Rasenstück. Ein Pflock war in die Mitte gespreizt. Auf vier Drahtseilen baumelte ein großer Adventkranz, geflochten aus dünnem Schwemmholz. Die Kerzen waren aus dicken Aststücken geschnitzt; der Docht entrindet und originalgetreu in Form gebracht. Auch diesen überlebensgroßen Kranz schmückte eine zierliche Lichtergirlande. Vier rote Glaskugeln erinnerten an Adams Apfel. Bruder Benedikt musste schmunzeln. Dereinst war Weihnachten eine Feier der Erwachsenen gewesen, kein Kinderspiel. An Christi Geburt wurde in den Kirchen das Paradiesspiel gegeben. Und die Kirchgänger erinnerten sich mit Schaudern an die Vertreibung des Menschen aus dem Paradies. Das Fest der Kinder, mit Geschenken und lieblichem Liedgut, war eine Erfindung des Biedermeier. Außerhalb der eigenen vier Wände ging es unruhig zu, in der warmen Stube und gerade an Weihnachten gaukelte sich die Familie den Frieden vor. Bruder Benedikt, der beides kannte, das Gute und das Böse, war froh über diese friedvolle Stimmung, in die ihn der abendliche Spaziergang versetzte. Er betrat den Stadtplatz und ging an der Auslage der Bäckerei vorbei. Eine bodenhohe Glasfront gab den Blick frei auf ein festlich geschmücktes Tannenbäumchen. Davor eine alte Holzrodel, auf der einige Geschenkpäckchen lagen. Er ging um die Ecke und war im Zentrum des Städtchens. Hier stand eine vom Bürgermeister höchstpersönlich aus dem Wald geholte mächtige Tanne. Große weiß leuchtende Kugeln schmückten den Baum. Das Zentrum schloss ein weitläufiges Gebäude ab, in dem ein Feng-Shui-Studio eingerichtet war, der »Freiraum«. Auf einer Schiefertafel stand in Kreideschrift: »Die Engel können fliegen, weil sie sich leichtnehmen.« Ein schöner Gedanke, dachte sich Bruder Benedikt und nahm sich vor, ihn in seiner Christtagspredigt weiterzuspinnen. Er schaute auf die Uhr: ein Uhr nachts. Den ganzen Tag über war er nicht zum Essen gekommen. Umso mehr freute er sich auf die von ihm selbst fabrizierte Bratwurst. Er ging also nicht zum Haupteingang des Pfarrhofes, sondern nahm den Gehsteig seitlich des lang gestreckten Gebäudes. Dieser führte direkt zum Scheunentor – dem schnellsten Weg zur im Weinkeller untergebrachten Pfarrküche. Dort hingen die Würste in der Selch. Bruder Benedikt lief das Wasser im Mund zusammen, wenn er an die Bratwurst dachte, die in wenigen Augenblicken im Butterschmalz brutzeln würde. Frisches Kraut aus dem Fass dazu und ein dunkles Feiertagsbier. Er hatte einen Mordshunger.

KAPITEL 3

Schau schee, Jean

Nach dem nächtlichen Mahl hatte Benedikt geschlafen
wie ein Stein. Er konnte das: essen zu jeder Tages- und
Nachtzeit, an jedem beliebigen Ort. Sein Beruf brachte
das mit sich. Er war unstetes Essen gewohnt. Daher er-
wachte er putzmunter um sieben Uhr früh und freute
sich auf den Christtag. Bei der heutigen Messe würden
sie den ersten Tag im Leben Jesu Christi feiern. Bruder
Benedikt ging an sein Schlafzimmerfenster. Wohlig reckte
er sich. Er riss das Fenster auf, frische Luft strömte herein:
»Glück hinein, Unglück hinaus«, murmelte er – und
stutzte. Da lag etwas in der Ecke des Kirchenplatzes unter
dem Holzkreuz der Volksmission. Er rieb sich ein Sand-
korn aus dem Augapfel. Das Etwas war ein Mensch. Ein
kahler Schädel lag in einer Blutlache, völlig zerschmettert.
Daneben eine gelbe Perücke, der eidottergelbe Pepi des ...
ja, tatsächlich: Ihm gegenüber, unter dem Kreuz, lag der
Schöne Jean. Benedikt eilte schnurstracks ins Erdgeschoß,
stürmte in seine Kanzlei und wählte am Festnetz die
Nummer von Frau Inspektor Zimmermann. Er kannte
die junge Kriminalbeamtin aus seiner kurzen Zeit in
Eisenstadt.

»Zimmermann, Büro Eisenstadt«, schnarrte sie.

»Fräulein Zimmermann ... vor meiner Kirchentür
liegt ein eidottergelber Pepi ... und ein zerbrochener
Eierschädel.«

Die schnarrende Stimme am anderen Ende der Leitung. »Benedikt.«

Wieder dieses unerträgliche Schnarren.

»Bruder Benedikt. Hier spricht Bruder Benedikt.«

Er präzisierte: »Vor meiner Kirche liegt einer, dem sie den Schädel eingeschlagen haben. Ich fürchte, ein alter Bekannter aus früheren Tagen.«

Nachdem die Zimmermann aufgelegt hatte, stand Bruder Benedikt wie zur Salzsäule erstarrt in seiner Pfarrkanzlei. Orientierungslos schweifte sein Blick über die Bücherstapel, die Taufbücher, das Stehpult, an dem er seine Predigten vorbereitete, den kleinen Betschemel, das Tintenfässchen auf seinem Schreibtisch, die losen Blätter des Pfarrblattes. Zwischen zwei Marienstatuen stand ein Papiersackerl mit der Aufschrift »Teilen spendet Zukunft«. Er suchte Halt im Chaos. Auf einer altdeutschen Kredenz lag das Sterbebuch. Ferngesteuert schlug er es auf und gleich wieder zu. Er nahm abermals den Hörer in die Hand und rief auf der örtlichen Polizeistelle an. Er habe Meldung zu machen ...

»Schämen S' sich net!«, schnarrte es vom Türstock. Bruder Benedikt wirbelte herum. Die Stimme aus der Telefonmuschel überschlug sich: »Nicht anrühren, wir sind sofort zur Stelle!« Mit dem Hörer in der Hand schaute Bruder Benedikt entgeistert zur Gretl-Tant', dann an sich hinunter.

Bruder Benedikt öffnete den Mund, brachte jedoch kein Wort heraus. Er verfiel in eine Schnappatmung. Besorgt stürzte die Gretl-Tant' auf ihn: »Is' Ihnen net ...« Sie brach mitten im Satz ab und starrte aus dem Fenster. Ihr Blick blieb am Kreuz auf der anderen Straßenseite hängen.

Sie schüttelte ungläubig den Kopf, ließ den Blick vom Kreuz zu Boden wandern und verharrte vor dem Schreckensbild. Ehrfürchtig murmelte sie mehr für sich als zu Bruder Benedikt hin: »Der Tod, des muaß a Weana sein.« Bruder Benedikt antwortete nicht. Ein kurzer Moment der Stille entstand. Schließlich stellte die Gretl-Tant' nüchtern fest: »Ihr Gast hat sich vom Turm g'stürzt.« Sie drehte sich Richtung Türstock: »Ich mach Ihnen jetzt einmal einen starken Kaffee.« Als sie bereits halb im Gang stand, wendete sie sich Bruder Benedikt zu, der noch immer reglos am Fenster stand: »Ziehen Sie sich was an, wie schaut denn des aus!«

Aufgrund des hohen Feiertages hatte nur ein Beamter Journaldienst in der örtlichen Polizeistation. Zittrig saß Bruder Benedikt in seiner Kanzlei. Die Gretl-Tant' hatte ihm auf den ersten Schreck hin einen kräftigen Jagatee gemacht. Den Beruhigungsschnaps, einen doppelten Enzian, nahm er auf ex. Er wartete auf den ersten Befund des Gemeindearztes. »Des haben wir not g'habt«, stieß der Beamte kurzatmig aus. Bruder Benedikt hatte sich in der Zwischenzeit gesammelt. Er saß in seiner Kutte am Schreibtisch und wirkte im Unterschied zu dem Gemeindepolizisten wie ein Würdenträger. Der Beamte zerrte an seiner Krawatte: »Hoffentlich is' ein Delikt an Leib und Leben.«

»Sie wünschen ihm Mord und Totschlag an den Hals?«

»Das is' net persönlich. Aber bei Selbstbeschädigung ...«, er machte eine bedeutungsvolle Pause, »... wenn er sich selber um'bracht hat, g'hört der Fall uns.«

Der Arzt betrat den Raum. Er schüttelte den Kopf. »Dem hat jemand den Schädel eing'schlagen.«

»Gott sei Dank«, atmete der Beamte durch.

»Ihr Wort in Gottes Ohr«, flüsterte Bruder Benedikt und bekreuzigte sich.

Doktor Franz Veltlin händigte dem Beamten ein Formular aus: »Die Leichenstarre ist bereits voll ausgebildet. Ich schätze, der ist seit über sechs Stunden tot.«

»Beim Turmblasen war er noch selig wie a Engerl!«, die Gretl-Tant' trat zur Männerrunde. Sie wirkte aufgeräumt.

»Um kurz nach Mitternacht sind die Kirchgänger nach Hause gegangen«, sagte Bruder Benedikt.

Der Arzt blickte auf seine Uhr: »Jetzt is' knapp vor acht.«

Geschäftig sprang der Gemeindepolizist von seinem Stuhl auf: »Ich muss Meldung machen bei den Kollegen in Eisenstadt.«

»Bei der Kollegin«, sagte Bruder Benedikt. Doch der Beamte war schon aus dem Raum und hörte den Einwurf nicht mehr.

»Und was wird aus der Christtagsmesse um elf?«, fragte die Gretl-Tant'.

Bruder Benedikt zuckte mit den Schultern. »Die könn' ma doch net ausfallen lassen – wegen höherer Gewalt«, sagte die Gretl-Tant'.

Bruder Benedikt antwortete nicht. Mit nassen Augen blickte er aus dem Fenster. Der Gemeindepolizist irrte im Zickzack am Kirchenplatz herum und telefonierte dabei wie aufgezogen. Doktor Veltlin trat an den Mönch heran. Er deutete mit dem Kopf in die Richtung des kopflos wirkenden Gemeindepolizisten: »Der Kollege is' völlig durch den Wind. Wie könnt sich einer umbringen, neben dem a kaputte Trompeten liegt?«

»Eine kaputte Trompete?«

»Meiner bescheidenen Meinung nach ...«, der Arzt blickte nochmals aus dem Fenster: »... dass der des net g'sehn hat: Den hat wer mit der Trompete erschlagen.«

Bruder Benedikt glotzte ihn an wie ein Mondkalb: »Sie meinen, einer unserer Weisenbläser?«

»Man kann in kan Menschen reinschauen.«

Beide ließen die Aussage im Raum stehen. Um nichts Falsches zu sagen, starrten sie Löcher in das Fenster. Wie ein absurdes Andachtsbild erschien Bruder Benedikt, was ihm sein Blickfeld offenbarte. Das Kreuz. Darunter der verrenkt liegende Leichnam. Der eingeschlagene Schädel. Die eidottergelbe Perücke. Die Blutlache. Und tatsächlich, jetzt, nach dem Hinweis, sah er es ganz deutlich. In der Blutlache blitzte etwas matt, das noch wenige Stunden zuvor gülden wie der Stern über Bethlehem gestrahlt hatte. Wie fern klang es in ihm nach, hohl und gedämpft: »Tjo, tjo i ri, tjo, tjo i ri, tjo tjo ri ridi, ho e tjo i ri!«

Eine Stunde später standen die Zeichen auf Angriff. Auf dem Kirchenplatz, der mittlerweile mit einer rot-weiß-roten Banderole gesperrt war, tummelten sich weiße Marsmenschen. Die Spurensicherer des Landeskriminalamtes hatten ihre Arbeit aufgenommen. Sie trugen weiße Einweghandschuhe. Weißen Mundschutz. Weiße Fußüberzieher. Ein weißes Haarnetz. Und einen weißen Ganzkörperanzug. Die Messe, die in zwei Stunden in der Kirche stattfinden sollte, für die sah er schwarz. Bruder Benedikt saß bei der Gretl-Tant' in der Küche. Sie schöpfte aus einem großen Topf Rindssuppe in seinen Teller: »Des is' guad für die Nerven.«

»Ich fürchte, die Messe muss heut ausfallen.«

Die Gretl-Tant' stellte den Teller Suppe vor ihn hin. Fettaugen schwammen an der Oberfläche. Der Geruch stieg ihm beruhigend in die Nase:»Von die Marsmanderln da draußen lassen wir uns doch net in die Suppen spucken.« Sie baute sich vor ihm auf und stemmte die Hände in die Seiten:»Es gibt noch immer eine höhere Ordnung!« Bruder Benedikt schlürfte geräuschvoll, ehe er antwortete:»Gegen höhere Gewalt ist höhere Ordnung machtlos.«

»Korrekt«, kam es von der Küchentür. Es klang scharf. Es klang schneidend. Es klang nach Frau Inspektor Zimmermann. Winzig und gleichzeitig im Auftritt überlebensgroß stand sie im Türrahmen. Bis vor einem Jahr hatten sich die Wege des Mönches und der jungen Kriminalbeamtin immer wieder gekreuzt. Sehr zum Leidwesen der ehrgeizigen Kriminalbeamtin. Sie war zwar in der Ausbildung Jahrgangsbeste gewesen, hatte aber noch wenig Berufserfahrung. Die Abteilung »Leib und Leben« des Landeskriminalamtes Eisenstadt war ihre erste Dienststelle nach dem, wie es intern hieß, üblichen Gang durch die Institutionen. Der Mönch hingegen verfügte über einen großen Erfahrungsschatz. An der Wiener Heimstätte seines Ordens war er Ansprechpartner der Unterwelt gewesen. Man sagte ihm sogar ein ausgesprochenes Naheverhältnis zu den Halbseidenen nach. Bruder Benedikt, so ging die Mär, war Aug' und Ohr des Wiener Rotlichtviertels gewesen. Ein Beichtbruder sozusagen. So verwunderte es nicht, dass er binnen kürzester Zeit – sein Aufenthalt in Eisenstadt währte kaum ein Jahr – zum Beichtvater der lokalen Rotlichtszene wurde. Als in der Szene eine Messerstecherei tödlich endete, war es Bruder Benedikt, der den entscheidenden Hinweis bekam. Als er den Mörder dazu brachte, sich in seiner Begleitung bei den Behörden zu stellen, stieß er damit unbewusst die ehrgeizige Beamtin vor den Kopf. Die Regionalzeitung feierte den kriminalistischen Mönch, was Zimmermann ausgesprochen persönlich genommen hatte.

»Bruder Benedikt«, kam es kalt aus dem Munde der Zimmermann: »Sie sind also der Melder?«

»Und wer sind Sie?«, fragte die Gretl-Tant' und musterte das forsche Persönchen, das da ohne Begrüßung in ihrer Küche stand.

Frau Inspektor Zimmermann streckte sich: »Die Fragen stelle ich. Vorname. Nachname. Beziehung zum Melder!?«

»Wir leben im gemeinsamen Haushalt«, sagte Bruder Benedikt: »Frau Margarete Heinrich ist meine Pfarrköchin.«

Zimmermann notierte.

»Fräulein Zimmermann«, sagte die Gretl-Tant': »Zum Ersten: Wenn S' reinkommen, klopfen S'. Zum Zweiten: Grüß Gott. Zum Dritten: Der Ton macht die Musik.«

Die Zimmermann beutelte sich kurz. Sie warf der Gretl-Tant' einen verächtlichen Blick zu. Dann beorderte sie Bruder Benedikt in die Pfarrkanzlei.

»Schön, Sie wiederzusehen. Wenn auch der Anlass ein trauriger ist.« Bruder Benedikt saß an seinem Schreibtisch. Frau Inspektor Zimmermann beobachtete durch das Fenster das Treiben am Kirchenplatz. Der Kleinbus der SPUSI, vollgepackt mit technischen Spezialgeräten, stand wie ein Raumschiff mitten auf dem Kopfsteinpflaster. Rund um ihn wuselten die Astronauten, wie die Spurensicherer von ihr insgeheim genannt wurden. Sie machte sich einen ersten Gesamteindruck. Die Kirche war mächtig. Ein massiver Bau, dessen Turm hoch aufragte. Winzig klein hingegen ragte von ihrem Platz aus gesehen die Balustrade hervor. Spitz verjüngte sich das Dach des Turmes zu einer Goldkugel hin, die den Sakralbau krönte. Unterhalb des Turmes hatte sich zu dem ersten ein zweiter Gemeindepolizist gesellt: Der eine war lang, der andere kurz. Der lange und der kurze hielten wild gestikulierend die Schaulustigen in Schach. Dorftrotteln, dachte sich die Zimmermann, warum musste ausgerechnet hier, am flachen Land, ein Mord geschehen? Hier, im Revier dieses mörderischen Mönches. Sie wirbelte zu Bruder Benedikt herum: »Gemäß Paragraf 55 StPO belehre ich Sie über Ihre Pflichten. Der Untersuchungsgegenstand ist Ihnen bekannt?«

»Der Leichnam war mein Gast.«

»Besteht zu ihm ein Familienverhältnis?«

»Wir sind alte Bekannte.«

»Sie waren alte Bekannte.«

»Macht das jetzt noch einen Unterschied?«

»Ich kläre Sie darüber auf: wissentlich falsche Angaben werden nach Paragraf 164 StGB, Strafvereitelung, geahndet. Haben Sie die Belehrung verstanden?« Sie klang technisch.

Bruder Benedikt nickte. Er fühlte sich mit einem Mal müde. Ohnmächtig der Penetranz dieser kleinen, drahtigen Person gegenüber. Die Zimmermann hatte die Formalitäten in ihr Tablet getippt. Sie reichte es dem Zeugen: »Unterschreiben Sie!«

»Wie ...?«

»Unterschreiben Sie. Mit dem Zeigefinger. Geht alles elektronisch.«

»Auch das Denken?«, seufzte Bruder Benedikt.

Die Zimmermann überhörte die Spitzfindigkeit und begann mit den goldenen sieben W-Fragen: »Wer ist der Tote?«

»Es handelt sich um Herrn Johann Janitschek, Geschäftsmann aus Wien.«

»Wann haben Sie ihn zum letzten Mal lebend gesehen?«

»Nach der Mitternachtsmette. Genauer gesagt, nach dem Weisenblasen, das im Anschluss an die Messe am Kirchturm stattgefunden hat.«

»Wo genau hat sich Herr Janitschek befunden?«

»Am Kirchenplatz. Mitten unter einer Hundertschaft von Kirchgängern.«

»Können Sie bei dieser Menge gesichert Auskunft über die Anwesenheit des Herrn Janitschek geben?«

»Mein Gott, was ist schon gesichert. Beim Rausgehen habe ich ihn noch gesehen.«

»Was hat Herr Janitschek in Purbach zu tun gehabt?«

»Er hat sich hier eine Existenz aufbauen wollen.«

»Ein Geschäft?«

»Er hat sich aus dem Geschäftsleben zurückgezogen und wollte sein Altenteil am Land verbringen.«

»Welcher Art waren seine Geschäfte?«

»Frau Inspektor Zimmermann, ich bitt Sie: Machen Sie es uns doch nicht so schwer.«

»Unter uns, Bruder Benedikt, privat weiß ich natürlich, dass der Janitschek eine Wiener Rotlichtgröße gewesen ist.« Sie veränderte ihren Tonfall, klang wieder technisch: »Als Amtsperson habe ich mich aber an die Formalitäten zu halten: Also, welche Art Geschäft pflegte der Leich …« Sie verbesserte sich: »Herr Janitschek?«

»Er war zuletzt Immobilienbesitzer und lebte von der Vermietung.«

»Sie nehmen mich nicht ernst.«

»Sie haben mich nach seinem Geschäft gefragt. Er hat ein Zinshaus gehabt, das er verkauft hat.«

»Wie bitte?«

Langsam nervte die Zimmermann den Mönch. Der Schalk, sein Schutz vor aufkommendem Zorn, blitzte durch: »Bezieht sich das ›Wie‹ auf eine verhörtechnische Frage oder ist das privat?«

Die Zimmermann atmete durch die Nase. Sie sammelte sich kurz, bevor sie im Verhör fortfuhr.

»Wie war Ihr Verhältnis?«

»Rein kameradschaftlich. Ich habe ihm Quartier gegeben, im ehemaligen Mesnerhaus.«

»Sie waren also der Vermieter des Vermieters?«, kam es ironisch von der Zimmermann.

»Er konnte bei mir wohnen, bis er in Purbach ein passendes Haus gefunden hatte.«

»Für Gottes Lohn.«

»Sie sagen es.«

»Die Kirche gibt Obdach, aber üblicherweise gegen Entgelt. Ihr Verhältnis zu Herrn Janitschek muss also ausgesprochen freundschaftlich gewesen sein.«

Bruder Benedikt stand auf. Er ging zur Kredenz und holte aus einer Schachtel ein vergilbtes Foto hervor. Es zeigte ihn als Klosternovizen in der Gefängniskapelle. Neben ihm stand sein Ministrant, der Schöne Jean.

»Wie alt sind Sie, wenn ich fragen darf?«

Überrumpelt gab die Zimmermann Antwort: »Neunundzwanzig.«

»Sehen Sie, wir beide standen damals auch in unseren Dreißigern. Wir waren jung. Wir waren aufgeschlossen. Wir verstanden uns. Und wir haben uns damals etwas versprochen: Einer passt auf den anderen auf.«

»Verstehe«, sagte die Zimmermann – und verstand nur Bahnhof. Männerbünde waren ihr fremd. Männer, die sich wie Brüder verstanden, waren ihr nicht nur fremd, sie waren ihr grundsätzlich verdächtig. Ein Häfenbruder und ein Klosterbruder ... das war ihr nicht nur fremd, das war absurd. »Haben Sie eine Ahnung, wodurch Ihr Gast zu Tode gekommen ist?«

»Doktor Veltlin vermutet durch eine Trompete.«

Die Mundwinkel von Frau Inspektor Zimmermann zuckten: »Hat ihm jemand den letzten Marsch geblasen?«

Bruder Benedikt platzte der Kragen. »Zügeln Sie Ihre Zunge!«

»Sorry«, wisperte die Zimmermann kleinlaut. Sie ärgerte sich über den Kontrollverlust: »Meine letzte Frage bezieht sich auf das: Wieso?«

»Wieso stirbt jemand?«, sagte Bruder Benedikt. Er starrte zur Decke, als suche er dort nach einer Antwort: »Letztendlich weiß das nur der Herrgott.«

»Haben Sie eine Vermutung?«

»Nein.«

»Dann halten Sie sich bitte zu meiner Verfügung.«

Frau Inspektor Zimmermann eilte über die Straße. Am Tatort war sie in Sicherheit. Hier hatte sie sich unter Kontrolle. Der Tatort war der Ort, an dem der Täter vor, während und nach der Tat gehandelt hatte. Hier folgte alles einem exakten Plan. Die Zimmermann handelte planvoll. Sie trat zur Leiche. Die grotesk verzerrten Gesichtszüge ließen auf einen Schrei schließen. Sie blickte vom Fundort hinauf zur Balustrade. Über zig Meter baute sich eine Kalkwand wie ein unüberwindbares Hindernis vor ihr auf. Aufgrund des völlig desolaten Zustandes der neben dem Toten gefundenen Trompete hatte die SPUSI eindeutig festgestellt, dass einzig und allein diese – nach dem Einsatz beim nächtlichen Turmbläser-Auftritt – als Tatwaffe infrage kam. Daher notierte sie im umständlichen Ermittlungsdeutsch: *Entfernung der Aufschlagstelle zur Senkrechten der Absturzstelle feststellen.* Eine völlig sinnlose Diagnose, wie ihr die SPUSI, die Männer der Spurensicherung, aus dem Bauch heraus hätten mitteilen können. Eine Trompete, die aus dieser Höhe in die Tiefe fiel, konnte ihr Ziel treffen. – Oder auch nicht. In diesem speziellen Fall hatte das Schicksal Regie geführt: Und die Trompete war punktgenau am kahlen Schädel des Schönen Jean gelandet. Hier wurde dem Täter sein Gottvertrauen belohnt. Der Zufall hatte es gewollt, dass das Opfer vom Leben zum Tode befördert worden war, wie es im sperrigen Protokollstil so schön hieß. Jemand hatte durch die Art des Anschlags das altbekannte Kirchensprichwort in die Tat umgesetzt: Hochmut kommt vor dem Fall.

Doch wenn Frau Inspektor Zimmermann an etwas nicht glaubte, dann an alte Kirchen-Sprichworte. Und an Zufälle glaubte sie schon gar nicht.

Sie musterte den Leichnam genauer. Schwarzer Anzug. Zweireiher. Schwarze Krawatte. Weißes Hemd mit gestärktem Kragen. So weit, so unauffällig. Wären da nicht die purpurroten Socken gewesen. *Kerzelschlucker*, notierte die Zimmermann. Die schlimmsten Verbrecher waren die bravsten Betbrüder. Verkehrte Welt. Ein Astronaut herrschte sie von der Seite an: »Kollegin, wir sind hier net privat!«

»Was geht Sie mein Privatleben an?«, fauchte sie.

»Nix, aber Sie können da net leger herumlatschen: Vorschrift is' Vorschrift.«

Siedend heiß stieg es ihr zu Kopf: Sie war nicht justiert.

»Oh, sorry, in der Hitze des Gefechts.«

»Im Bus ist ein Anzug. Maske, Handschuhe, Überzieher, Haarnetz finden S' im linken Ablagefach.« Doch das hörte die Zimmermann schon gar nicht mehr. Der Kollege raunte: »Immer diese Frischg'fangten ...«

Sie fühlte sich verkleidet. Das Haarnetz kam ihr frauenverachtend vor. Sie war eine aufgeschlossene, junge Frau, die für das Kopftuchverbot eintrat. Doch: Vorschrift war Vorschrift. Und im konkreten Fall ging es ja um die gute Tat: den Auswertungsangriff. Die Kollegen suchten nach verwertbaren Spuren und stellten Beweismittel sicher. Sie selbst ermittelte Zeugen im Umfeld des Tatortes. Als Nächstes würde sie sich diese Köchin vornehmen. Vom Alter her schien sie noch zur burgenländischen Kopftuchmafia zu gehören. Eine unangenehme Person. Ihr konnte sie nicht dienstlich kommen: Diese alten Weiber waren jenseits von Gut und Böse. Denen war mit reiner Amtsgewalt nicht beizukommen. In Gedanken ging sie das Regelwerk durch. Mord und Totschlag waren ihr noch nicht in Fleisch und Blut übergegangen. Dafür passierte zu wenig in ihrem Wirkungsbereich. Sie zählte es an ihren Fingern ab. Erstens: Auge vor Hand. Zweitens: Tatort einfrieren. Drittens: Essen, Trinken, Rauchen vor Ort unterlassen. Viertens: Tatortablauf durchgehen. Fünftens: die Schlussfolgerung. Sie sah auf die Uhr.

Bruder Benedikt hatte die Zimmermann vom Kanzleifenster aus beobachtet. Sie wirkte unsicher auf ihn. Fehl am

Platz. Zuerst hatte sie vergessen, sich die Schutzkleidung überzuziehen, dann stand sie wie bestellt und nicht abgeholt am Trampelpfad, wie jener Weg genannt wurde, auf dem sich die Ermittler bewegten, und zählte ihre Finger wie ein Kleinkind ab. Ihr Blick auf die Uhr erinnerte ihn an seine Pflichten. Die Pendeluhr in der Kanzlei schlug zehn Uhr. In einer Stunde begann die Messe. Bruder Benedikt gab sich einen Ruck. Er konnte und wollte diese Feier zu Christi Geburt nicht ausfallen lassen. Er trat ins Freie. »Frau Inspektor Zimmermann«, rief er über die Gasse.

Die Zimmermann hob langsam den Kopf: »Ist Ihnen noch etwas eingefallen?«

»Ja, wegen der Messe.«

»Der Kirchenplatz ist Sperrgebiet.«

Bruder Benedikt dachte nach: »Die Kirche auch?«

Die Zimmermann schüttelte den Kopf über so viel Naivität. Sie trat nahe an den Mönch heran. »Hier ist vor wenigen Stunden ein Mord geschehen«, hauchte sie ihm ins Ohr.

Bruder Benedikt sah sie sanft an: »Es ist meine Pflicht, der armen Seele zu gedenken.«

»Am Tatort?«

»Messen finden in der Kirche statt.«

»Mein lieber Herr Pfarrer«, sagte die Zimmermann nun so laut, dass es alle Anwesenden hören konnten, »Ihr Pflichtbewusstsein ist schön und gut. Aber solange die Kollegen ihrer Pflicht nachgehen, sind Sie Ihrer Pflichten entledigt.«

»Gut«, schnaubte der Mönch. Er rief den Schaulustigen zu: »Um elf Uhr findet die Messe statt. Im Pfarrstadel!« Er kehrte ihr den Rücken und ließ die völlig überrumpelte

Beamtin auf offener Straße stehen. Der Kollege von der Spurensicherung trat an sie heran. Er grinste: »Da können S' nix machen: Im Pfarrhof hat er das Hausrecht.«

Von diesem machte Bruder Benedikt demonstrativ Gebrauch. Er stand im Torbogen und begrüßte jeden einzelnen Kirchgänger mit Handschlag. Am Kirchplatz gegenüber stand die Zimmermann mitten am Trampelpfad. Ihre Aufgabe war es, Zeugen zu befragen. Doch diese Zeugen verschwanden eben vor ihren Augen im Pfarrhof. Demonstrativ gegen jede gesetzliche Grundlage fotografierte sie jeden Gemeindebürger mit dem Handy. Unter den Anwesenden herrschte eine dem Anlass entsprechende Aufregung: Noch nie war es an ihrem beschaulichen Lebensmittelpunkt um Mord und Totschlag gegangen. Solcherart geschah im Fernsehen. Oder im fernen Wien. Doch nicht vor der eigenen Haustür. Verstohlen blickten sie zur Seite. Hin zur Stelle des Kreuzes. Ein weißes Tuch lag über dem toten Körper und entzog ihn den Blicken. Beim Handschlag mit ihrem Pfarrer wiederholte sich die Frage aller Fragen: »Wie hat des g'schehn können?« Bruder Benedikt wiederholte gebetsmühlenartig: »Das weiß nur der Herrgott.«

Die Kirchgänger nahmen den langen Weg durch den biedermeierlichen Pfarrhof. Der schmale Kiesweg wirkte wie ein Kreuzweg. Die Stimmung war gespenstisch. Am Ende des Hofes, dort, wo die Küche als Ort der Geselligkeit war, stand der Räucherkasten. Zum Lüften hatte die Gretl-Tant' die beiden Flügel sperrangelweit geöffnet. Die Vorbeigehenden blickten in seinen schwarzen Schlund. Wie Teer wirkte der Schlick an den Seiten des Kastens.

Am Boden lagen Aschehäufchen. Im Zusammenhang mit dem grauslichen Vorfall schien der Räucherkasten wie ein Zeichen: Seht her, das ewige Fegefeuer erwartet euch. Manch einer bekreuzigte sich, manch einer sah schaudernd über das unheimliche Objekt hinweg. Manch einer raunte dem Nachbarn Unverständliches zu. Das mächtige Scheunentor, durch das selbst große Traktoren fahren konnten, stand ebenfalls sperrangelweit offen. Da die Scheune keinerlei landwirtschaftlichen Zweck mehr hatte, roch es in der ungelüfteten Halle nach Fäulnis und Moder. Die abgestandene Luft hatte sich über Jahrzehnte im dichten Gebälk festgesetzt. Die lose auf den Dachsparren aufliegenden Ziegel ließen eisige Luft von oben einsickern. Der Stadel war alles andere als gemütlich. Doch die Dorfgemeinschaft störte sich nicht an der Eiseskälte. Sie wärmte sich an ihrem Beisammensein. Geeint trafen sie sich zur heiligen Messe, während drüben am Kirchenplatz das feindliche Geschwader, die Marsmenschen, dem Unheiligen auf die Spur zu kommen trachtete. Die Gretl-Tant' hatte sich als Torwächterin positioniert. Sie wies den Eintretenden die Plätze auf den Heurigenbänken, die Jahr und Tag in der großen Scheune aufgestellt waren. Sie wurde ebenfalls mit einer sich wiederholenden Frage konfrontiert: »Haben wir des not?«

Wortreich gab die Gretl-Tant' die unterschiedlichsten Antworten, gespickt mit Vermutungen und Verwünschungen. Antworten, die alle in der zentralen Aussage mündeten: »Dem Bruder Benedikt is' sprichwörtlich die eigene Barmherzigkeit auf'n Kopf g'fallen.« Das Gemurmel in den Bankreihen ließ auf Zustimmung schließen.

Der Pfarrstadel war die größte Scheune in der Ortschaft. Er glich mit seinem mächtigen Altholzgebälk und dem offenen Giebeldach beinahe selbst einer Kirche. Einer Volkskirche. Hier stand kein Hochaltar als Bühne katholischer Inszenierung. Hier, unter den knarrenden Balken, waren der Hirte und seine Schafe eine Einheit. Bruder Benedikt stellte sich mitten unter die Messbesucher und ließ stumm den Blick schweifen. Doch statt mit dem Zeremoniell zu beginnen, sammelte er sich und begann mit brüchiger Stimme zu sprechen: »Vor wenigen Stunden haben wir die Geburt Christi gefeiert. Heute Nacht ist einer dieser Christenmenschen von uns gegangen. Er war den meisten von euch fremd. Die Fremden aber sollen uns zuerst willkommen sein. Ich habe als Mönch das Gelübde der Gastfreundschaft abgelegt. Mein Gast war nicht von hier. Er war eine Randexistenz unserer Gesellschaft. Doch auch Christus war ein Fahrender, ein Fremder im eigenen Land. Und auch er hat in seinem kurzen Leben als Randexistenz gewirkt. Wer also sind wir, über andere zu richten? Da drüben unter dem Kreuz liegt einer aus unserer Mitte. Der Schädel ist ihm eingeschlagen worden.«

Er schritt die Reihen ab, musterte jeden der Anwesenden einzeln. Köpfe erhoben sich. Köpfe senkten sich. Die einen suchten den Blickkontakt, als wollten sie Halt finden. Die anderen wendeten den Blick ab: Sie spielten Vogel Strauß.

Bruder Benedikt fuhr fort: »Es gibt kein Erbarmen ohne Wahrheit und Gerechtigkeit. Die Wahrheit wird ans Licht kommen, das verspreche ich euch. Der Täter wird sich der irdischen Gerechtigkeit stellen müssen. In einem Psalm heißt es: Nahe ist der Herr den zerbrochenen Herzen, und dem zerschlagenen Geist bringt er Hilfe …« Bruder Benedikt machte eine Pause. Abermals ließ er seinen Blick schweifen. Er suchte nun den direkten, festen

Blickkontakt zu den Wortführern in der Gemeinde. Zu jenen, die seine Botschaft an die Stammtische tragen würden. Dann setzte er nochmals an: »Barmherzigkeit will ich, nicht Opfer. Wir können im Moment Gottes Plan nicht erkennen. Aber allein sein Erbarmen setzt dem Bösen eine Grenze. In diesem Sinne bitte ich euch nur eines: Was auch immer in den kommenden Tagen auf uns zukommt: Richtet nicht, auf dass ihr nicht gerichtet werdet.« Er bedeutete den Versammelten, sich von den Bänken zu erheben: »Lasset uns beten zum Herrn, unserem Gott!«

Nach diesem aus dem Stegreif abgehaltenen Gottesdienst standen sie in Grüppchen im Pfarrhof beisammen. Die Männer standen in der Nähe des Räucherkastens. Die Frauen suchten, so weit als möglich von dem unheimlichen Ding entfernt, ihren Seelenfrieden zu finden. Sie scharten sich um die Gretl-Tant', die Zuflucht vor dem eisigen Winterwind gesucht hatte: in einer halbhoch mit Ziersteinen gemauerten Laube. Die Gespräche der beiden Gruppen waren Welten voneinander entfernt. Die Männer dischgarierten über Gott und die Welt. Sie kamen vom Hundertsten ins Tausendste, nur, um dem Tagesthema aus dem Weg zu gehen. Die Frauen fragten der Gretl-Tant' Löcher in den Bauch. Den meisten von ihnen war die alte Frau von Kindesbeinen an vertraut. Sie war ihre Kindergartentante gewesen. Eine Nenntante blieb sie ihnen ein Leben lang.

»Gretl-Tant', was sagst du«, eröffnete die Greißlerin den Tratsch.

»Des war ein Haderlump«, charakterisierte die Angesprochene den Toten.

»Dann hat's ja den Richtigen erwischt.«

Die Friseurin meldete sich zu Wort: »Einer, der a Glatzen hat und Perücke tragt ...« Sie schüttelte sich: »Also, mir is' der von Anfang an net zum G'sicht g'standen.«

Die Gretl-Tant' bestätigte den Eindruck der Friseurin: »Wia ich den des erste Mal g'sehn hab – Bruder Benedikt, hab ich g'sagt: Des is' a Strizzi.«

»Aber gerade mit dieser Sippschaft ist er doch so gut«, sagte die Bankbeamtin.

»Er is' a Barmherziger Bruada!« Forsch stellte sich die Gretl-Tant' vor ihren Zögling.

»Diese Klosterbrüder eint die Weltfremdheit«, sagte die Bankbeamtin.

»Unser Pfarrer steht mehr im Leben als so manche Zuagroaste«, sagte die Greißlerin. Eine andere meldete sich zu Wort: »Tot is' a. Und an Toten sagt man nix Schlechtes nach.«

»Recht hast«, sagte die Gretl-Tant': »Wir müssen auf uns Lebende schaun.«

Die Friseurin senkte ihre Stimme: »Es hoaßt, die Spreizendorfer Cäcilia hat ausschließlich für den Herrn aus der Stadt g'jodelt.«

»Wo is' denn überhaupt die Cäcilia?«, fragte die Greißlerin.

»Sie wird in Trauer sein«, stellte die Gretl-Tant' fest und ließ den Satz bedeutungsvoll nachschwingen.

»In Trauer ...«, wiederholte die Greißlerin.

Eine Frau, die alle nur »das Orakel« nannten, weil sie noch im abgestandensten Kaffeesud nach Bedeutungsvollem suchte, mischte sich ein: »Vier Mannsbilder haben uns gestern die schönsten Weisen 'blasen. Aber nur zwa von denen waren heut bei der Mess'.«

»Siehst, jetzt, wo du's sagst: Der Schreyvogel ihrer hat g'fehlt.«

»Und der Martin ah. Dem is' die Seinige in der Thomasnacht durch'gangen«, orakelte das Delphi zu Purbach.

»Die Cäcilia«, sinnierte die Gretl-Tant': »Die hat des Öfteren raufg'schaut zu unserem Gast.«

»Dem an geht's durch, dem anderen wird da Schädel eing'schlogn, meiner Seel'«, orakelte es.

Bruder Benedikt stand bei den Männern, seine Gedanken waren jedoch am Kirchenplatz. Er wurde das Bild von der Blutlache unter dem Kreuz, vom zerschlagenen Schädel seines früheren Ministranten nicht los. Der Herr hat gegeben, der Herr hat genommen, ratterte ein Sinnspruch in seinem eigenen, durchaus funktionierenden Schädel. Der Spruch war so klar, und doch schien er ihm im Moment so unklar: Warum nur nahm der Herr? Der Schäfer Franz gesellte sich zu ihm.

Er war ein feiner Mensch mit grobem Auftreten. Wenn er den Mund öffnete, polterte er meist. Doch nun wirkte er in sich gekehrt: »Heut Nacht hab ich ein Lamperl kriegt.«

»Der Herr gibt, der Herr nimmt.«

»Da wird einem schon anders, wennst so denkst.«

»Das Lamm Gottes nimmt hinweg die Sünde der Welt.«

»Des sind doch alles nur Sprüch', Herr Pfarrer.«

»Ich weiß, aber momentan sind die Sprüche das Einzige, was für mich einen Sinn ergibt.«

»Meinen S', wiara Krücken, auf die man sich stützt?«

»Das kleine Lamm auf Ihrer Weide ... Nehmen S' mich mit, wenn S' füttern gehen?«

»Wenn S' wollen. Bevor's finster wird, geh ich.«

»Vergelt's Gott.«

Unruhe erfasste plötzlich die Menge. Frau Inspektor Zimmermann platzte wie das Mensch gewordene Feindbild in diese vertraute Gemeinschaft. Sie schaufelte sich regelrecht durch die Menge, den Einzelnen dabei geflissentlich ignorierend. Sie baute sich vor Bruder Benedikt auf und sah ihn herausfordernd an: »Pflicht erfüllt!?« Der Mönch nickte schwach. Er hatte der Unverfrorenheit dieser verhaltensoriginellen Amtsperson nichts entgegenzusetzen. Der Schäfer Franz drehte sich von der Zimmermann ab. Diese beachtete ihn nicht. Stattdessen kam sie ohne Umschweife auf den Punkt: »Dann können wir ja den inneren Tatort begehen.« Sie blickte rundum und machte mit fester Stimme ihre Ansage: »Sie können sich nun auflösen. Halten Sie sich aber zu meiner Verfügung!« Zufrieden mit ihrem forschen Auftritt wurde sie ganz weich: »Doch bevor wir uns den Kirchturm näher ansehen, bitte ich noch Ihre bessere Hälfte zum vertraulichen Gespräch. Wie hieß die Dame noch mal?«

Die Gretl-Tant' und die Zimmermann saßen in der Pfarrküche. Besser gesagt: Die Zimmermann saß am Esstisch. Die Gretl-Tant' stand vor der Kredenz und polierte Besteck. Sie tat, als ginge sie das alles nichts an. Als handelte es sich nicht um eine offizielle Zeugenbefragung, sondern um den Besuch einer Bittstellerin. Die Beamtin scrollte auf ihrem Tablet nach dem Namen der Zeugin: »Frau Margarete Heinrich.« Die Gretl-Tant' reagierte nicht.

»Frau Heinrich«, begann die Zimmermann freundlich: »Was können Sie mir zum Verhältnis Ihres Dienstgebers mit dem Toten sagen?«

»Nix.«

»Was wissen Sie zum Aufenthalt des Toten?«

»Nix.«

»Was wissen Sie über seine Beziehungen innerhalb von Purbach?«

»Nix.«

»Liebe Frau Heinrich, Sie haben also nichts gesehen und nichts gehört. Sie wissen so rein gar nichts über den Toten?«

Die Gretl-Tant' nickte.

»Also, ich muss schon sagen, Ihre Aussagekraft ist beeindruckend.«

Die Gretl-Tant' hielt beim Besteck-Polieren inne. Sie fixierte feindselig die junge Frau. Diese ließ mit keiner Regung Ironie erkennen. Die Zimmermann stellte nüchtern fest: »Wer nichts weiß, muss alles glauben.«

Die Gretl-Tant' setzte sich an den Esstisch. Sie wischte sich die Hände an ihrer Schürze ab. »Wissen S', was ich glaub?«

»Verraten Sie es mir.«

»Ich glaub, Sie haben keine Ahnung von nix.«

Die Zimmermann zuckte unmerklich zusammen. Hörte sie da etwa den Mönch aus dem Munde der Alten sprechen? Ein Albtraum. Wie bei dem Rotlichtmord in Eisenstadt würde sie neben der Seife stehen, während der Mönch und die Alte den Fall zur Klärung brächten. »Gewöhnen Sie sich lieber an meine Art, werte Frau. Sonst lernen Sie mich kennen!«

»Eich Foaferln kenn ich in- und auswendig.«

»Haben Sie mich eben beleidigt?« Die Zimmermann ärgerte sich insgeheim, dass sie als Wienerin der burgenländischen Mundart nicht mächtig war.

»Na.«

»Dann belassen wir es bei einer Ermahnung.«

Die Gretl-Tant' lachte auf. Nervös schnellte die Zimmermann hinter dem Tisch hoch: »Wo ist Bruder Benedikt?« Mit dieser rhetorischen Frage stürmte sie aus der Küche. Direkt in die Arme des vor der Küche wartenden Mönches. »Foaferl«, wiederholte die Gretl-Tant' für sich. Und sie bekräftigte, was sie in der jungen Ermittlerin sah: eine unverständige, naive Person.

Der Mönch und die Beamtin überquerten die Straße. Der Bus der SPUSI parkte am Hintereingang der Kirche. Direkt neben dem Hauseingang zum ehemaligen Mesnerhaus, der letzten Bleibe des Schönen Jean. Zwischen den beiden Türen händigte die Zimmermann Bruder Benedikt die Marsgarderobe aus: die weißen Schuhüberzieher, die Handschuhe, den Ganzkörperanzug. Beim Haarnetz wehrte er sich. »Sie nehmen mir die Würde«, sagte er selbstbewusst.

»Stellen Sie sich nicht an«, blaffte die Zimmermann.

»Ich kann doch als Priester kein Haarnetz tragen.«

»Sie tragen doch auch Ihre protzigen Messgewänder«, blaffte die Zimmermann.

»Ich bin doch keine Nonne«, sagte Bruder Benedikt.

»Das sieht Ihnen ähnlich«, sagte die Zimmermann. »In Ihrem Verein verstecken die Frauen sich hinter dem Schleier, während die Männer stolz ihren Wanst zu Markte tragen.«

»Sie und Ihr komischer Verein. Verstecken sich hinter Paragrafen und verkleiden sich als Marsmenschen.«

»Gut, genug geplänkelt. Let's go!« Frau Inspektor Zimmermann trat hinter dem Bus hervor und geradewegs zu einer Seitentür. Sie war klein und unscheinbar – mit einem großen alten Türschloss. Geht's hier rauf auf den Turm?« Bruder Benedikt nickte. Die Zimmermann hielt ihm ihre behandschuhte Hand vor die Nase und winkte ungeduldig: »Schlüssel.«

»Glauben Sie, ich trage den Schlüsselbund bei mir?«

»Tragen Sie nicht?«

»Nein, das sind alte, handgeschmiedete Schlüssel, schwer wie Blei – die haben alle noch Esse und Amboss gesehen.«

»Wer hat den Schlüssel?«

»Der Tote.«

Frau Inspektor Zimmermann starrte den Mönch an wie ein Mondkalb.

»Mein Gast hat im Mesnerhaus gewohnt«, klärte der Mönch auf, »dort befindet sich der Schlüsselkasten.«

Sie dachte kurz nach: »Wir begehen den Tatort im Uhrzeigersinn. Im Mesnerhaus ist Endstation.«

»Und der Schlüssel?«

»Den holen Sie natürlich jetzt. Ist doch logisch.«

Die Tür knarrte. Es war ein Knarren, das in der Stille der Nacht gehört werden musste. Die Zimmermann vermerkte es in ihrem elektronischen Notizbuch. Unmittelbar hinter der Tür ging ein schmaler Stiegenaufgang steil hinauf. Für die Zimmermann kein Problem. Doch Bruder Benedikt, von kräftiger Statur, musste sich leicht seitwärts bewegen, um nicht stecken zu bleiben. Er vermied diesen Aufstieg daher zumeist. Die Stiege führte zum Orgelchor. In der Mitte des ausladenden Raumes thronte das musikalische Schmuckstück der Kirche. Mit Mostspenden der örtlichen Weinbauern war sie vor einigen Jahren restauriert worden. Versonnen blickte Bruder Benedikt hinunter ins Kirchenschiff. Auf den Altar aus

Kirschenholz, ebenfalls eine Spende des örtlichen Tischlermeisters. Die Kanzel, eigenhändig renoviert vom Bürgermeister. Den Taufstein, den einer seiner Vorgänger errichten hatte lassen. Die vierzehn Kreuzwegbilder, die aufwendig restauriert worden waren. Wobei jedes Bild von einer der Bürgerfamilien, die rund um den Hauptplatz wohnten, finanziert worden war.

Diese Kirche war ein Gemeinschaftswerk der Kirchengemeinde. Die einen hatten bei ihrer Renovierung geholfen. Die anderen hatten die Renovierung mit Geldmitteln unterstützt. Beinahe jedes seiner Schäfchen hatte so einen Bezug zur Kirche bekommen. Und nun standen sie alle unter Verdacht: Jeder von ihnen, ob Spender oder Helfer, konnte der Mörder sein. Die Zimmermann riss ihn aus seinen Gedanken: »Hinter der Orgel ist eine Tür.«

»Da geht's zum Glockenturm hinauf.«

»Sie ist offen.«

»Diese Tür ist immer offen. Aus feuerpolizeilichen Gründen.«

Die Zimmermann speicherte die Information ab. Sie betraten einen weiß gekalkten Zwischenraum. Der Lehmboden war hart wie Beton. Trotzdem: Hier sollten die Kollegen verwertbare Fußabdrücke finden. Auf Zehenspitzen durchmaß sie den Raum. Sie blickte nicht rechts, nicht links. Bruder Benedikt hingegen trampelte hinein. Dabei schweifte sein Blick rechts und links der Kalkwand. Er musterte die Wände von oben nach unten. »Sind Sie wahnsinnig! Sie verwischen Spuren mit Ihrer Trampelei.«

»Im Gegenteil.« Bruder Benedikt tippte auf die Kalkwand. Diese war übersät mit eingravierten Initialen: »Hier ritzen sich unsere Ministranten ein, wenn sie traditionell zum Glockenturm hinaufsteigen dürfen.« Er tippte nochmals auf eine bestimmte Stelle an der Wand: »Das da sind keine Initialen.«

Frau Inspektor Zimmermann leuchtete mit dem Handy zu jener Stelle, auf die er zeigte. »Schau schee, Jean«, stand da in winziger Krakelschrift. Sie zoomte mit der Handykamera auf das Schriftbild. Kein Wort der Anerkennung dem Mönch gegenüber. Stattdessen schützte sie angestrengte Konzentration vor. »Die Gravur ist frisch. Ich werde das Schriftbild auswerten lassen.«

»Wer immer das da reingeritzt hat, er hat vermutlich den Johann auf dem Gewissen.«

»Danke, darauf wäre ich jetzt nicht gekommen.«

KAPITEL 4

Mords-Bahö

Der Turm hatte zwei Eigenschaften, die gegen ihn sprachen. Er war hoch und er war eng. Beides Eigenschaften, die sich nicht mit den Ängsten von Bruder Benedikt vertrugen: Er hatte Höhen- und Platzangst. Freiwillig kletterte er nie das Ungetüm hinauf. Wenn, war es der Messdiener, der den Turm erklomm. Vier Stiegen, schmal und steil wie an die Wand gelehnte Feuerwehrleitern, führten zum Glockenturm. Die Zimmermann nahm jeweils zwei Stufen auf einmal. »Wer da an Klaustrophobie leidet«, rief sie Bruder Benedikt vergnügt zu, »der kann sich aufhängen.«

Der Mönch war eine halbe Stiege unterhalb von ihr. Schwer atmend hielt er sich am Geländer fest. Ihn schwindelte. Der Schweiß stand ihm auf der Stirn. Frau Inspektor Zimmermann bemerkte mit einem Seitenblick seine Verfassung. Ihr Vergnügen steigerte sich zu kindlichem Übermut. Sie nahm gleich drei Stufen auf einmal – und rutschte aus. »Eile mit Weile«, kam es von unterhalb.

Der Zimmermann schlug das Herz bis zum Hals. Sie sammelte sich. In der kurzen Pause schloss Bruder Benedikt schnaufend wie ein Walross zu ihr auf. Nach der zweiten Stiege, in der Turmmitte, zweigte rechts der Dachboden der Kirche ab. Er war so groß und mächtig wie der Pfarrstadel. Das Betondach des Kirchenschiffes wölbte den Fußboden. Gewaltige Querverstrebungen, von Eisenklammern und Hochbalken am Dachfirst gehalten, teilten den Dachboden in sechs rechteckige Kammern. Im hinteren Drittel des Raumes war eine Zwischenmauer eingezogen, hinter der ein weiterer Raum zu erkennen war. Frau Inspektor Zimmermann war nach dem Schreck froh über diese Verweilmöglichkeit. »Was ist da ganz hinten?« Sie tänzelte die Wölbung entlang, kletterte über die Verstrebungen und verschwand im hinteren Raum. Nach einer gefühlten Ewigkeit kam sie zurück.

»Hier kann man sich gut verstecken.« Bruder Benedikt, den noch immer schwindelte, nickte nur.

»Warten die Turmbläser hier auf Ihren Auftritt?«

Der Mönch musste ob der absurden Frage lächeln: »Die warten auf der Orgelempore. Da ist es bequemer.«

»Also ein reines Versteck.«

»Möglicherweise.«

Die Zimmermann atmete durch die Nase. Die stickige Luft benebelte sie. Der Nebel in ihrem Kopf tat ihr nicht gut. »Möglicherweise heißt, jemand versteckt sich nach der Tat hier heroben?«

»Oder davor.«

»Wieso davor?«

»Weil danach ja keine Leut mehr unterwegs gewesen sind.«

Die Zimmermann verengte ihre Augen zu Schlitzen und fixierte den Mönch. Zackig rief sie zum Gipfelsturm: »Wie viele Stiegen?«

»Zwei noch.« Doch da hatte sie schon wieder zwei Stufen auf einmal genommen.

Bruder Benedikt arbeitete sich vorsichtig hoch. In einem Seitenerker lagerten Kandelaber. Sie lagen in einem Haufen wild durcheinander. Staub und Spinnweben woben ein feines Netz über die Kandelaber. Hier hatte schon lange niemand mehr Ordnung gemacht. Er stutzte. Hätte der Täter im Affekt gehandelt, er hätte beim Stürmen des Turmes nach einem Kandelaber gegriffen. Das Mordwerkzeug war allerdings eine Trompete gewesen. Er zweifelte, dass einer der Musiker auf die hirnverbrannte Idee gekommen war, das eigene Instrument als Corpus Delicti am Tatort zu hinterlassen. Es musste also jemand im irren Glauben gehandelt haben, mit diesem speziellen Mordinstrument den Verdacht auf die Turmbläser zu lenken.

Frau Inspektor Zimmermann stand auf der letzten Stufe der vierten Treppe und wartete auf Bruder Benedikt. Erst als dieser zu ihren Füßen auftauchte, trat sie zur Seite. Hinein in die Glockenstube. »In zehn Minuten schlägt's zur vollen Stunde«, sagte Bruder Benedikt. Zimmermann schien von der Ansage nicht beeindruckt. Im Gegenteil. Sie streckte dem Mönch ihr Handy hin: »Ich warte hier auf Sie. Würden Sie bitte auf die Balustrade gehen und für mich Fotos von der offensichtlichen Abwurfstelle machen?«

»Sie müssen doch den Tatort in Augenschein nehmen.«

Plötzlich wurde Frau Inspektor Zimmermann ganz kleinlaut. Sie scharrte nervös am Boden und suchte nach einer Ausrede: »Ich müsste, natürlich müsste ich, aber ...« Sie stockte: »Ich leide an Akrophobie.«

Da platzte es aus Bruder Benedikt heraus: »Höhenangst haben Sie!«

»Ich bin auch nur ein Mensch.«

»Ich auch.«

»Selbstverständlich. Bitte, tun Sie mir den Gefallen.«

»Ich hab auch Höhenangst. Platz- und Höhenangst.«

»Shit happens«, fluchte die Zimmermann leise.

»Wenn wir noch lange hier stehen, holen wir uns einen Satz heiße Ohren vom Lärm der gleich zu läuten beginnenden Glocke«, bemerkte Bruder Benedikt.

Selbstbeherrscht trat Frau Inspektor Zimmermann ins Freie:»Augen zu und durch.« Die Glockenstube war von einer schmalen Balustrade umgeben. Man konnte vom Ausstieg einmal rund um den Turm gehen. Der Aufenthalt in luftiger Höhe war zwar bedrückend, der Rundumblick hingegen beeindruckend. Wer hier oben stand, überblickte die Weite des Neusiedler Sees. Vor ihm breitete sich das unendliche Schilfmeer aus. Und er nahm aus der Vogelperspektive die Dachlandschaft von Purbach wie eine Farbpalette sämtlicher Rottöne wahr.

Die Wahrnehmung der beiden war eine gänzlich andere. Bruder Benedikt stand beim Ausstieg, hielt sich am Türstock fest und hatte die Augen fest geschlossen. Die Zimmermann hingegen bewegte sich zittrig Schritt für Schritt zur Abwurfstelle vor, zückte ihr Handy und hielt es blindlings in die Höhe. Sie bediente die Automatik und fotografierte auf gut Glück in die Tiefe. Selbst einen Blick hinunterzuwerfen, auf das Kreuz und die Aufschlagstelle der Trompete, das wagte sie nicht. Wozu gab es die Auswertung am Schreibtisch. Am Bildschirm ihres Bürocomputers konnte sie Ausschnitte festlegen, Details zoomen, das Wichtige vom Unwichtigen trennen. Das digitale Bild der Wirklichkeit war doch im Grunde genommen wesentlich aussagekräftiger als die lebensgefährliche Realität. Zittrig entfernte sie sich von der Abwurfstelle. Sie hatte Mühe, ihr Handy zu halten.

Bruder Benedikt blickte nervös auf die Uhr:»In drei Minuten schlägt die Glocke zur Uhrzeit!«

»Nichts wie weg.« Wieder auf sicherem Terrain, flog sie regelrecht die Stiege hinunter. Langsam folgte ihr Bruder Benedikt. Ein ohrenbetäubender, dumpfer Anschlag ließ die beiden in der Bewegung erstarren. Der Mönch stand in der Mitte der letzten Stiege, die Beamtin bereits auf einer Stufe der vorletzten. Doch beide hatten dieselbe Empfindung. Sie glaubten, ihr Trommelfell sei geplatzt. Die Zimmermann sprang in einem Satz nach unten und rettete sich auf den Dachboden. Dort legte sie sich auf das Betongewölbe und atmete flach. Sie hatte, eine Berufskrankheit, schweres Ohrensausen. Der erschütternde Anschlag auf ihren Gehörnerv legte in ihrem Gehirn einen gefürchteten Schalter um: Und ein Presslufthammer wechselte sich mit dem dumpfen Wumm der Kirchenglocke ab. Wäre sie noch auf der Balustrade gestanden, spätestens jetzt wäre sie in die Tiefe gesprungen. Sie hielt sich die Ohren zu. Doch das nützte natürlich nichts. Das Ohrensausen war reiner Einbildung geschuldet, der Glockenschlag hingegen roher Gewalt.

»Geht's Ihnen gut?« Bruder Benedikt steckte seinen Kopf beim Eingang des Dachbodens herein. Sie zappelte. Zeitverzögert drehte sie sich zu ihm. Sie sagte nichts. Die Stille nach dem Lärm war rein äußerlich. In ihrem Kopf arbeitete der Presslufthammer in einer Intensität, dass sie glaubte, ihr zerspringe der Schädel. »Ein bisschen Kopfweh hab ich.«

»Das tut mir leid. Ich fürchte, meine Uhr geht falsch.«

Bedächtig setzte sich Frau Inspektor Zimmermann auf. Die fehlende Hellhörigkeit wirkte sich positiv auf ihren Sehnerv aus. Dieser Sinn war mit einem Mal aufs Äußerste geschärft. Sie war zwar wie in Watte gepackt, nahm dafür ihre Umgebung wie ein Standbild wahr. Ihre Augen wanderten um die eigene Achse. Sie hatte gelernt, den Tinnitus mithilfe bewusster Visualisierung auszuschalten. Der Staub und das morsche Holz verschmolzen mit ihrer Iris. Sie versank regelrecht im Dreck. Und stieß sich an einem Aluminiumding, das so ganz und gar nicht hierher passte. Das Ding lag in der Bodenkante. Sie krabbelte die Wölbung hinunter. »Suchen Sie was?«, kam es vom Dachbodeneingang. Sie tastete sich mit der Hand zu dem Ding vor, das unter einem dicken Sparren steckte. Mit Zeige- und Mittelfinger angelte sie danach. Bereits beim Tasten erkannte sie den Gegenstand. Es war ein Handy. Mehrmals entglitt ihr das mobile Gerät. Nach einigem Bemühen brachte sie es in Position und griff zu. Die behandschuhte Hand ließ das Beweismittel nicht mehr los. Stolz hielt sie dem Mönch das Handy unter die Nase. »Wenn das kein Glücksfall ist!«

»Das kann jedem gehören.«

»Jedem, der hier auf diesem Dachboden war.«

»Erst einmal müssen Sie es aufsperren.«

»Entsperren: Das machen die Kollegen zum Frühstück.«

Das Ohrensausen war wie weggeblasen. Sie fühlte sich richtig gut. Schweigend nahmen Bruder Benedikt und Frau Inspektor Zimmermann die Treppen nach unten. Im Freien sogen sie gleichzeitig die schneidend kalte Luft ein. Wer immer da freiwillig in der Nacht auf den Turm gestiegen war, er musste tatsächlich einen mordswichtigen Grund dafür gehabt haben ...

Am Seitenaufgang zum Turm wartete bereits der Gerichtsmediziner. An seiner Seite der Gemeindearzt. Der Gerichtsmediziner hatte verquollene Augen. Er roch scharf. Sein Zungenschlag war eindeutig: »Bringen wir's hinter uns.«

»Unsereins hat net amoi zu Weihnachten sei' heilige Ruh«, sagte sein Kollege.

»Nach der Leichenschau gehör ich ganz meiner Familie«, sagte der Amtsarzt.

»Mei' Frau und die Kinder warten auch. Die Schwiegereltern sind zu Besuch.«

»Da wird's aber nix mit der heiligen Ruh«, sagte der Amtsarzt.

»Hasenbraten gibt's. Und den Christtagsstollen.«

»Mahlzeit«, sagte die Zimmermann, »sind die Herren bereit!?«

Die beiden Mediziner gaben sich einen Ruck. Bruder Benedikt wandte sich ebenfalls zum Gehen. »Sie bleiben hier: Interne Amtshandlung«, betonte die Zimmermann.

Vor der Absperrung begehrte der Bürgermeister Einlass. Die beiden Dorfpolizisten, die ihm zwar nicht unterstellt, aber in seiner Gemeinde tätig waren, schienen unschlüssig. Als Bruder Benedikt, der allein stand, dem weltlichen Kollegen winkte, ließen sie ihn unter dem Sperrband durchschlüpfen.

»Fürchterlich«, sagte der Bürgermeister. Er war im Sonntagsstaat: einem original Winzeranzug. Den hatte er bei einem Shoppingausflug mit seiner Frau in der Outlet-Oase von Parndorf erstanden. Er trug den Anzug mit berechtigtem Stolz, hatte er ihn doch einem Japaner vor der Nase weggeschnappt. »Ein Schock«, sagte Bruder Benedikt.

»Des können S' laut sagen«, sagte der Bürgermeister, »die ganze Gemeinde steht unter Schock.«

»Die Kirchen- oder die Dorfgemeinde?«, fragte Bruder Benedikt.

»Werden S' net spitzfindig.«

»Ich habe Sie heute gar nicht in der Messe gesehen.«
Der Bürgermeister machte einen nervösen Ausfall-
schritt. Er blickte kurz zu Boden. Dann lächelte er, wie
um Entschuldigung bittend. »Nach der Metten hock' ma
traditionell im Weinkeller z'amm. Fünfe is's 'worden«

»Dann haben S' wenigstens ein Alibi für den Todeszeitpunkt«, stellte der Mönch nüchtern fest.

Es war ein groteskes Andachtsbild. Unter dem Kreuz der
Volksmission lag, vom Leichentuch befreit, der Leib des
Schönen Jean. Vom Schädel war nicht mehr viel zu erkennen. Von der Bekleidung her schien er bereits den
Bestattungsanzug zu tragen. Die gelbe Perücke, verklebt
vom eingetrockneten Blut, war atmungsaktiv verpackt.
Über den entleibten Leib im schwarzen Nadelstreif waren
zwei genährte Leiber und ein dünner Leib gebeugt. Frau
Inspektor Zimmermann eröffnete die Amtshandlung mit
einer rhetorischen Frage: »Besteht der Verdacht auf un-
natürlichen Tod?« Die genährten Leiber hoben und senkten sich. Wie aus einem Munde kam es fachmedizinisch
korrekt: »Ja.«

»Herr Doktor …?« Sie sah dem Gemeindearzt fragend
ins Gesicht.

Dieser hielt ihr die Hand hin. »Veltlin.«

Die Zimmermann schien irritiert: »Zimmermann,
sorry. In der Hitze des Gefechts …«

»Mir is' saukalt«, sagte der Amtsarzt.

»Herr Doktor Veltlin«, setzte die Zimmermann nochmals an, »in welchem Zustand haben Sie den Leichnam
aufgefunden?«

»Verkrümmt.«

Er hielt ihr die Todesbescheinigung hin.

»Haben Sie den Leichnam nach Auffindung … verändert?«

»Ob ich ihn ang'rührt hab?!« Der Gemeindearzt tauschte mit seinem Kollegen einen vielsagenden Blick aus: »Gott bewahr.«

»Leiche wurde unverändert aufgefunden, Todesbescheinigung wurde ausgehändigt: unnatürlicher Tod«, diktierte die Zimmermann in ihr Handy.

»Kollegin, fassen wir zusammen«, unterbrach sie der Amtsarzt. »Die kirschroten Leichenflecken lassen Rückschlüsse auf Unterkühlung zu. Der voll ausgebildeten Leichenstarre und den Flecken nach war der Tote beim Auffindungszeitpunkt bereits sechs Stunden tot.«

»Geschätzter Todeszeitpunkt«, schnarrte die Zimmermann. Sie hatte es nicht gern, wenn sie unterbrochen wurde.

»Ich würd sagen ein Uhr früh«, sagte der Amtsarzt: »Kollege, was meinst du?«

Frau Inspektor Zimmermann horchte auf. Die beiden kannten sich. Sie musste achtgeben. Eine Altherrenverschwörung gegen sie, die junge aufstrebende Beamtin, war praktisch vorprogrammiert.

»Tät ich auch sagen. Des muss direkt im Anschluss ans Weisenblasen g'schehn sein. Vielleicht a Stünderl danach.«

»Sehen S', Kollegin«, schmunzelte der Amtsarzt, »nach Mitternacht schlägt das letzte Stünderl zu.« Die beiden Ärzte konnten sich ein Grinsen nicht verhalten. Die Zimmermann nahm sie ausdruckslos ins Visier.

»A bisserl Spaß g'hört dazu«, entschuldigte sich der Amtsarzt und ärgerte sich im gleichen Moment dafür.

Denn Frau Inspektor Zimmermann, die in ihrem Schutzanzug aussah wie eine winzige weiße Spitzmaus, bäumte sich vor ihm auf und ratterte es herunter: »Geschätztes Alter, Gewicht, Körpertemperatur!«

Hilflos sah er zu seinem Kollegen. Er stammelte. Nestelte in seinen Papieren. Räusperte sich. Und schloss kräftig mit den Worten: »Haben Sie alles am Schreibtisch. Nach der Leichenschau.«

»Findet wann statt«, kam es wie aus der Pistole geschossen.

»Nach den Feiertagen.« Damit befreite er sich aus seinem Schutzanzug.

Bruder Benedikt, der in seinem Anzug aussah wie ein Michelin-Männchen, wartete gemeinsam mit dem Bürgermeister auf das Ende der internen Amtshandlung. Die beiden Ärzte verließen grußlos den Tatort. Frau Inspektor Zimmermann widmete sich wieder ihrem Hauptzeugen. Sie bedachte den Bürgermeister mit bösem Blick.

»Ich bin der Bürgermeister.«

»Sie tragen keinen Schutzanzug!«

Der Bürgermeister antwortete überrumpelt: »Des is' mein Kirchtaggewand.«

»Haben Sie eine Aussage zu machen?«

»Ich hab a Alibi«, stotterte der Bürgermeister, »ich war zum Tatzeitpunkt im Weinkeller.«

Die Zimmermann schüttelte den Kopf: »Bleiben Sie dem Sperrgebiet fern!«

Der Bürgermeister musterte das unverfrorene Persönchen, das sich hier vor ihm aufspielte: »Was in meiner Gemeinde Sperrgebiet is', sag immer noch ich.«

»Falsch«, korrigierte die Zimmermann. »Herr Pfarrer, das Quartier des Toten.«

Sie drehte sich auf dem Absatz um und verschwand im ehemaligen Mesnerhaus. Bruder Benedikt bedeutete mit einem Schulterzucken in Richtung des Bürgermeisters seine Hilflosigkeit und folgte ihr.

»Kasperl«, sagte die Zimmermann. »Spielt sich da mit seinem Faschingskostüm vor mir auf.«

»Mit Ihrer Art werden S' bei uns nicht weit kommen«, sagte Bruder Benedikt.

Die Zimmermann überhörte seinen Einwurf. Sie standen im Vorraum, von dem eine Treppe ins Obergeschoß führte.

»Der Raum hier herunten, gehört der auch zum Quartier?«

»Das ist der Seelsorgeraum.«

»Hier finden also die armen Seelen ihren Frieden.«

»Sie können gern einen Termin haben.«

»Da hab ich effizientere Methoden. Wer geht hier ein und aus?«

»Die Seelsorgerin.«

»Sympathisch. Eine Frau. Name?«

»Edeltraud Schreyvogel.«

»Gab es einen Austausch zwischen unten und oben?«

»Man wird sich gesehen haben«, sagte Bruder Benedikt vorsichtig, »zwischen Tür und Angel.«

Er wollte in dieser heiklen Angelegenheit nicht noch Gerüchten, die gestreut wurden, Nahrung geben.

Sie gingen nach oben. Der Raum war quadratisch. Ein hoher, offener Raum. Das alte Dach war freigelegt. Daher dominierte altes Gebälk. Zwei wuchtige Trägerbalken spannten sich über die gesamte Tiefe der Einzimmerwohnung. Mehrere Querbalken lagen auf den Trägern auf. Seitenverstrebungen verjüngten sich nach oben hin und liefen in der Dachspitze zusammen. Die Flächen dazwischen waren gedämmt und mit Kalk geschlemmt. Ein beeindruckendes Beispiel vorbildhafter Denkmalpflege. Vier winzige Fenster strukturierten den oberen Stock. Die Fensterläden waren ebenfalls renoviert: heimische Tischlerarbeit nach Maß. Die Läden waren verschlossen.

Frau Inspektor Zimmermann hatte kein Auge für die Schönheit der Wohnung. Sie sah den Raum ausschließlich vom Blickwinkel des Ermordeten aus. Ein schmales Biedermeierbett stand neben einem offenen Schlurf, der Kitchenette und Nassbereich beherbergte. In der Mitte des großzügigen Zimmers stand ein aufblasbares, sehr großes Gästebett. Es schien im Gegensatz zum eigentlichen Bett die Schlafstatt des Schönen Jean gewesen zu sein. Jedenfalls war es überzogen. Edles Bettzeug, bemerkte die Zimmermann, als sie über den Stoff strich. Sie suchte nach dem Etikett und grunzte wie zur Bestätigung: Backhausen. Ein Wiener Stoffladen vom Feinsten. Das Bettzeug war zerwühlt. Außer dem Bett erinnerte nichts daran, dass hier jemand gewohnt hatte. Es lagen keinerlei persönliche Habseligkeiten herum. Sie drehte sich einmal um die eigene Achse. Die hintere Wand war der Länge nach mit einem Büroschranksystem verbaut. »Ist das Ihr Pfarrarchiv?«, schlussfolgerte die Zimmermann.

»An und für sich«, nuschelte Bruder Benedikt.

»Aber …?«, kam es scharf von der Zimmermann.

»Das Handgepäck unseres Gastes ist etwas größer ausgefallen. Daher haben wir kurzfristig die Ordner unten eingelagert.«

Daher also die penible Ordnung: Der Gast hielt es mit Tarnen und Täuschen. »Camouflage«, sagte die Zimmermann und dachte insgeheim an Drillichkleidung, ihr bevorzugtes Freizeitgewand. Zumindest mit dem Hinweis auf die Kleidung lag sie richtig. Der Verbau hatte zwölf Doppeltüren. Sie öffnete eine nach der anderen und bekam den kleidertechnischen Eindruck eines Mannes von Unterwelt. In Abteilungen geordnet waren zuerst die Hemden: vom Haifischkragen bis zum Vatermörder hatten alle gestärkte Krägen. Es folgten Krawatten in sämtlichen Breiten und Farben: von dezent-dunkel bis schreiend-bunt. Auf einer Ablage gab es Einstecktücher, auf Pappe genäht und gefaltet. Ein weiterer Schrank beherbergte Schuhe. Es gab sie mit Spangen, grob- und kleinlöchrig, aber auch mit glattem Oberleder. Schwarz dominierte. Es mischten sich jedoch auch Cognac-, Rot- und Brauntöne darunter. In der nächsten Abteilung war ein ansehnlicher Stapel an T-Shirts. Akkurat gefaltet wie hinter schwedischen Gardinen üblich. Oder …

»… die Aufgeräumtheit lässt auf einschlägige Erfahrung schließen oder auf eine ordentliche Reinigungsfachfrau.«

»Sie können von Letzterer ausgehen«, sagte Bruder Benedikt, der sich über den leicht ironischen Unterton der Zimmermann ärgerte.

»Name!«

»Cäcilia Spreizendorfer. Sie putzt auch in der Kirche.«

»Gehört das nicht zu den Pflichten Ihres …« Die Zimmermann verkniff sich das Wörtchen Hausdrachen: »… zu den Aufgaben Ihrer Köchin?«

»Frau Gretl ist ausschließlich für meinen privaten Haushalt zuständig.«

»Diese Frau Spreizendorfer ist also ebenfalls hier oben ein und aus gegangen.«

»Notgedrungen.«

»Verstehe.«

Frau Inspektor Zimmermann machte Fotos von den bisher geöffneten Kästen. »Er hatte hier also regelmäßigen Austausch mit drei Damen und Ihnen.«

»Ich war nie bei ihm oben, das war sein privates Reich. Und meine Köchin ist ihm aus dem Weg gegangen.«

»Hat sie ihn nicht riechen können?«

»Johann war ihr«, er hüstelte, »er war ihr fremd.«

»Im Gegenteil zu Ihnen.« Die Zimmermann machte eine kleine Pause und setzte triumphierend nach: »Und den beiden Damen. Kannten sie sein Gewerbe?«

»Fräulein Zimmermann«, konnte er sich die verniedlichende Anrede nicht verkneifen. Sie zuckte zusammen, woraufhin er es wiederholte: »Fräulein Zimmermann, er war weg vom Strich. Und die beiden Damen sind gut verheiratet.«

»Da staut sich so manches auf. In so einer Ehe.«

»Sie müssen immer ans Schlechteste denken.«

»Das ist mein Beruf. Auf jeden Fall müssen wir Textilproben entnehmen. Man kann nie wissen. Wenn die Geschlechter einmal aufeinandertreffen, ist vieles möglich …«

»War's das!?« Bruder Benedikt wendete sich der Tür zu.

»Danke. Ich bleib noch.«

»Ich bin in der Kanzlei, wenn Sie mich brauchen.«

»Ah ja, diesen Strizzi-Fritzl. Wo find ich den?«

»Er wohnt bei seiner Lebensgefährtin, Frau Rosemarie Augustin.«

»Gut. Ich brauch die Adresse. Und auch die Ihrer beiden Pfarrhelferinnen.«

Bruder Benedikt fühlte sich wie erschlagen, als er die Treppe ins Untergeschoß nahm. Frau Inspektor Zimmermann hingegen war energetisch aufgeladen. Ein Halbseidener und zwei Hausfrauen. Wenn das kein attraktives Verdächtigendreieck abgab. Sie öffnete die weiteren Türen und stieß auf ein Sammelsurium, das ihre zuvor geäußerte Vermutung zur Gewissheit verstärkte. In Reih und Glied präsentierte sich ihr erotische Männerunterwäsche, die sich – sie musste grinsen über das Wortspiel – gewaschen hatte. Pants mit Reißverschluss. Bondage-Slips. Herrentangas, die auch ihr persönlich gefielen: im Tarnfarben-Look. Sie lachte auf, als sie ein skurriles Textil in die Höhe hielt: eine transparente Boxershort mit blickdichter Hülle für das beste Stück. Doch es kam noch besser: ein Stringtanga im Elefantendesign mit Plüscheinsatz für den Rüssel. Ob Bruder Benedikt über das wahre Ausmaß des Handgepäcks seines ehemaligen Ministranten Bescheid wusste? Vielleicht trug er ja selbst Tigerhöschen unter der Kutte. Nein, das konnte, das wollte sie sich nicht vorstellen. Die Zimmermann mahnte sich zur Ernsthaftigkeit. Sie musste kühlen Kopf bewahren. Zwei Frauen hatten Kontakt zum ehemaligen Puffbesitzer. Zwei Frauen, die wahrscheinlich ausgehungert waren. Zwei Frauen, von denen zumindest eine um den Inhalt der Kästen wusste. Zwei Frauen, die wahrscheinlich ein schlüpfriges Geheimnis – wieder lachte sie auf – mit ihm geteilt hatten. Sie betrat den Schlurf. Die Küche war unbenutzt. Nochmals lachte sie auf: Der Typ hatte tatsächlich nichts anbrennen lassen. Dafür war das winzige Bad gut bestückt. Neben den drei »G« der Herrendüfte, Guess, Gucci und Gaultier, stand Skurriles. Ein Flakon im Design eines Putzsprays. Ein »Wiener Schneekugelspray«, eine Teddybären-Glaskugel mit der Aufschrift *sweet honesty*. In die Nase stieg ihr aber ein Pheromonspray, wie Männer ihn benutzten, um Frauen willenlos zu machen. Da hatte einer ganz und gar nicht wie ein Mönch gelebt, dachte sie bei sich. Und in diesem Moment tat ihr Bruder Benedikt irgendwie leid. Wie es aussah, hatte der Johannestriebler seinen arglosen Freund getäuscht, indem er sich als Geläuterter getarnt hatte. Sie verließ die letzte Ruhestätte des Schönen Jean. Bruder Benedikt wollte sie vorerst nichts über ihre Entdeckung sagen. Der Raum und sein Inhalt waren eine Spielwiese für die Astronauten. Sie war sich sicher, dass diese hier auf sachdienliche Erkenntnisse stoßen würden. Die Beweismittel bekam sie nach den Feiertagen ohnedies auf den Tisch. Sie hielt inne in ihren Gedanken: Feiertag! In den kommenden Tagen würde alles stillstehen. Die Spurensicherung machte Feiertag. Die Staatsanwaltschaft machte Feiertag. Der Gerichtsmediziner machte Feiertag. Sie konnte eigentlich ebenfalls zumindest Feierabend machen. Wenn sie anderntags mit den Zeugenbefragungen begann, hätte sie noch immer absolute Exklusivität. Ihr Partner war auf Weihnachtsurlaub. So halb und halb, halb offiziell, halb inoffiziell konnte sie sich ja am kommenden Tag an den oder die Übeltäter/-in heranpirschen. Falls es ihr gelang, den Fall über die Feiertage allein aufzuklären, wäre die Scharte, die ihr Bruder Benedikt zugefügt hatte, ausgemerzt. Sie klopfte überaus höflich an seiner Kanzleitür und wartete auf sein »Herein!«. Sie steckte den Kopf bei der Tür herein: »Ich wollte mich nur verabschieden.«

»Gehen Sie hin in Frieden.«

»Bis morgen.«

»Morgen ist Stefanitag!«

»Na und?«

»Sie können doch nicht da weiter alleine ermitteln.«

»Bei Gefahr im Verzug kann ich alles. Außerdem führe ich nur vorbereitende Befragungen, bis wir nach den Feiertagen offiziell in die Ermittlung einsteigen.«

»Gott zum Gruße.«

»Seien Sie auch erhört.« Sie machte auf dem Absatz kehrt und flüchtete ins Freie. Dieser siebenkluge Mönch schaffte es in Sekunden, sie auf die Palme zu bringen.

Als sie in Eisenstadt ankam, dämmerte es. Ihr Magen knurrte. Sie schaute auf die Uhr: knapp vor vier. Wenn sie eines nicht hatte, dann war das Zeit. Zeit war Geld. Und das, so war sie erzogen, vergeudete man nicht. Sie war immer im Stress. Immer in Bewegung. Immer auf Draht. Die Nahrungsaufnahme, eine Unsitte menschlicher Zivilisation, hatte sich dem Diktat der Zeit zu unterwerfen. Da war sie ganz bei ihrem Opfer: Auch sie ließ daheim nichts anbrennen. Die Zimmermann kochte nicht. Punkt. Aus. Pasta. Sie setzte auf Fast Food. Das ging schnell und war an jeder Ecke verfügbar. In Form eines türkischen Kebabs. Am Domplatz standen sogar zwei Dönerbuden in befruchtender Konkurrenz zueinander. In der einen wurde händisch am Spieß geschichtetes Huhn und Lamm verkauft. In der anderen industriell fabriziertes. Sosehr die Zimmermann Effizienz schätzte, das von Hand Gegrillte schmeckte ihr dann doch besser als die Industrieware. »Einmal mit scharf!«

»Gedreht oder gerollt?«

»Das Gedrehte gerollt, zur Abwechslung!?«

Yusuf, den seine burgenländischen Freunde Seppi riefen, lachte in sich hinein. Er kannte mittlerweile die

Humorlosigkeit seiner Stammkundin. Sie hatte einen misstrauischen Blick und quatschte, ohne etwas zu sagen. Doch sie war treu. Konkret kam sie jeden Tag. Manchmal sogar zweimal am Tag. Yusuf behandelte sie wie eine Königin. »Gnädige Frau, Ihr Dürüm Döner!«

»Ist das notwendig?«

»Ich wickle das Dürüm immer in Stanniol.«

»Das mein ich nicht.«

»Ich verstehe Sie nicht, gnädige Frau!«

»Eben, das mein ich!«

»Was, gnädige Frau?«

Yusuf lächelte wie ein Unschuldslamm.

»Sie wissen genau, was ich meine. Ist das auch mit scharf!?«

»Wie immer.«

Er verzog keine Miene. Frau Inspektor Zimmermann riss ein Stück vom Stanniol auf und biss gierig in den gerollten Fladen. Sie zog eine Grimasse.

»Mit zu viel scharf?«

»Scheiße, das Stanniol.« Sie schob das Stückchen mit der Zunge zur Lippe und entfernte es. »Ist nicht scharf, ist nur Metall«, kam es sanftmütig aus dem Mund des Türken. Die Zimmermann lächelte säuerlich. An einem Platz wie diesem konnte sie nichts und niemand aus der Ruhe bringen. Hier fühlte sie sich befreit. Sie wickelte das Dürüm aus dem restlichen Stanniol. Sie war allein auf der Dienststelle. Kein nervender Kollege. Kein Telefon, das ständig läutete: nichts als die heilige Ruhe. Sie biss herzhaft in den Döner. Kriminaltechnisch gesehen waren die Weihnachtsfeiertage ein Fest des Friedens: Friede, Freude, Eierkuchen.

KAPITEL 5

Kerzerl-Mitzi, Strizzi-Fritzl

Der Anruf kam frühmorgens. Jedenfalls lag der Tag noch im Dämmerlicht. Bruder Benedikt hatte ein altmodisches Bakelit-Telefon auf seinem Schreibtisch stehen. Das Gerät war einer technischen Nostalgie geschuldet. Und es klingelte so laut, dass es auch in der Küche zu hören war. Er saß gerade beim Frühstück, als es läutete. »Pfarrgemeinde Purbach, Bruder Benedikt«, meldete er sich. »Schwester Rosemarie«, klang es fern. Die Kerzerl-Mitzi, schoss es dem Mönch durch den Kopf. Rosemarie Augustin war die Lebensgefährtin des Strizzi-Fritzl. Sie hatte als Schneiderin in Wien gearbeitet. Seit geraumer Zeit war sie Betschwester eines weltlichen Ordens, der sich der Jungfräulichkeit der Muttergottes verschrieben hatte. In ihrer Jugend hatte sie Fritz Heiland, einen Halbseidenen aus dem Milieu, kennengelernt. Er galt damals, in seinen Zwanzigern, als g'schnäuztester Kampl von Wien. Die liebe Augustin und der fesche Heiland waren ein lustiges Paar, bis sich ihre Wege trennten. Er tauchte in der Unterwelt unter, sie stieg in die mondäne Welt der Adlmüllers auf. Eines Tages ließ sie aus unbekanntem Grund ihr Society-Leben hinter sich und bekannte sich zur ewigen Jungfräulichkeit. Im Ruhestand zog sie nach Purbach und erwarb ein früheres Winzerhäuschen. Da alte Liebe nicht rostet und die Augustin nicht allein das traute Glück genießen wollte, nahm sie ihre Jugendliebe in Kost und

Logis. Die beiden lebten allerdings, gestreng den Regeln des weltlichen Ordens, in wilder Josefsehe – was sie stets betonte. Ihren Spitznamen Kerzerl-Mitzi verdankte sie ihrer eigentlichen Leidenschaft: Jeden Tag zündete sie in der Pfarrkirche eine Kerze an. Es wurde gemunkelt, sie gedenke ihrer Tauftante, die ihr ein erkleckliches Vermögen hinterlassen hatte.

»Rosemarie«, sagte Bruder Benedikt, der die Kerzerl-Mitzi nicht als Nonne, sondern eher als schrullig-liebenswürdige Person wahrnahm, »was liegt Ihnen am Herzen?«

»Der Fritzl, er ist seit Weihnachten verschwunden!«

Erst jetzt bemerkte Bruder Benedikt, dass er die Kerzerl-Mitzi weder zur Mitternachtsmette noch bei der Christ-tagsmesse gesehen hatte. »Vor oder nach der Mette?«

Statt eine Antwort zu bekommen, vernahm er nur ein winselndes Schluchzen am anderen Ende der Leitung: »Er ist zu Weihnachten in diesem grauslichen Wirtshaus gewesen ...«

Bruder Benedikt kannte den Storchen-Schorsch. Der Wirt war Wiener. Er führte die Kantine des örtlichen Campingplatzes, in dem im Sommer hauptsächlich seine Landsleute als Dauercamper logierten. In der Zwischensaison war das Lokal eine Art dörflicher Branntweiner. Die Randexistenzen des Ortes fanden hier eine wärmende Stube. Der Strizzi-Fritzl war Stammgast. Die Kantine strahlte etwas ihm Vertrautes aus. Sie war sein erweitertes Wohnzimmer.

»Zur Bescherung ist er mit einem Damenspitzerl heimgekommen.« Sie schniefte: »Nur, um sich ins Auto zu setzen und Richtung Wien zu verabschieden.«

»Sie haben sich getrennt?«

»Er hat ja in Wien seine Hausmeisterstelle.«

»Aber doch nicht zu Weihnachten.«

»Er hat gemeint, er müsse zwischen zwei Parteien schlichten, der Hausfrieden hänge schief.«

»Das haben Sie ihm geglaubt?«

»Ich weiß es ja auch nicht«, schniefte sie.

»Beruhigen Sie sich. Er ist ja immer wieder zurückgekommen.«

Bruder Benedikt kannte die unheilvolle Verbindung zwischen den beiden ungleichen Geschlechtern.

Der Strizzi-Fritzl war ein Leben lang eine arbeitsscheue Kreatur gewesen. Ein kleiner Peitscherlbua, der wechselnde Bordsteinschwalben für sich arbeiten ließ, mit denen er Bett und Einkommen teilte. Die Hauptfrau, bei der er immer dann Unterschlupf suchte, wenn gerade keine Schwalbe bei der Hand war, war die Kerzerl-Mitzi. Die Tochter aus gutem Hause und der stets adrett gekleidete Herr führten eine in diesen Kreisen durchaus übliche Schattenbeziehung. Im Alter, fern des Milieus, holten sie diese Beziehung ans Licht der Öffentlichkeit. Der Strizzi-Fritzl ließ die Schwalben ziehen, verdingte sich aber weiterhin als Handlanger des Schönen Jean. Die Kerzerl-Mitzi richtete ihm in ihrem Häuschen einen goldenen Käfig ein und fütterte ihn wie nach dem Vogel-Strauß-Prinzip: Beide steckten das Kopferl in den Sand und verdrängten die Vergangenheit, die jedoch durch Fritzls Charakter immer wieder zum Thema wurde. Ob sein Verschwinden in Zusammenhang mit dem Mord an seinem früheren Brötchengeber stand? »Sie wissen, dass der Johann zu Tode gekommen ist.«

»Gott sei dieser verwirrten Seele gnädig«, antwortete sie mit fester Stimme.

»Haben die beiden sich in letzter Zeit gesehen?«

»Das Ungute«, wieder drang ein Schluchzen durch die Muschel, »das Ungute hat der Fritzl doch immer von mir ferngehalten.«

»Dann werden Sie ja auch wissen, dass er arbeitslos war.«

»Aber Bruder Benedikt, der Fritzl muss doch nicht arbeiten«, kam es aus der Muschel.

»Rosemarie, was tun wir jetzt?«

»Abwarten und Tee trinken?« Die Kerzerl-Mitzi klang bereits wieder beruhigt.

»Machen Sie eine Vermisstenanzeige. Er ist Zeuge in diesem Kriminalfall.«

»So, ein Kriminalfall ist das! Kein Suizid?«

Bruder Benedikt konnte über die Weltfremdheit dieser Person nur den Kopf schütteln. Das ganze Dorf wusste bereits Bescheid, aber die Kerzerl-Mitzi ging von Selbsttötung aus.

»Ja, ein Fall für ›Leib und Leben‹. Und die Ermittlerin ist eine ganz scharfe. Besser, der Fritzl taucht so schnell wie möglich wieder auf.«

»Mit der Polizei möchte ich nichts zu tun haben.«

»Das kann ich Ihnen nicht verdenken. Aber Sie werden den Fritzl als vermisst melden müssen. Sonst wird er am Ende noch selbst der Tat verdächtigt.«

»Gott steh ihm bei.«

»Der kann ihm da nicht helfen.«

Zurück in der Küche, wartete ein üppiges Frühstück auf ihn. »War's wichtig?«, fragte die Gretl-Tant'.

»Die Kerzerl-Mitzi«, sagte Bruder Benedikt.

»Des is Paarl wie Hund und Farl«, reimte die Gretl-Tant' auf Burgenländisch.

»Da haben Sie recht«, sagte Bruder Benedikt, »die beiden passen wirklich nicht zusammen. Aber sie kennen sich ein Leben lang, da schleift sich so manches ab.«

»A Häfenbruada und a selbst ernannte Betschwester«, sagte die Gretl-Tant'.

»Unser Herrgott hat einen großen Tiergarten«, schloss Bruder Benedikt ab und widmete sich seiner Eierspeise mit Rauchspeckschwarten.

Die Gretl-Tant' ging in die Speis. Am Vorabend hatte sie einen Feldhasen zerstückelt und in die Beize gelegt: in Rotwein, Essig, gehacktes Gemüse, Wacholderbeeren und eine Mischung aus bunten Pfefferkörnern. Letztere gaben dem »Hasen im Pfeffer« – wie das Gericht genannt wird – seinen Geschmack. Keule, Schulter, Rücken, Herz, Magen und Leber waren reserviert für das Mittagessen der Pfarrer der Nachbargemeinden. Bruder Benedikt hatte in Fortführung einer langen Tradition zum Stefani-Essen eingeladen. Die Gretl-Tant' gab Butterschmalz in die Pfanne und briet die Fleischstücke rundum an. Der Mönch sog den Geruch regelrecht ein. Er schloss halb die Augen und gab sich ganz dem Duft hin.

»Was hat s' denn wollen?« Die Gretl-Tant' tratschte am liebsten beim Kochen.

»Es dürfte ein Zerwürfnis zwischen den beiden gegeben haben.«

»Wundert's einen?«

»Er hat zu Weihnachten die Herberge gewechselt.«

»Schön für sie.« Sie hielt im Anbraten inne und kombinierte messerscharf: »Hat am End er sein' Strizzi-Freund am Gewissen!?«

»Dass Sie aber auch immer gleich das Schlimmste denken.«

»Des macht die Erfahrung.«

»Er musste jemandem zu Hilfe eilen.«

»Weder hilft der wem, noch is' dem zu helfen.«

»So gut kennen Sie ihn.«

»A Nichtsnutz is' er. Lasst sich aushalten und spielt den feinen Herrn.«

»Und das macht ihn gleich zum Mörder?«

»Des net. Aber wenn einer verschwindet, während sein Freund ...« Sie brachte den Satz nicht zu Ende. Das Thema erschütterte ihre Lebenswelt in den Grundfesten. Um davon abzulenken, verfeinerte sie die zuvor abgegossene Beize mit einem Zweiglein Thymian und dem Abrieb einer Zitrone. Dann schmeckte sie mit Salz, Pfeffer, Zucker ab. Zu guter Letzt hackte sie Petersilie. Bruder Benedikt beobachtete seine Pfarrersköchin. Sie hatte bis ins hohe Alter in einer Welt gelebt, die in Ordnung war. Durch seine Bekanntschaft mit dem Schönen Jean hatte er diese Welt in Unordnung gebracht. Er musste so schnell wie möglich wieder Ordnung schaffen. »Die nächsten drei Stund' kann des jetzt vor sich hin köcheln«, sagte die Gretl-Tant'. Und brachte damit für die kommenden drei Stunden wieder alles ins Lot.

Frau Inspektor Zimmermann war spät aufgestanden. Sie hatte keinen Journaldienst mit Anwesenheitspflicht im LKA. Die Büronummer war auf ihr privates Handy umgeleitet. Doch wer würde sich an einem kirchlichen Feiertag mit seinem Weltschmerz an die Polizei wenden? Außer eine weltliche Ordensschwester. »Wer stört?«, schnarrte sie ins Handy, auf dessen Display sie die Nummer des Purbacher Wachzimmers aufblinken sah.

»Dienststelle Purbach. Wir haben einen Vermissten.«

Sie hatte ein morgendliches Ritual. Sie stellte ein Häferl Milch in die Mikrowelle und machte es heiß. Beim Blick durch das Fenster lief die Zeit vor ihren Augen ab: Es war ihre ganz persönliche Entspannungsübung. Der Anruf hatte sie bei ebendieser Übung ereilt. Sie war also grundentspannt. »Das ist schön für Sie«, gab sie ganz weich zur Antwort. Sie blickte in die Mikrowelle, deren Timer-Funktion sie ausgeschaltet hatte. Der Teller drehte und drehte sich. Die Milch begann zu brodeln. »Frau Rosemarie Augustin sitzt bei mir.«

»Seien Sie ihr Freund und Häferl«, sie kicherte, der freudsche Versprecher erheiterte sie. Sie war ganz fasziniert vom Schauspiel in der Mikrowelle. Der Drehteller bewegte sich wie ein Windrad. Die brodelnde Milch schäumte und lief über. Wie in Zeitlupe nahm sie es wahr: das Häferl als Vulkankegel und die Milch, die sich wie flüssige Lava auf den Drehteller ergoss. Ein paar Sekunden noch und das milchige Etwas würde zu spritzen beginnen. Noch bevor es dazu kam, veränderte sich der Aggregatzustand des Dorfpolizisten: »Die Frau vom Strizzi-Fritzl hockt bei mir: Abg'haut issa!«

Im Hintergrund hörte sie eine weibliche Stimme, die sich aufgeregt beschwerte. Ein Stimmengewirr folgte, das ihr Gelegenheit gab, sich zu sammeln. Sie drückte die OFF-Taste der Mikrowelle. Der Strizzi-Freund des Toten war weg! Sie hatte eine eiserne Regel: Entweder du bist schnell oder du bist tot. Bei Gefahr im Verzug zog sie ein spezielles Programm durch. Sie nahm Mundwasser, schaltete den Nespressoautomaten ein, gurgelte währenddessen, füllte den Wasserbehälter, gurgelte weiterhin, warf eine Kaffeekapsel ein, spülte mit klarem Wasser aus und trank den Kaffee im Stehen. Danach warf sie sich ins Freizeitgewand: Hose ohne Gürtel, Kapuzenjacke, Turnschuhe mit Klettverschluss. Diese Kleidung aus Drillich hatte sie stets im Vorzimmer hängen. Sie legte die Hand auf die Wohnungstür und blickte gleichzeitig auf ihre Uhr: 2 Minuten 47 Sekunden, ein neuer Rekord. Sie überschlug die Anfahrtszeit im beruhigten Feiertagsverkehr: In einer Viertelstunde würde sie in Purbach sein.

Die Polizeistation war, von Eisenstadt kommend, an der Ortseinfahrt gelegen. Sie schaffte es daher mit Bleifuß am Gaspedal in den berechneten fünfzehn Minuten. Mit Elan riss sie die Tür auf. Der Empfangsbereich war leer. Sie stürmte in das Wachzimmer. Ein ältliches Fräulein saß am runden Besprechungstisch. Vor sich eine Tasse Tee. Sie trug ein Kostüm, das die Zimmermann an Angela Merkel erinnerte. Allerdings hatte jenes des Fräuleins gedeckte Farben. Das ergraute Haar war zum Knoten gebunden. Eine Haarnadel hielt es zusammen. Das Erscheinungsbild war gewollt natürlich: kein Make-up, kein Lippenstift, kein Nagellack. Sie trug schwarze Allerweltsschuhe – wenig damenhaft, dafür vermutlich umso bequemer. Ihr gegenüber saß der lange der beiden Ortspolizisten. Die Zimmermann hatte ihn als den ruhigeren in Erinnerung. Umso besser. »Morgen. Zimmermann. LKA Eisenstadt.«

Das ältliche Fräulein erhob sich und streckte ihr die Hand hin. Sie war etwas überwutzelt, was ihr sympathisches Erscheinungsbild allerdings verstärkte. »Rosemarie Augustin, freut mich, Sie kennenzulernen.«

Die Zimmermann stand da in ihrem olivgrünen Tarnanzug. Sie kam sich auf einmal fehl am Platz vor. Mit so viel Freundlichkeit und Entgegenkommen hatte sie nicht gerechnet. Verwirrt drückte sie die Hand der Frau, wandte sich aber im gleichen Moment dem Kollegen zu: »Die Dame hat den Gatten als vermisst gemeldet?«

»Verzeihen Sie, wenn ich Sie unterbreche. Ich bin nicht verheiratet.« Sie zupfte an einer unscheinbaren Kette um ihren Hals, die ein Marienbildnis zierte: »Mein Gefährte und ich leben in wilder Josefsehe.« Sie kicherte wie ein Schulmädchen.

Der Polizist erklärte: »Die Frau Augustin ist eine weltliche Schwester.«

»Eine bitte was?«

»Ich gehöre dem Marianischen Jungfrauen-Orden an. Wir leben unser christliches Gelübde im Einklang mit unserem weltlichen Alltag.«

Die Zimmermann verstand nur Bahnhof: »Sie gehören also demselben Verein wie Bruder Benedikt an?«

»Das ist nicht ganz unrichtig, aber nur die halbe Wahrheit. Wir sind eine Ordensgemeinschaft ohne festes Ordenshaus.«

»Aha, irdisches Dasein mit überirdischer Botschaft.«

Rosemarie Augustin lächelte bestätigend.

»Sei's, wie's sei«, schloss die Zimmermann: »Sie haben Meldung gemacht.«

»Ich habe meinen Gefährten als vermisst gemeldet.«

»Abgängig seit dem Weihnachtsabend. Details im Bericht«, sagte der Lange, der sich in seiner Feiertagsruhe gestört fühlte. »Gut. Dann gehört der mir«, sagte die Zimmermann. Der Kollege atmete erleichtert durch.

»Frau Augustin, setzen wir uns.« Sie nahm die Hand der Betschwester und redete mit sanfter Stimme auf sie ein: »Wie ist der Name Ihres Gefährten?«

»Heiland.« Die Kerzerl-Mitzi kicherte. »Ist das nicht sinnfällig? Solch ein würdevoller Name. Friedrich Heiland.«

»Ihr Heiland«, die Zimmermann räusperte sich, »Ihr Gefährte, Herr Heiland, ist also seit Weihnachten abgängig?«

»Ich putze am Weihnachtstag immer den Christbaum auf, mit kandierten Äpfeln, Nüssen, Stollwerk und Barockengerln ...«

Die Zimmermann unterbrach sie: »War er bei der Bescherung noch da!?«

»Um es zu erklären. Während ich den Christbaum schmücke und die Geschenke einpacke, ist mein Fritz außer Haus. Er lässt sich so gerne überraschen.«

»Außer Haus heißt was!?«

»Er wartet in einer Lokalität ...« Sie sah verzweifelt zum Ortspolizisten.

»Beim Storchen-Schorsch is' er g'wesen. Die Kantine vom Campingplatz.«

»Dort findet alljährlich für die Gäste ein Weihnachtskränzchen statt. Als er nach Hause gekommen ist, war bereits alles für die Bescherung fertig. Ich habe mir gerade die Weihnachtslesung von Waggerl angesehen. Kennen Sie die?«

Frau Inspektor Zimmermann blickte der Kerzerl-Mitzi regungslos ins Gesicht. Dabei hielt sie noch immer ihre Hand.

»Wenn Sie sich einmal weihnachtlich stimmen wollen, kann ich Ihnen diese nur wärmstens empfehlen. Ein Floh schlüpft dem Jesuskindlein ins Ohr und kitzelt es. Maria selig sieht es und sagt zu ihrem Mann: ›Sieh nur, es lächelt schon.‹« Sie reckte sich: »Zum Sachverhalt. Er hatte ein Damenspitzerl, worüber ich nicht sehr amüsiert war. Vor der Bescherung! Ich habe ihm ins Gewissen geredet, wie schlecht der Alkohol für ihn sei. Doch er hat mir gar nicht zugehört. Er hat seinen Autoschlüssel gesucht. Und auf meine Frage, wofür er diesen brauche, hat er nur zur Antwort gegeben, er müsse nach Wien.«

»An Weihnachten nach Wien?«

»Das habe ich ihn auch gefragt.«

»Wann war das?«

»*Worüber das Christkind lächeln musste* lief im Vorabendprogramm. Ich müsste im Programmheft nachschauen.«

Die Zimmermann winkte ab, bedeutete dem Kollegen aber, den Sendetermin zu googeln. »Was wollte er zu diesem unchristlichen Zeitpunkt in Wien?«

»Sehen Sie, das habe ich ihn auch gefragt.«

»Und?«

»Frieden schlichten.«

Die Antwort stand wie eine allumfassende Erklärung im Raum. Was sollte man schon anderes am Weihnachtsabend tun, als Frieden zu schlichten. »Wo und weshalb er Frieden schlichten musste … hat er das auch gesagt?«

»Sie müssen wissen, mein Fritz ist als Hausmeister tätig. In einem Mehrparteienhaus, in dem es öfter zu Streitigkeiten kommt. Er hält mich aber fern von solcherlei Unbill, Gott bewahre!«

»Man muss ja nicht alles wissen.«

»Sie sagen es.«

»Aber wem das Haus gehört, das er betreut, wissen Sie schon?«

Die Kerzerl-Mitzi errötete. Hilflos suchte sie den Blickkontakt mit dem Ortspolizisten. Dieser nickte wie beiläufig. Sie schluckte. Griff sich in den Nacken, als sei dieser verspannt, setzte sich gerade auf.

»Es gehörte dem Verblichenen.«

Frau Inspektor Zimmermann streichelte die Hand der Kerzerl-Mitzi. Sie lächelte sanft wie ein Engel und redete auch mit Engelszungen: »Ich danke Ihnen für Ihre Offenheit, Frau Rosemarie Augustin. Sie müssen sich keine Sorgen machen: Wenn Ihr Gefährte unschuldig ist, wird er wieder auftauchen. Wenn er schuldig ist, finden wir ihn und bringen ihn in Sicherheitshaft.«

Dieser Strizzi-Fritzl versprach eine heiße Spur zu werden. Noch am Revier der Purbacher Polizei schrieb sie ihn zur Fahndung aus. Der Journaldienst der Staatsanwaltschaft würde die Kollegen in Wien mit Ermittlungen vor Ort beauftragen. Sie machte sich auf den Weg zum Storchen-Schorsch. Purbach war eine zweigeteilte Gemeinde. Es gab ein Unten und ein Oben. Dazwischen lag die Bahnlinie. Unterhalb der Gleise, im Erholungsgebiet, gab es ein Dorf im Dorf. Das Storchennest der Wiener Sommerfrischler, die mit den Störchen kamen und gingen. Auf einem weitläufigen Gelände reihte sich Campingparzelle an Campingparzelle. Die Pächter dieser Kleingärten hatten ihr eigenes Dorfwirtshaus, die Kantine des Storchen-Schorschs. Weiß gekalkte, bucklige Wände, Höhlenfenster mit morschen Holzläden und ein schilfgedecktes Dach kennzeichneten dieses von den Ortsbewohnern gemiedene Lokal. Frau Inspektor Zimmermann betrat einen verwunschenen Innenhof, in dem eine Rostlaube geparkt war. Ein schmaler Treppenpfad führte zu einem wildromantischen Unterschlupf. Rechts vom Pfad stieg man über zwei Steinstufen direkt in die Höhle hinunter. Der Storchen-Schorsch war ein glutäugiger Insulaner: Einst hatte er auf der Donauinsel eine Disco betrieben. Nach einem nie geklärten Vollbrand hatte es ihn nach Purbach verschlagen. Die Zimmermann öffnete halb die Tür, trat jedoch nicht gleich ein, da sich im Inneren der Höhle gerade eine bizarre Szene abspielte. Zwei Männer, von denen einer im Rollstuhl saß. Er verzerrte das Gesicht zum miesepetrigen Fingerzeig: Mit ihm sei nicht gut Kirschen essen! Er bellte den anderen im Befehlston an. Das war also der Wirt. Ehe der Kellner dem Befehl folgen konnte, lenkte der Storchen-Schorsch bereits den Rollstuhl zur Zapfanlage. Es ging um das richtige Verhältnis von Schaum zu Bier. Er versuchte sich, an der Zapfsäule hochzuhangeln, plumpste jedoch mit einem markerschütternden Schrei wieder in den Rollstuhl zurück. Er winselte. Der Kellner nahm es ungerührt zur Kenntnis: »Chef, du bleibst besser daheim.«

»Im Bett sterben die Leut«, schrie der Storchen-Schorsch.

Er schaute stumpf in Richtung der Tür und bemerkte die Zimmermann in ihrem Drillichanzug. Sein Antlitz wurde bleich, um nicht zu sagen durchlässig wie ein Leintuch. Der Kellner folgte seinem Blick. Er verzog sich in den hinteren Teil des Lokals.

»G'sperrt is'.«

»Ich merk's. Sie sind in Ihrer Beweglichkeit eingeschränkt.«

»Betriebsunfall.«

»Da sind Sie gar nicht im Krankenstand?«

»Des kann ich ma net leisten.«

»Zimmermann. LKA Eisenstadt.«

Der Storchen-Schorsch überschlug kurz die Wahrscheinlichkeit, dass eine Eisenstädter Kriminalbeamtin wegen des Brandes seinerzeit auf der Donauinsel vorstellig wurde, und folgerte blitzschnell: »Sie kommen wegen dem Schönen Jean.«

»In gewisser Weise.«

»Der verkehrt net bei mir. Is' sich zu fein dafür.«

»*War* sich zu fein dafür.«

Der Storchen-Schorsch hüstelte, antwortete aber nicht darauf.

»Ich komme wegen dem Herrn Heiland.«

»Der Herr Fritz. Ein feiner Mensch.«

»Er hat Weihnachten bei Ihnen gefeiert?«

»Deswegen bin ich ja raus aus'm Krankenhaus. Ich kann doch meine Stammgäste, meine Freunde, an Weihnachten net allein lassen.«

»Von wann bis wann hat Ihre Weihnachtsfeier gedauert?«

»Von der Fruah bis auf d' Nacht.«

»Geht das genauer?«

Der Storchen-Schorsch hievte sich ächzend aus dem Rollstuhl. Er hielt sich am Zapfhahn fest und zapfte sich wortlos ein Bier, dabei genau auf das zuvor eingeforderte Mischverhältnis achtend.

Frau Inspektor Zimmermann starrte ihn entgeistert an. Sie ließ sich jedoch nicht provozieren, um seine Maulfaulheit nicht zur Maulsperre zu steigern.

»Ich hab um acht Uhr abends Sperrstund g'macht. Weihnachten is' ja schließlich ein Fest der Familie.«

»Und der Herr Heiland war bis zum Schluss hier.«

»War er. Aber ich muss Sie enttäuschen. Wenn S' dem Herrn Fritz was anhängen wollen: Der war blattlwaach.« Er deutete auf sein eingegipstes Bein: »Mit so ana Fetten fallst die Stiege runter, oder du fallst ins Bett und hörst die Engel singen.«

»Dritte Möglichkeit: Du schickst einen anderen zu den Engeln.«

»Vorsicht mit falschen Verdächtigungen. Bei uns gilt noch immer die Unschuldsvermutung.«

Er ließ sich in den Rollstuhl zurückplumpsen: »Aber Schmäh ohne. Der Herr Fritz hat doch beim Heimgehen net einmal mehr die Tür g'funden. In dem Zustand machst kan Bahö mehr.«

»Vorsicht mit Falschaussagen.«

»Ich waaß, was ich waaß.« Ein bitteres Zucken umspielte seine Mundwinkel: »Jetzt, wo ich so lädiert bin, halt ich mich mit dem Trinken z'ruck.«

Die Zimmermann drehte sich in Richtung Tür: »Sie werden Ihre Aussage auch vor Gericht wiederholen müssen.«

»Die Wahrheit ist dem Menschen zumutbar«, zitierte der Storchen-Schorsch aus seinem reichen Schatz an klugen Sprüchen, mit denen er, wohldosiert, seine Gäste zu beeindrucken pflegte.

»Wir sehen uns!« Mit dieser Drohung stieß die Zimmermann ins Freie. Eisiger Wind empfing sie. Ihr selbst wurde siedend heiß: Was, wenn der Wirt recht hatte? Ein Volltrunkener konnte schwerlich einen Turm besteigen und mit einem gezielten Trompetenwurf aus rund vierzig Meter Höhe den Schädel eines anderen treffen. Wobei, ein gezielter Wurf war es ja nicht gewesen. Aus dieser Höhe war jeder Wurf ein Spiel mit dem Schicksal. Das Instrument war nur durch einen Zufall auf dem Schädel des Opfers gelandet. Sie überlegte, wie es gewesen sein könnte: Der Strizzi-Fritzl war heimgekommen, hatte sich vier Stunden ausgenüchtert und war anschließend mit dem Übermut des mittlerweile nur mehr Beschwipsten zur Tat geschritten. Aus diesem Umstand ließ sich auch der völlig planlose Ablauf des Anschlags ableiten. Es wäre gut zu wissen, folgerte sie, mit wie viel Promille er das Lokal verlassen hatte. Pro Stunde baute der Mensch ein kleines Bier ab. Er könnte natürlich heimgekommen sein und, entgegen der Aussage des liebenswürdigen Fräuleins, Wasser ohne Ende getrunken, sich abgestrampelt und schließlich übergeben haben. Damit hätte er sich noch schneller Handlungsfähigkeit verschafft. Sie musste der netten Frau Augustin einen Besuch abstatten. Insgeheim freute sich die Zimmermann darauf, erinnerte sie die nette Dame doch an ihre eigene Großmutter. Bevor sie der Wahrheit im Hause Augustin nachfühlte, musste sie aber den beiden vermeintlichen Liebesdienerinnen des Schönen Jean auf den Zahn fühlen.

KAPITEL 6

Zimmermann, die G'schmierte

Die Seelsorgerin Edeltraud Schreyvogel wohnte mit ihrem
Gatten in einem Einfamilienhaus am Hügel über dem
Dorf. Es war eine gutbürgerliche Gegend. Wer hier Haus
baute, verfügte über Geld und Ansehen. Frau Inspektor
Zimmermann läutete an der Haustür. Der Hausherr öffnete die Tür nur einen Spalt. Sie erhaschte einen Blick
auf einen mit Marmor ausgekleideten Flur. Sie zückte
ihren Dienstausweis und fragte nach seiner besseren
Hälfte. Ein Pony mit Haarmäschen kam hinter seiner
Schulter zum Vorschein. »Frau Schreyvogel, ich habe ein
paar Fragen im Todesfall Johann Janitschek.«

Der Hausherr schnaubte: »Der hat des Weisenblasen
auf'm G'wissen!«

Die Zimmermann war über die unsensible Aussage
verblüfft: »Verstehe ich nicht.«

»Um den Bujaza is' net schad. Aber unser Weisenblasen ...«

Seine Gattin legte ihm beruhigend die Hand auf den
Unterarm. Sie wandte sich der Zimmermann zu: »Des
müssen S' verstehen. Nach dem Unglück werden wir nie
wieder ein Weisenblasen abhalten können.«

»Ich versteh's trotzdem nicht, aber sei's drum.«

Edeltraud Schreyvogel drängte ins Freie und schloss
die Tür hinter sich. Sie deutete der Beamtin, ihr zu folgen.
Sie gingen die Einfahrt hinunter und bogen Richtung

Garage ab. Neben der Garage lag der Weinkeller. Hier fiel die Anspannung von der Zeugin ab. »Wissen S', so zwischen Tür und Angel, und noch dazu vom Kriminal. Die Leut reden ...«

»Lassen Sie uns auch ein bisschen ... plaudern. Sie haben den Herrn Janitschek gut gekannt?«

»Er is' ja erst ein' Monat ...« Sie verbesserte sich: »Er hat ja nur einen Monat unter uns gelebt.«

»In einem Monat kann viel passieren.«

»Bei uns passiert net viel.«

»Sie arbeiten im Seelsorgebüro. Da sind Sie sich ja über den Weg gelaufen.«

»Er war ein sehr sensibler Herr, der Gast des Herrn Pfarrer. Sehr gepflegt. Ausgesprochen gute Manieren.«

»Ganz anders als die hiesigen Platzhirschen.«

Edeltraud Schreyvogel schlug die Augen auf und zu. Sie seufzte. Die Zimmermann deutete die Reaktion als Zustimmung und fuhr fort: »Da freut man sich als sensible Frau.«

»Ich bin nicht im Seelsorgeraum, um mich zu freuen.«

»Klingt nach harter Arbeit.«

»Hören Sie sich einmal tagtäglich das Leid Ihrer Mitmenschen an.«

»Tu ich.«

Ein verständnisvolles Nicken von Edeltraud Schreyvogel bekundete die Verbundenheit zwischen ihr und der Beamtin. Sie ließ es im Raum nachschwingen. Dabei pendelte auch ihr Kopf, als wäre er ein kommunizierendes Gefäß. Schließlich stieß sie es heraus wie etwas, das sie loswerden musste: ihr Alibi. »Um da gar keinen Verdacht aufkommen zu lassen. Mein Mann und ich haben nach der Mitternachtsmette den Christkindlbeischlaf vollzogen.«

»Ist das ein Brauch?«

Edeltraud Schreyvogel schluckte. Die Erklärung war ihr unangenehm: »Das gehört zu den ehelichen Pflichten. Mein Mann ist nach dem Blasen jedes Mal in solcher Hochstimmung.« Sie verbesserte sich: »Nach dem Trompetenspielen, mein ich!«

»Sie können sich also beide für den Tatzeitpunkt ein Alibi geben.«

»Ja.«

»Woher wissen Sie denn, wann es passiert ist?«

»Aber Frau Inspektor!« Edeltraud Schreyvogel lächelte souverän: »Wir leben hier im Dorf: Jeder weiß alles.«

Jeder wusste also alles. Das war ja wunderbar! Frau Inspektor Zimmermann kam das Kotzen. Diese verdammte Dorfgemeinschaft: Hände falten, Goschen halten. Wer sein Gewissen erleichtern wollte, tauschte sich mit der besten Freundin aus. Wer jemanden auf dem Gewissen hatte, betete zu Gott. Und wer sich aus dieser Gewissensnot befreien wollte, der ging zu seinem Beichtvater.

Da war es wieder, das Trauma. Was, wenn all die Auskunftspersonen sie an der Nase herumführten? Der Bürgermeister, der zum Tatzeitpunkt im Weinkeller gesoffen hatte. Der Wirt, der seine Hand für den Tatverdächtigen ins Feuer legte. Das Ehepaar Schreyvogel, das zum Tatzeitpunkt seiner Ehepflicht nachgegangen war. Die Pfarrersköchin, die nichts wusste. Schließlich Bruder Benedikt, dem sie alles zutraute. Er wusste mehr, als er sagte. Er war das Zentrum der Verstrickungen. Er hatte dem Schönen Jean ein Dach über dem Kopf gegeben. Er hatte den Toten entdeckt. Er hatte die Kirchengemeinschaft gegen sie eingeschworen. Er hatte mit dem Bürgermeister gemauschelt. Er war der Dienstgeber der Spreizendorfer und dieser Schreyvogel. Er lebte mit der Pfarrersköchin in einem Haushalt. – Ihn hatte sie noch nicht nach seinem Alibi gefragt! Frau Inspektor Zimmermann stand mitten am Hauptplatz. Leise rieselte der Schnee. Und sie fühlte sich himmlisch. Übermütig breitete sie die Arme aus und drehte sich um die eigene Achse. Das war es! Der Mönch musste ihr ein Alibi bringen, das glaubhaft und stichhaltig war. Am besten eines wie die Schreyvogel. Sie lachte laut auf. In den Fenstern rund um den Hauptplatz erschienen einige Köpfe. Das Kopfschütteln nahm sie in ihrer Euphorie nicht wahr. Bruder Benedikt musste Farbe bekennen.

Dieser saß mit seinen beiden Pfarrkollegen in der guten Stube des Pfarrhofes. Ein holzgetäfelter Raum mit altdeutschem Mobiliar. In der Mitte des Raumes der wuchtige Tisch. Auf der Seite die mit Schnitzereien verzierte Kredenz, auf der die Gretl-Tant' das Essen warm hielt. Sie selbst hielt sich von der Männergesellschaft fern. Man müsse die Burschen unter sich lassen, war ihre Devise bei solchen Treffen. In ihrer Ansicht störte sie auch das Alter der Burschen nicht. Alle drei gesetzte Herren. Pfarrer Giuseppe Camillo aus Donnerskirchen war gebürtiger Italiener. Pfarrer Kiami Themba aus Breitenbrunn stammte einem afrikanischen Stamm ab. Sie trafen sich das erste Mal. Der Italiener und der Afrikaner kannten allerdings aus den Jahren zuvor den Hasenbraten der Gretl-Tant'. »Ich komme ja eigentlich aus dem Südburgenland«, sagte Bruder Benedikt.

»Dann hat dich die ewige Profess also nach Wien verschlagen«, sagte der Italiener.

»Mitten hinein in die Wiener Unterwelt.«

Der Afrikaner hüstelte. Der Italiener lachte herzhaft.

»Bei mir daheim sind die Mafia und die Kirche ein Herz und eine Seele.«

»Ich hab zumindest versucht, meinen Strizzis ein guter Seelsorger zu sein.«

»Du bist ein guter Mensch«, sagte der Afrikaner, »aber du siehst ja selbst, in welche Abgründe einen die Barmherzigkeit führen kann.«

»Der Herr sei seiner Seele gnädig«, sagte Bruder Benedikt, »aber heut möcht ich mich nicht mit diesem fürchterlichen Todesfall beschäftigen.«

»Bravo, so ist es recht«, rieb sich der Italiener die Hände, »Prego e mangiamo!«

»Beten und essen hält Leib und Seele zusammen«, schmunzelte Bruder Benedikt und teilte den Hasenbraten aus.

Der Afrikaner dozierte, dass es die Aufgabe der Pfarrersköchin sei, sich um das Innerste des Pfarrers, sein leibliches sowie sein seelisches Wohlbefinden, zu kümmern. Daraufhin bedauerten die beiden Nachbarpfarrer ihre eigenen Single-Haushalte. Es fehle ihnen die Sinnlichkeit einer weiblichen Hilfe im Haus. Der Afrikaner kam ins Schwelgen. In seiner Heimat sei der Kumpan jemand, mit dem man sein Brot esse. Bruder Benedikt habe in seiner Pfarrersköchin so einen Kumpanen gefunden. Giuseppe Camillo blinzelte. Echte Pfarrersköchinnen seien Frauen, die ihren Mann stünden: »Ein Mann braucht zwei Dinge: die Liebe einer Frau und das Herz des Wegelagerers.«

Das konnte der Afrikaner nicht so stehen lassen: »Frau Grete ist eine fromme Frau!«

»Kiami Themba, das steht doch außer Frage!«

»Ich wollte es nur gesagt haben.«

»Ich kenne Frau Grete nun schon einige Jahre«, führte der Italiener aus, »zwei Eigenschaften zeichnen sie aus: Großmut und heiliger Zorn.«

Bruder Benedikt lachte: »Welche der beiden Eigenschaften hast du kennengelernt?«

»Beide«, lachte der Italiener. Und der Afrikaner ergänzte: »Ihr jeweiliger Pfarrer ist für sie ein Herrgott.«

Bruder Benedikt nahm einen kräftigen Schluck aus seinem Weinglas, ehe er einen Reim anstimmte:

»A Pfarrer hat d'Köchin gern,

Sie halt eam in Ehr'n,

Dominus vobiscum,

Tanzt er drauf rum.«

Bei Giuseppe Camillo blitzte der Schalk auf. Er beugte sich zu den beiden anderen vor, und seine Äuglein glänzten. Er habe einen Witz gehört, den er unbedingt erzählen müsse. Er setzte sich aufrecht und brachte sich in Position wie zu einem wissenschaftlichen Vortrag. Er räusperte sich.

»Eine Köchin kommt in den Pfarrhof und bewirbt sich um die freie Stelle. Der Pfarrer zeigt ihr das Haus und zuletzt ihr Schlafzimmer. Dann lässt er sie allein. Kaum ist er in der Kanzlei, stürzt sie wutentbrannt herein, den Koffer in der Hand: ›So eine Sauerei, ich geh!‹ Der Pfarrer versteht die Welt nicht. Er schaut im Schlafzimmer nach. Und da sticht ihm ein Bibelspruch, der über dem Bett hängt, ins Auge: ›Mache dich bereit, der Herr kommt zu jeder Stunde.‹«

Die drei Pfarrer konnten sich vor Lachen nicht halten. Sie registrierten daher auch nicht das Eintreten der Gretl-

Tant': »Ihnen wird des Lachen gleich vergehen!« Bruder Benedikt maß seine Pfarrersköchin verärgert. Er mochte es grundsätzlich nicht, wenn sie wie aus dem Nichts auftauchte. Und schon gar nicht mochte er es, wenn sie in ganz private Zusammenkünfte einfach hereinplatzte. Schroff fuhr er sie an: »Wir wollen nicht gestört werden!« Die Gretl-Tant' blaffte zurück: »Sagen S' das dem Fräulein von der Polizei!« Hinter ihr drängte Frau Inspektor Zimmermann in den Raum. Sie nickte in die Runde. Die beiden Pfarrer erhoben sich von ihren Stühlen und deuteten einen Gruß an. Nur Bruder Benedikt blieb sitzen. Er war wütend. Die Penetranz dieser Person stieß ihm sauer auf. »Frau Inspektor, was gibt's!?«

Die Zimmermann war in solch euphorischer Stimmung, dass sie den Unterton in der Frage des Mönches nicht wahrnahm. Sie ging geradewegs auf ihn zu: »Ich störe ungern.« Sie musterte den reichlich gedeckten Tisch: »Mahlzeit, übrigens, die Herren. Dauert nicht lange.« Dann wandte sie sich Bruder Benedikt zu und stieß es spitz heraus: »Reine Formsache: Ihr Alibi.«

Die beiden Pfarrer setzten sich vorsichtig. Die Gretl-Tant' verschwand in der Küche. Bruder Benedikt traf die Frage wie ein Donnerschlag. Er legte die Hände auf den Tisch: die Handflächen nach oben, also wolle er mit dieser Geste sein reines Gewissen zum Ausdruck bringen. »Das Fräulein ermittelt im Kriminalfall Johann Janitschek.« Die beiden Pfarrer nickten bestätigend. »Das Fräulein will wissen, wo ich zum Zeitpunkt der Tat gewesen bin.« Er zerdehnte seine Ansprache: »Wo ist ein Pfarrer, wenn in seiner Kirche ein Mord geschieht …«

Der Italiener versuchte die frostige Stimmung etwas zu lockern: »In unmittelbarer Nähe.«

Frau Inspektor Zimmermann scrollte auf ihrem Tablet: »Sie haben zu Protokoll gegeben, Sie hätten zur Tatzeit geschlafen.«

»Wie ein Stein«, ergänzte Bruder Benedikt.

»Allein«, sagte die Zimmermann.

Eine unangenehme Pause entstand. Der Afrikaner scharrte nervös mit den Beinen. Der Italiener klopfte mit den Fingern auf dem Tisch. Bruder Benedikt atmete tief durch, ehe er in gesetzten Worten antwortete: »Frau Inspektor Zimmermann. Ich muss Sie wohl nicht darüber aufklären, welches Gelübde wir der heiligen Kirche gegenüber ablegen.«

Die Zimmermann blickte entgeistert in die Runde. Sie musterte den einen wie den anderen, ehe ihr Blick auf Bruder Benedikt haften blieb: »Das ist kein Alibi.«

Wieder stand unangenehmes, beinahe gespenstisches Schweigen im Raum. Die Zimmermann überbrückte die Pause, indem sie auf ihrem Tablet scrollte. Sie suchte nach dem Foto von der Kalkwand im Turmvorzimmer. Bruder Benedikt hatte dort die Inschrift »Schau schee, Jean« entdeckt. Als sie das Foto gefunden hatte, hielt sie dem Mönch das Tablet vor die Nase.

»Ja?«, zerdehnte Bruder Benedikt die Frage nach dem Grund.

»Ja genau!«

Er schüttelte den Kopf und wandte sich an seine beiden Pfarrkollegen: »Das Fräulein vom Kriminal legt mir ein Beweismittel vor, das ich selbst entdeckt habe.« Die beiden Pfarrer hüstelten nervös. Ihnen war der Zwischenfall sichtlich unangenehm. »Nun, Fräulein Zimmermann, was wollen Sie mir bekunden?«

»Herr Bruder, Sie dürfen Frau Inspektor zu mir sagen!«

Die beiden Pfarrer räusperten sich. Man merkte ihnen an, dass sie am liebsten den Raum verlassen hätten.

»Frau Inspektor, Sie haben mein Alibi. Wenn Sie mich nun bitte allein lassen. Wie Sie sehen, habe ich Gäste.«

Frau Inspektor Zimmermann fixierte die beiden Pfarrer scharf und wandte sich wieder in dienstlichem Tonfall dem Mönch zu: »Bruder Benedikt, das ist eine Amtshandlung. Kennen Sie die Kritzelei?«

Bruder Benedikt schnaufte schwer: »Ich hab sie auch erst bei unserem gemeinsamen Ausflug auf den Turm entdeckt.«

Giuseppe Camillo schaltete sich in das Zwiegespräch ein: »Wenn ich etwas sagen darf: Kritzeleien in die Kalkwände unserer Kirchen sind meist Lausbubenstreiche. Ministranten verewigen sich gerne für die Nachwelt.« Der Afrikaner hüstelte befremdend.

Bruder Benedikt murmelte: »Schau schee, Jean.«

Die Zimmermann klärte die beiden Pfarrer auf: »Jean alias Johann Janitschek. Das Mordopfer.« Die beiden Pfarrer schnellten synchron in die Höhe.

Der Afrikaner murmelte: »Vergelt's Gott, Bruder Benedikt. Es wird Zeit.«

Bruder Benedikt brodelte innerlich. Äußerlich war er die Ruhe selbst: »Setzt euch bitte.« Zur Beamtin sagte er betont gelassen: »Ich kann Ihnen da auch nicht weiterhelfen.«

»Doch«, sagte die Zimmermann. »Sie schreiben mir das Gekritzel da. Für einen Handschriftenvergleich.«

Er musterte sie ratlos. Meinte sie das ernst oder war es ein böser Scherz, den sie da mit ihm trieb?

Sie blickte ihn ausdruckslos an: »Reine Routine.«

Bruder Benedikt lehnte sich zurück. Er versuchte die peinliche Situation wegzulächeln. »Na, dann geben S' her Ihr Ding da.« Er deutete mit dem Zeigefinger auf ihr Tablet.

»Handschriftlich auf Papier. Ihre Fingerabdrücke brauche ich nicht. Noch nicht!«

Er zuckte leicht. Die Zimmermann meinte es also ernst: »Papier, wo soll ich jetzt ein Papier ...«

Der Italiener schob ihm eine Serviette hin, und der Afrikaner zückte einen Kugelschreiber. Er ließ sich Zeit und malte den Schriftzug regelrecht auf die improvisierte Unterlage: *Schau schee, Jean.*

Währenddessen zog sich Frau Inspektor Zimmermann die Einweghandschuhe über. Sie holte ein Papiersackerl aus der Jackentasche, blies es demonstrativ auf und verstaute die Serviette mit spitzen Fingern im Sackerl. Kiami Themba haschte nach seinem Kugelschreiber. Doch die Zimmermann stibitzte sich das Schreibgerät: »Ist beschlagnahmt. Die Fingerabdrücke!«

Bruder Benedikt saß entkräftet da. Er verstand die Welt nicht mehr. Glaubte diese dreiste Person tatsächlich an seine Täterschaft? Traute sie ihm einen Mord zu? Oder ging sie in ihrer Boshaftigkeit einfach nur über Leichen.

Sie beantwortete die Frage zum Abschied selbst: »Auch ein Mönch ist nur ein Mensch. In der Kriminalpsychologie lernen wir: Menschen gehen über Leichen.«

Bruder Benedikt faltete die Hände. Die beiden Pfarrer folgten seinem Beispiel. Stumm verharrten sie. Der Anblick der drei betenden Pfarrer ließ Frau Inspektor Zimmermann kurz an ihrem Auftritt zweifeln. Sie gab sich einen Ruck und bekräftigte für sich ihr Handeln:

Vor dem Gesetz waren alle Menschen gleich. Und dieser Mönch hatte nunmehr kein Alibi. Die Sorgfaltspflicht hatte es verlangt, von ihm wenigstens eine Schriftprobe einzufordern. Natürlich hätte es nicht der demonstrativen Beschlagnahme des Kugelschreibers bedurft. Aber schließlich: Sie war ja auch nur ein Mensch mit kleinen Schwächen. Sie bedankte sich für das überaus kooperative Verhalten und bekräftigte nochmals: »Reine Routine, meine Herren.«

Die zweite der Pfarrhelferinnen war Cäcilia Spreizendorfer. Sie wohnte mit ihrem Mann und zwei kleinen Kindern in einem der Bürgerhäuser rund um den Stadtplatz. Alles an diesem Haus war abweisend. Ein mächtiges, versperrtes Eisentor. Rechts und links davon heruntergelassene Aluminiumjalousien. Die Fenster im oberen Stock waren ebenfalls verschlossen. Neben der elektrischen Türanlage war ein Metallschild angebracht: »Nicht läuten, anrufen«. Daneben stand eine Festnetznummer. Frau Inspektor Zimmermann tippte die Ziffernfolge ins Display. Eine männliche Stimme meldete sich: »Spreizendorfer.« Wenige Augenblicke später öffnete ein bierbäuchiger Mann mit aufgeschwemmtem Gesicht die ins Hoftor eingelassene Eingangstür. Die Zimmermann stellte sich vor und wurde flugs in die Hofeinfahrt bugsiert. In der Einfahrt stand ein alter Mercedes mit offenen Türen. Der Staubsauger stand daneben. »Großputz?«

Herr Spreizendorfer blickte sie traurig an: »Ablenkung.«

»Aha.« Sie ging nicht weiter auf seine Antwort ein. Im Hof standen weitere Autos. Die meisten havariert.

»Sie sind Mechaniker«, bemerkte sie.

»In der Freizeit«, sagte er. Er öffnete eine rechts vom Hof gelegene Glastür. Sie traten ins Vorzimmer ein, von dem aus es in die Küche ging. Die Zimmermann registrierte den gediegenen Landhausstil, in dem sich ein pseudomoderner Esstisch und Stühle mit Kunstlederbezug unangenehm in den Vordergrund spielten. Herr Spreizendorfer bot ihr einen Stuhl an, blieb selbst aber an die Spüle gelehnt stehen.

»Ich wollte mit Ihrer Gattin sprechen.«

Wieder schaute er sie traurig an. Seine Augen waren wässrig. Mit brüchiger Stimme sagte er: »Ich auch.«

Sie stutzte. In einer Ecke der Küche, neben einem Hundekörbchen, lag Kinderspielzeug. »Die Familie ist ausgeflogen.«

»Die Kinder und der Hund sind bei den Großeltern.«

Ihr schwante Unangenehmes. Bevor sie zu ihrer eigentlichen Frage ansetzte, schob sie eine Verlegenheitsfrage vor: »Deshalb der Hinweis bei der Klingel?«

»Die Telefonnummer. Die Kleinere schlaft vü. Und dann hab'n wir an Hund, der beim Läuten immer gleich aufschreckt.«

»Sehr rücksichtsvoll.«

Er atmete tief durch, stieß sich von der Spüle ab und setzte sich ihr gegenüber. Dann sah er sie beschwörend an: »Mei Frau is' aus'zogen.«

Sie nickte verständnisvoll.

Er starrte Löcher in die spiegelglatte Oberfläche der Tischplatte.

»Wann?«

Die Frage ließ ihn zusammenzucken. Umständlich holte er aus: »I g'hör ja zu die Weisenbläser. Da hab'n wir an die Abende vor der Mette allerweil Musiprob'.

Sie war halt viel alloan im Advent. Jedenfalls hab i nix g'merkt, dass ihr was fehlt. Nach'm bluatigen Thomerl is' aus'zogen.« Er redete nicht weiter. Die Zimmermann gab ihm die Zeit, sich zu sammeln. Der Mann wirkte verzweifelt. »Fort is' s'.«

»Wissen Sie, wohin und weshalb?«

»In Eisenstadt hat sie sich a Zimmer g'nommen.«

Die Zimmermann überlegte. Cäcilia Spreizendorfer wusch als Putzfrau auch die Wäsche des Johann Janitschek, hatte also mit diesem Kontakt. Möglicherweise intimeren Kontakt, als der Gatte sich vorzustellen wagte. Der Schöne Jean war tot. Sein Spezi, der Strizzi-Fritzl, allerdings lebte. Angeblich war er am Weihnachtsabend nach Wien gefahren und hatte sich seither nicht mehr bei seiner Gefährtin gemeldet. Einige Tage davor war die Spreizendorfer ihrer Familie abhandengekommen. Frau Inspektor Zimmermann wusste: Es gab keine Zufälle, nur zufällige Schicksale. »Wissen Sie, wo Ihre Gattin abgestiegen ist?«

Er hob und senkte die Schultern.

Gut, das ließ sich herausfinden. »Kopf hoch«, sagte die Zimmermann, woraufhin Herr Spreizendorfer den Kopf einzog. Verstohlen wischte er sich eine Träne aus dem Augenwinkel.

Sie hasste Rührseligkeiten. Daher schloss sie die Befragung mit einer theoretischen Bemerkung: »Sie geben also an, zum Tatzeitpunkt geschlafen zu haben.«

Er nickte. Sie gab sich damit zufrieden.

Bruder Benedikt ärgerte sich. Je länger er über den Vorfall mit der Zimmermann nachdachte, umso mehr gelangte er zur Gewissheit, diese habe ihn vorführen wollen. Ja. Auch er war nur ein Mensch. Und ja! Menschen gingen über Leichen. Aber wenn Frau Inspektor Zimmermann auch nur den leisesten Verdacht in seine Richtung hatte. Alleine seiner Stellung im öffentlichen Leben von Purbach wegen hätte sie diesen vertraulich behandeln können. Sie hatte sich ja regelrecht geweidet an der Anwesenheit seiner beiden Pfarrkollegen. Er hatte selbst einen Verdacht: Die ehrgeizige Beamtin hatte es noch nicht überwunden, dass er ihr einen Gewaltverbrecher aus ihrem Rayon auf dem Silbertablett präsentiert hatte. Er selbst hatte diesem von der Lokalpresse ihm zugeschriebenen Ermittlungserfolg keine große Bedeutung geschenkt. Im Gegenteil. Die Verflechtung mit dem Eisenstädter Rotlichtmilieu hatte zu einer vergifteten Atmosphäre innerhalb der Klostermauern geführt. Mitbrüder waren ihm aus dem Weg gegangen. Und der Ordensobere, ein stockkonservativer Betbruder, hatte ihm die Leviten gelesen. Sein Einwand, allein das Erbarmen Gottes setze dem Bösen eine Grenze, wurde von den Barmherzigen Brüdern als theologische Theorie weggelächelt. Es bedurfte nur der nächstbesten Gelegenheit – und er war weg. Pfarradministrator im beschaulichen Weinort Purbach, das würde seiner aufgewühlten Seele Ruhe verschaffen. Hier könne er ganz im Sinne der Apostel mit den Füßen beten. Bruder Benedikt hatte über so viel theologischen Zynismus nur den Kopf schütteln können. Andererseits ermöglichte ihm die Abschiebung von der Landeshauptstadt in ein kleines Dorf am Land Distanz zum Orden. Als Pfarradministrator unterstand er dem Bischof. Er wechselte also vom Priestermönch, als den er sich immer gesehen hatte, zum Mönchspriester. Im Mittelpunkt seines Interesses stand der Mensch. Und an den Menschen war er außerhalb seines Ordens näher dran. Die Menschen in Purbach waren ihm in seinem ersten Jahr ans Herz gewachsen. Sie hatten ihn gastfreundlich aufgenommen. In ihrer Mitte war er Priester, Bischof und Papst in einem. Die Amtskirche spielte im Pfarrleben keine Rolle. Bruder Benedikt, der Hirte, war es, dem die Schafe folgten. Er schaffte Vertrauen. Ihm hörten sie zu, am Stammtisch wie in der Kirche. Ihm vertrauten sie die kleinen wie die großen Sünden an. Seinen Rat suchten sie, wenn ihnen etwas auf dem Herzen lag.

Edeltraud Schreyvogel bekam nach der Befragung durch die Kriminalbeamtin Kopfweh. Sie schrieb es dem ihr ungewohnten Beischlaf mit dem Gatten zu. Doch als das Kopfweh nach einer Ruhestunde nicht verging und sich sogar Magenknurren beigesellte, entschloss sie sich, Bruder Benedikt um eine Ohrenbeichte zu bitten. Ihr lag etwas im Magen. Dieser Beamtin hatte sie es nicht sagen wollen. Ihrem Gatten konnte sie es nicht sagen. Loswerden aber musste sie es. Sie rief am späten Nachmittag im Pfarrhof an. Bruder Benedikt erklärte sich umgehend bereit zum Zwiegespräch. Sie wusste nicht, dass der Mönch in den Stunden zuvor einen Wandel durchgemacht hatte. Er war fest entschlossen, seine passive Beobachterrolle aufzugeben. Die Zimmermann hatte ihn mit ihrem Verdacht persönlich in den Mord verstrickt. Er würde also persönlich dafür sorgen, den Mord aufzuklären. Sachdienliche Hinweise, wenn er sie auch nicht verwerten durfte, kamen ihm also recht. Er vermutete, was seine Seelsorgerin ihm beichten würde.

»Ich habe gegen das Sextum verstoßen.« Edeltraud Schreyvogel eröffnete die Beichte kurz und bündig: das sechste Gebot, wonach man die Ehe nicht brechen sollte, war ihr also zum Verhängnis geworden. Sie saßen in einem kleinen Kämmerchen im Nebenschiff der Kirche. Es war der einzige Raum, den der neue Pfarradministrator umgestalten hatte lassen. Hier war ein barocker Beichtstuhl gestanden: ein mit Putten geschmückter Kobel aus Kirschholz. In der Mitte der Thron des Richters, rechts und links davon die Anklagebänke. Der Beichtvorgang wurde in diesen beengten Verhältnissen zu einer Gerichtsverhandlung, bei dem der richterliche Freispruch, die Absolution, von vornherein feststand. Die Angeklagten beteten ein paar Vaterunser, und ihnen war vergeben. Bruder Benedikt hatte natürlich nicht theologisch argumentiert, als er den alten Beichtstuhl entfernen ließ, sondern praktisch. Er sei eine Zumutung für Alte und Sieche. Unbequem knien und die stickige Luft einatmen: nicht, solange er hier Pfarrer war. Nun war der Raum gemütlich eingerichtet wie eine Kaffeeecke. Ein kleines Tischchen, zwei Stühle. Man saß zusammen und besprach die Dinge des Lebens.

»Ich bin kein Richter«, sagte Bruder Benedikt.

»Ich erwarte auch kein Urteil«, sagte Edeltraud Schreyvogel.

Bruder Benedikt blickte sie fest an: »Ich hab ihn wohl gekannt.«

»Der Johann war so ganz anders. So fern von meiner Welt. Er war sanft, witzig. Gleichzeitig hab ich um seinen schlechten Charakter gewusst.«

»Niemand ist frei von Sünden.«

Ein Schmunzeln umspielte die Lippen des Beichtkindes. »Ich will nur meinen Seelenfrieden.«

»Edeltraud, weiß Ihr Mann von dem Verhältnis?«

»Gott bewahre!«

»Vermutet er etwas?«

»Wir gehen jeder unseres Weges.«

»Aber das hier war«, er suchte das richtige Wort, »ein Abweg.«

»Es war ein einmaliger Ausrutscher. Er ist mir passiert. Aber oben, in seinem Bad, steht ein Parfüm-Flakon in der Form eines Putzmittels. Mehr will ich dazu nicht sagen.«

»Edeltraud, Verdächtigungen umschatten unsere Seele.«

»Weil's aber wahr ist.«

»Ich hab geglaubt, Sie wollen sich erleichtern.«

»Jetzt ist mir auch schon leichter.«

»Dann stellen Sie nicht Gerüche in den Raum.«

Edeltraud Schreyvogel lachte auf: »Sie meinen wohl Gerüchte!«

Er schüttelte sich: »Ich bin schon ganz verwirrt.«

»Die Cäcilia hat ein Verhältnis mit ihm.« Sie verbesserte sich: »Hatte. Und daran war ganz und gar nichts Ehrenrühriges. Zumindest von ihrer Seite her. Sie hat sich reinsten Herzens in den Strizzi verliebt.«

»Das hätte ich doch mitbekommen.«

»Er hat in Eisenstadt ein Liebesnest g'habt.«

»Eine junge Familie, zwei kleine Kinder, der Mann viel außer Haus. Verstehen könnte man's ja.«

»Sie hat in den letzten paar Wochen die Hölle durchgemacht. Da prallt in ihre fade, aber heimelige Welt ein Fremdkörper, der strahlt wie eine Leuchtreklame. Anfangs schützt sie ihre Augen, schließlich lässt sie sich blenden. Die Honeymoon-Suite als Liebesnest!«

»Er hat doch bei mir gewohnt!«

»Reine Tarnung, vermute ich einmal. Ihnen hat er den reuigen Sünder vorgespielt, und in Eisenstadt hat er der Cäcilia den Mann von Welt vorgegaukelt.«

»Der Schöne Jean … er war immer ein Puppenspieler.«

»Die Cäcilia war verzweifelt. Sie hat sich bei mir ausgeweint. Und gleichzeitig haben mich ihre Erzählungen aufgewühlt.«

»Dann ist es passiert!«

»Und natürlich hat er's der Cäcilia erzählt. Also nicht von mir. Aber von der Sache an sich, da hat er scheinbar keinen Genierer gehabt. Als Versöhnung hat er ihr den Putzmittel-Flakon geschenkt. Sie hat sich wieder bei mir ausgeweint, und ich bin vor lauter schlechtem Gewissen fast z'grund gegangen. Ich hab natürlich sofort einen Schlussstrich gezogen!«

»Sie ist ausgezogen von daheim.«

»Ins Hotelzimmer in Eisenstadt. Er hat es ja bis zum Jahresende bezahlt. Vielleicht hätte er dann wieder seine Zelte abgebrochen und wäre zurück in den Sündenpfuhl.«

Bruder Benedikt saß regungslos da. Doch in seinem Kopf arbeitete es. Wenn er wissen wollte, was der Schöne Jean wirklich gewollt hatte, musste er nach Wien fahren und sich vor Ort umhören. Die Züge von Purbach nach Wien fuhren alle Stunden. Er schaute auf seine Uhr: Der letzte ging um zehn Uhr abends. Als er wieder im Pfarrhof war, griff er zum Telefonhörer und rief seinen alten Bekannten Ferdl Dokupil an, den »Tod«.

KAPITEL 7

Schwoazze Luft

Der »Tod« arbeitete im Wiener Prater. Der gelernte Mechaniker war bereits in früher Jugend auf die schiefe Bahn geraten. Er hatte eine kurze, aber intensive Karriere als Stoßspieler hinter sich, für die er letzten Endes einige Jahre Schmalz bekommen hatte, wie im Milieu die Haftstrafe in blumigen Worten umschrieben wurde. Als Häfenbruder hatte er den Kuttinger Benedikt kennengelernt. Der Häftling und der Gefängnispfarrer standen in regem Gedankenaustausch. Auch Ferdl Dokupil war Ministrant beim Klosterbruder. Im Gegensatz zu seinem Mithäftling Johann Janitschek war es Dokupil jedoch gelungen, sich nach seiner Entlassung tatsächlich eine halbwegs bürgerliche Existenz aufzubauen. Er hatte im Prater seinen erlernten Beruf als Mechaniker ausgeübt. Zu reparieren gab es in dem riesigen Maschinenpark genug. Mit der Zeit hatte er immer mehr Interesse an der Schaustellerei gefunden. Und als ihm schließlich angeboten wurde, als Darsteller zu arbeiten, reparierte er das Fahrgestell nur mehr in der Wintersaison. Wenn der Prater geöffnet war, verdingte er sich als Tod im Hotel Psycho. Als einer der wenigen Frankisten, wie Unbescholtene hießen, bewegte er sich in beiden Welten. Er war Stammgast im einschlägig bekannten Café Bauchstich. In dieser Pülcherpartie verkehrte auch der Strizzi-Fritzl. Feine Pinkl wie der Schöne Jean ließen sich dort nicht blicken. Janitschek lud jedoch

Dokupil regelmäßig ins noble Praterrestaurant Zum Walfisch ein. Die Rotlichtgröße schätzte die »grade Red'« des »Weltenbummlers«, wie er ihn schmunzelnd nannte. Und er wusste, was Dokupil wusste: nämlich alles. Der war zwar ein Steher, einer, der nichts und niemanden verriet, aber Janitschek bekam im beiläufigen Plaudern mit ihm stets ein Gefühl für die vorherrschende Stimmung. Ein Gefühl, das ausreichte, um korrigierend ins Geschehen einzugreifen. Ganz anders die Beziehung zu Bruder Benedikt. Der Tod und der Mönch, das war ein Gespann wie Nikolaus und Krampus. Der eine belobigte die braven Kinder, der andere erschreckte die schlimmen. Bruder Benedikt rechnete es dem ehemaligen Strizzi hoch an, dass er den rechten Weg gefunden hatte. Und der Strizzi vergaß nie, dass der Mönch ihn auf diesen rechten Weg zurückgebracht hatte.

Das Hotel Psycho hatte im Winter zwar grundsätzlich geschlossen, öffnete jedoch vom ersten Adventwochenende bis Silvester seine Pforten. Da waren besonders viele Touristen in Wien. Dankbares Publikum. Das laute, schrille, schräge Spektakel gefiel vor allem asiatischen Hotelgästen. Die Blitze, die schreienden Figuren. Die Asiaten kreischten wie kleine Kinder. Die kleinen Wägelchen, in denen sie in das Hotel des Grauens einfuhren, blieben ruckartig stehen, drehten sich um die eigene Achse, gingen rückwärts, rauf und runter. Die ständige Belastung der Fahrgestelle wurde zur nächtlichen Herausforderung des Mechanikers Dokupil. Bei intensivem Betrieb wie zu Jahresende blieben ihm nur die Nachtstunden für Reparaturarbeiten. Untertags gab er ja unter lauter unechten Zombies den echten Sensenmann.

Als Bruder Benedikt um Mitternacht aus dem Taxi stieg, lag Dokupil gerade unter der Achse eines Waggons. Am Telefon hatte er seinem alten Bekannten erklärt, wo er zu finden sei. Bruder Benedikt nahm daher ohne Umstände eine Treppe, die längs der Bahn in den zweiten Stock führte. Hier, zwischen Hängebrücke und Gewitterschaukel, war der Raum mit einem Baustellenscheinwerfer ausgeleuchtet. Im grellen Scheinwerferlicht verlor das Grauen jeden Schrecken. Pappmaschee-Puppen in einer liebevoll ausgestalteten Grusellandschaft blickten Ferdl Dokupil beim Schrauben über die Schulter. Bruder Benedikt schritt die Gleise entlang. Der Mechaniker, im ölverschmierten Blaumann und mit schmutzigen Händen, ging dem Mönch entgegen.

»Die Hand gib i dir net. Is' ja Weihnachten.«

Bruder Benedikt blinzelte listig: »Ferdl, du weißt aber schon, dass rund um Weihnachten die Arbeit ruhen soll.«

»An mir soll's net liegen. Nach Silvester is' eh a Ruah. Aber momentan ... des G'schäft wird immer verrückter.«

»Eile mit Weile.«

»Du hast guad reden. Bei die G'scherten sand die Uhren immer schon langsamer gegangen.«

Sie setzten sich in den havarierten Waggon. Bruder Benedikt hatte Dokupil bereits am Telefon über den gewaltsamen Tod des Schönen Jean informiert.

»Der Tod, des muaß a Weaner sein«, sagte der »Tod«.

»Der Schädel ist ihm eingeschlagen worden. Eine Trompete vom Kirchturm hat ihn getroffen.«

»Hast du g'wusst, dass er Krebs hat?«

»Ja«, sagte Bruder Benedikt.

»Wer derschlagt an, der ohnedies nimma lang zu leben hat?«

»Jemand, der so einen Zorn auf ihn hat, dass er das Schicksal ins Spiel bringt.«

»Was is' mehr Schicksal als der Krebs?«

»Das Schicksal, das ich in Gottes Hände lege.«

»Du maanst, es war Zufall?«

»Der Turm ist vierzig Meter hoch. Eine Trompete, die genau auf dem Kopf landet, ist mehr als Zufall. Darin könnte ein religiöser Fanatiker auch ein Gottesurteil sehen.«

»Der Jean hat dem Fritzl den Hahn ab'dreht«, war alles an Kommentar.

»Kannst du dir vorstellen, dass der Fritzl sich in irgend-welche religiöse Fantasien hineinsteigert?«

»Du kannst in kan Menschen reinschau'n. Wenn, dann hat eam die Nonne narrisch g'macht.«

»Was hat er eigentlich gemacht für den Johann?«

»Er war so a Art Hausmeister. Der Jean hat umg'sattelt auf Wohnungsstrich. Er hat in einem Zinshaus Wohnun-gen vermietet. Aber in einer explosiven Mischung: an unsrige Huren und an Ausländer vom Arbeitsstrich. Kannst dir ja vorstellen, was sich da abg'spielt hat.«

»Und der Fritzl war sein Mann fürs Grobe.«

»Der hat's ja immer schon so g'halten: a bissl hauen, a bissl streicheln.«

»Aber er muss doch nicht arbeiten zum Geldver-dienen.«

»Maanst, weil er mit der Augustin auf alt macht?« Er lachte auf: »Da Heiland und die Nonne!«

»Die Frau Augustin meint's gut mit ihm.«

»In an goldenen Käfig sperrt s' ihn ein.«

»Auf weichen Daunen bettet es sich am besten.«

»Der Fritzl is a Zugvogel. Den kannst net im Käfig halten.«

»Warum fliegt der Vogel gerade an dem Abend aus, an dem der Johann zu Tode kommt?«

»Des, wenn ich wüsst. Der Fritzl is' sein Lebtag lang a Trabant g'wesen. Aber, wenn ich ehrlich bin: Der Fritzl ziagt kan den Holzpyjama an. Schon gar net dem Jean.« Er lachte bitter auf: »Dafür hat der doch vü z'vü Angst g'habt vor seinem Herrn und Gebieter.«

»Warum flieht er dann in der Nacht?«

»Flucht. Ein großes Wort. Ang'flaschelt wird er g'wesen sein, und die Oide hat eam den Weisel 'geben.«

»Sie hat mich angerufen, am Stefanitag, und ihn als vermisst gemeldet.«

»Es gibt nix, was 's net gibt. Aber wenns d' Licht ins Dunkle bringen willst. Du kannst dich doch sicher noch an die Flotte Frieda erinnern.«

»Hat die nicht für den Fritzl gearbeitet?«

»Sie war sei Hack'nbraut, wie er noch als Peitscherlbua g'arbeit' hat. A Zeit lang war s' dann ah ein G'spann mit ihm. Bis die Augustin wieder auf'taucht ist.«

»Der Fritzl und die Frieda waren ein Paar?«

»Sie war die letzte, die für ihn g'rennt is'. Er hat der Augustin hoch und heilig versprechen müssen, dass er nimma in die Hack'n geht. Zu der Zeit hat der Jean des Zinshaus kauft. Der Fritzl is' dort Mädchen für alles 'worden und hat der Frieda als letzten Liebesdienst a Wohnung verschafft, wo s' als Privatdozentin ordiniert hat.«

»Und was macht die Frieda jetzt, nachdem der Johann das Haus verkauft hat?«

»Den Strick geben.«

»Kannst du dir vorstellen, dass der Fritzl an Weihnachten zur Frieda gefahren ist?«

»Möglich. Sie waren ja im Guaden.«

Die Flotte Frieda war Nachtarbeiterin. Bruder Benedikt setzte sich daher ins Taxi und fuhr zur Adresse, die Ferdl Dokupil ihm gegeben hatte. Bei seiner Fahrt fiel ihm der Unterschied zwischen der Großstadt und dem beschaulichen Ort Purbach auf. Leuchteten einem dort Tausende Glühwürmchen, Lichtergirlanden, die in den Bäumen und an den Hausfassaden angebracht waren, den Heimweg, so blinkte und glitzerte es in der Stadt von den Fassaden der Hochhäuser und aus den Auslagen entlang der Straße. Es war ein marktschreierisches Blinken und Glitzern. Eines, das den Sehnerv aufs Äußerste reizte, das einem sein »Kauf mich!« regelrecht unter die Hirnrinde prügelte. Werbereklame, wohin er auch blickte. Selbst um diese unchristliche Zeit, mitten in der Nacht, bewegte sich eine anonyme Masse den Gürtel entlang. Am Strich gab es keine Weihnachtsfeiertage. Im Gegenteil. Die Männer flohen vor dem Weihnachtsstreit und suchten Trost und Rat in den anonymen Laufhäusern, den schummrigen Nachtbars und in Wohnungen wie jenen, die in einem grauen Mietshaus aus den 1970er-Jahren fürs einschlägige Gewerbe angemeldet waren.

Das Zinshaus des Schönen Jean lag in einer Seitengasse, nahe dem Ottakringer Arbeiterstrich. So wurde der Treffpunkt in der Herbststraße genannt, an dem sich frühmorgens Tagelöhner für sechs Euro pro Stunde abholen ließen. Manche warteten oft tagelang vergebens auf Auftraggeber. Die Stricharbeiter waren ausschließlich Ausländer. Sie wohnten in Gruppen in den winzigen Wohnungen, die der Schöne Jean zu horrenden Mieten unter der Hand vergeben hatte. Die Prostituierten, die sich ebenfalls bei ihm eingemietet hatten, gingen für gutes Geld ihrem Tagwerk nach. Sie hatten ihre Wohnungen für sich allein. Wer privat ordinierte, hatte es geschafft. Hier dem Verkehr nachzugehen, hieß, weg vom Straßenstrich zu sein, weg von den schmutzigen Laufhauszimmern und den ekligen Séparées der Nachtbars. Und noch einen Vorteil hatte die Arbeitsstätte: Meist kamen die Kunden nur zum Plaudern. Daher auch der Begriff Privatdozentin. Plauderstunden waren in dieser verkehrten Welt besser bezahlt als Gymnastikübungen. Bruder Benedikt suchte die Flotte Frieda ebenfalls zum Plaudern auf. Als Seelsorger bekam er allerdings den Kollegenrabatt: eine Tasse Tee und die ehrliche Aufmerksamkeit der erfahrenen Frau. Frieda freute sich über den Besuch. Für sie war der Mönch, den sie noch aus ihrer Zeit als Bordsteinschwalbe kannte, ein Seelenverwandter. Einer, der nicht urteilte, der sie nicht mit seinen Sorgen und Problemen belud, sondern bei dem sie sich, wann immer sie etwas am Herzen gehabt hatte, ausweinen konnte.

»Im Vorjahr hab ich den Runden g'feiert: Fünfzig Lebensjahre, davon die Hälfte in da Hock'n. Hätt Sie gern eing'laden, aber Sie sind ja jetzt a Landei.« Die Arbeit als Prostituierte war nicht spurlos an dem bildhübschen Mädel vom Land vorübergegangen, das einst gekommen war, um als Friseurin in Wien zu arbeiten. Sie wirkte aufgeschwemmt von zu viel Alkohol, zu viel Nikotin und zu wenig Bewegung. Die Frau war verbraucht. Verbraucht von einem Leben am Rande der Gesellschaft. Sie wirkte fahrig. »Seit ich die Wohnung da hab, geh ich's ruhiger an. Die Kundschaft will ja meist nur reden. Da schalt ich auf Durchzug und kassier mei' Marie.«

»Psychotherapie nennt man das.«

»So g'sehn ...« Sie lachte bitter, beendete den Satz aber nicht, sondern redete sich in Rage: »Aber jetzt is' ois vorbei. Übermorgen muss i raus aus der Wohnung. Der Schöne Jean hat die Hütte an einen Russen verkauft. Der lasst alles schleifen und stellt a Laufhaus hin. Aber in so an Hasenstall bringen mich kane zehn Pferd' mehr. Und für'n Strich bin ich z'alt. Ich kann mir den Strick geben!«

»Sie haben doch Friseurin gelernt.«

»Täten Sie a fuffz'gjährige Hur' als Friseurin nehmen?«

»Ich weiß nicht …«

»Aber Sie sand sicher net als Jobvermittler da.«

»Ich habe ein Problem, Frieda.«

»Auweh«, seufzte sie und, halb ironisch, »des wird teuer.«

Er blickte ihr fest in die Augen: »Sie wissen es nicht!«

»Was soll i wissen!?«

»Der Johann Janitschek ist tot.«

Sie zündete sich eine Zigarette an und machte einen Lungenzug. In kleinen Wölkchen stieß sie den Rauch aus. Mit kratziger Stimme flüsterte sie: »Hat ihn der Krebs endlich aufg'fressen?«

Bruder Benedikt ging auf die zynische Antwort nicht ein. Er klärte sie vorerst auch nicht über die Todesursache auf. Stattdessen konfrontierte er sie mit der Frage nach dem Strizzi-Fritzl. Ob dieser den Weihnachtsabend bei ihr verbracht habe.

»Die Weihnacht! Da hat er sich doch daham bescheren lassen. Aber vorher, den ganzen Advent über, is' er mir in den Ohren g'legen wie ein Christkind.«

»Frau Augustin hat ihn als vermisst gemeldet. Er ist seit dem Weihnachtsabend abgängig. Das Letzte, was sie von ihm weiß, ist, dass er dringend nach Wien musste, um hier im Haus Streit zu schlichten.«

»Die Augustin!« Mit zittrigen Händen zündete sie sich die nächste Zigarette an. Sie stand auf und holte aus einer Schublade eine Schachtel hervor. Sie kam mit der Schachtel zurück und öffnete sie. Weiße Kerzen lagen darin, deren Emblem ein Wichtel zierte. Sie lachte wieder bitter auf: »Die Kerzerl-Mitzi!«

»Die Purbacher nennen sie so, weil sie jeden Tag in der Kirche eine Kerze entzündet.«

»Des schaut der ähnlich. Der Fritzl is' ganz verrückt 'worden wegen den deppaten Kerzen. Der Schöne Jean hat seit Jahr und Tag ein Depot von diesen Wichtelkerzen. Des is' sein Weihnachtsgeschenk für die Stammkunden. Vor dem ersten Adventsonntag hat der Fritzl sich bei mir vier Kerzen mitg'nommen. Für'n Adventkranz ...« Sie zog an ihrer Zigarette, machte eine unbestimmte fahrige Bewegung mit der Hand: »Und ich hab die Tage drauf einen ganz speziellen Adventkalender von ihm kriegt.« Sie nahm einige kräftige Lungenzüge, drehte die Kerze zwischen den Fingern und erzählte Bruder Benedikt ihre unglaubliche Geschichte:

Der Strizzi-Fritzl habe jeden Adventnachmittag, bevor sie ihren Dienst begann, an ihre Tür geklopft. Begonnen habe der Besuchsreigen ganz harmlos. Nach dem ersten Adventsonntag habe er ihr geknickt geschildert, welche Reaktion seine Kranzbeigabe bei der Kerzerl-Mitzi ausgelöst hatte. »Sie hat die Kerzen wortlos g'nommen und in Papierkorb g'haut. Guad, des hat man verstehen können: Mein Geschmack sand s' ah net.« Doch damit habe die Malaise erst so richtig begonnen. Dem wortlosen Entsorgen sei nämlich das völlige Verstummen gefolgt. Am ersten Abend habe sich der Strizzi-Fritzl nichts dabei gedacht. Die Kerzerl-Mitzi habe manchmal Schweigetage gehabt, die, so habe er vermutet, mit ihrem Gelübde in Zusammenhang gestanden waren. »Er hat sich nur über sich selbst g'ärgert. Was muss er ihr ah so an Kitsch schenken, wo sie doch eine Kerzenkennerin is'. Hat er mich also g'fragt, wo er religiöse Kerzen herkriagt. Woher soll ich des wissen!« Damit sei das Thema vom Tisch gewesen. Doch bereits in den kommenden Tagen habe er geklagt, das Schweigen der weltlichen Nonne halte an. Es verstärke sich geradezu in eine Abkehr von ihm. »An Maria Empfängnis hat sich die Lage zuag'spitzt. Er war untertags beim Puppendoktor und hat ihr a ganz spezielle Käthe-Kruse-Puppe kauft.« Sie erklärte: »Die narrische Funsn steht ja net nur auf Kerzen, sondern ah auf Puppen. So alte Sammlerpuppen. Mit denen red't s' wie mit Kindern. Es gibt Perversionen, die kann sich unsereins gar net vorstellen.« Er habe ihr jedes Jahr zu Weihnachten eine dieser Sammlerpuppen geschenkt, die er in einem bei Sammlern hoch geschätzten Laden in der Innenstadt erstand. Diesmal habe er ihr die Puppe bereits an Maria Empfängnis geschenkt. Diesen Tag beging die Kerzerl-Mitzi als »Schwester im Geiste der Mutter Maria« jedes Mal besonders feierlich. Sie scharte ihre Puppenfamilie im Wohnzimmer um sich und spielte heilige Familie. Der Strizzi-Fritzl gefiel sich darin, als Nikolaus die Kleinen mit Lobhudeleien zu überschütten. Er liebte solche Umzüge, in denen er sich als gute Seele präsentieren konnte. Doch diesmal sei alles anders gewesen. Sie habe die Puppe nicht einmal ignoriert. Ihre Spielkameradinnen seien in den Glasvitrinen geblieben. Und er selbst habe nicht einmal daran gedacht, in das Nikolauskostüm zu schlüpfen. »Die Kerzerl-Mitzi is' schon in der helllichten Fruah aus da Hapfn, hat den Hausaltar auf'baut und den ganzen Tag Rosenkranz 'bet.« Er habe sich nicht einmal auf Zehenspitzen im Haus bewegen getraut. Die Kerzerl-Mitzi sei in sich versunken am Betschemel gekniet und habe monoton vor sich hin geleiert.

»Man kann es übertreiben mit der Frömmigkeit«, ließ Bruder Benedikt sich erstmals vernehmen.

»Meine Red'! Der Fritzl war ganz blass um die Nase, als er zu mir 'kommen is'. Er war völlig durch'n Wind, hat in einer Tour g'stammelt: Sie waaß was, sie waaß was … Wia ich ihn g'fragt hab, was s' denn wissen sollt, hat er zum Rean ang'fongt.«

»Was weiß sie?«

»Er hat nur g'reat. Dann is' a ganz fuchtig worden. Is' da im Wohnzimmer herumg'hirscht, dass ich 'glaubt hab, ihn trifft der Schlag. Dann is' a anlassig worden und wollt a Sprüngerl machen. Draufhin hab ma zum Streiten ang'fangt, bis Gott sei Dank die nächste Kundschaft kommen is'.« Am darauffolgenden Tag sei der Strizzi-Fritzl reumütig mit einer Christrose im Topf vor der Tür gestanden und habe sich bei ihr in aller Form entschuldigt. »Da bin ich sentimental g'worden und hab mich mit ihm in die Hapfn g'haut. Aber es is' nix 'gangen. Er hat g'jammert, dass er nimma kann, weil er mit ihr ja in einer Josefsehe lebt. Drum geht sei Werkl nimma. Und dann hat er wieder ang'fangt, dass des alles mit Maria Empfängnis z'ammhängt. Aber ansunsten hat er nix g'sagt.«

»Die Frau Augustin hat sich mit der Jungfrau Maria vermählt. Das hat man zu akzeptieren, wenn man mit ihr zusammenlebt.«

»Jetzt reden S' net so g'schwollen daher, Bruder Benedikt. Es gibt ah a richtiges Leben.«

»Es gibt nur das eine Leben.«

»Mir sand schon viele Perversionen unter'kommen. Aber dass ane, die in der Jugend gern g'schnackselt hat, sich des Jungfernhäutchen wieder annähen lasst, nur weil's lesbisch worden is', des is' abartig.«

»Es gibt eine Verbundenheit, die weit über das Körperliche hinausgeht, Frieda: die Liebe zu Gott, zur Muttergottes, zu etwas Höherem.«

»Soll sein. Aber dann stell ich doch net meine G'spasslaberln in die Auslag und lass mein' Kameraden die Gurken rebeln.«

Bruder Benedikt begann langsam zu verstehen. Die Kerzerl-Mitzi spielte mit dem Strizzi-Fritzl. Sie hatten sich beide in eine Abhängigkeit gebracht, die ihnen nicht guttat. Er brauchte sie, und sie brauchte ihn. Sie benutzte ihn als Projektionsfläche, er benutzte sie als warme Geldquelle. Zuneigung und Partnerschaft sahen anders aus. Sie gefiel sich in ihrer Rolle als Betschwester und provozierte ihn manchmal, indem sie ihre Fraulichkeit betonte. Er schätzte seine relative Unabhängigkeit, litt aber unter ihrer Unnahbarkeit. Er hatte sie in jungen Jahren als lebenslustige Frau kennengelernt und lebte nun mit ihr wie im Kloster. Die Geißel des Fleisches. War sie stark genug, ihn zum Mörder an seinem Freund zu machen? Und wenn, warum? In welchem Zusammenhang standen das lustlose Abhängigkeitsverhältnis zur Kerzerl-Mitzi und das vermutlich lustvollere Arbeitsverhältnis zum Schönen Jean?

»Nach der Beterei an Maria Empfängnis hat s' ihm Zetteln g'schrieben. Jeden Tag einen.« Sie ging wieder zur Schublade und fischte einen zerknüllten Zettel heraus. Sie gab Bruder Benedikt das Papier. Er las, nickte, las es nochmals, diesmal laut: »Als du noch im Mutterleib warst, hast du geschwiegen. Da man dich ins Grab legt, wirst du wieder schweigen.«

»Jeden Tag an so an Spruch. Dabei hat s' noch immer net g'redt. Er hat schon nimma gewusst, ob er a Mandl oder ein Weiberl is'.«

»Das sind fromme Kalendersprüche. Ohne Bedeutung, wenn sie aus dem Zusammenhang gerissen sind.«

»Aber a Mensch wie da Fritzl. Mit einem schlichten Gemüt. Der denkt sich weiß Gott was dabei. Der dreht durch, wenn sei' Oide nix red't und ihm gleichzeitig schreibt, im Grab wird auch er schweigen.«

»Sie wollen sagen, er hatte Angst?«

»Angst … unheimlich is' ihm 'worden, die Augustin. Des hat sich g'steigert bis zur Wintersonnwend. Da hat er an kompletten Knacks kriagt. Er hat immer so g'schwärmt von ihre Kochkünste. Aber seit er mit den Wichtelkerzen auf'taucht is', hat's nur Aufgewärmtes 'geben. Gulasch, jeden Tag Gulasch.«

»Also, Frieda, das weiß man doch in Wien. Gulasch schmeckt aufgewärmt am besten.«

»Ja, schon. Aber jeden Tag Gulasch. Des is' a Botschaft: Ich halt dich für an Gulasch-Strizzi!« Sie blickte Bruder Benedikt mit großen Augen an.

Er stellte sich das Bild vor: die Kerzerl-Mitzi, schwarz gekleidet, mit schwarzer Kochschürze, die ihrem Strizzi mit dem Servieren des Gulaschs bekundete, sie halte ihn für ein minderwertiges Subjekt. »Ist er denn kein Gulasch-Strizzi?«

Die Flotte Frieda blickte ihn wieder mit großen Augen an: »Ja, schon, aber das will doch ein Herr von Welt net hören.«

Bruder Benedikt musste schmunzeln. Er hatte den Ehrenkodex der Unterwelt immer als überholt empfunden. Hochmut kam vor dem Fall. Und das ganze unausgesprochene Regelwerk der Halbseidenen strotzte nur so vor Bekundungen dieses Hochmuts.

»Jedenfalls hat's akkurat in der Thomasnacht kein aufg'wärmtes Gulasch 'geben, sondern Marillenknödel.« Sie ließ den kulinarischen Hinweis im Raum stehen und blies Rauchwölkchen in die Luft.

Bruder Benedikt wartete auf die Erkenntnis.

»Seine Leibspeis.«

»Haben sie sich also wieder vertragen«, sagte er, froh, das Kreuzworträtsel aufgelöst zu haben.

»Nix vertragen. Sie hat noch immer nix g'redt. Des mit diese Knödel is' irgend so ein Orakelbrauch, den ich net kenn. Die Kerzerl-Mitzi arbeitet in den Teig von sechs Knödeln die Lottozahlen ein. In der Reihenfolge, in der die Knödel an die Wasseroberfläche kommen, tippen sie dann des ganze Jahr über immer dieselbe Zahlenkombination. Aber heuer warn des ganz komische Zahlen: drei 2er, die 1 und zwa 4er.« Der Strizzi-Fritzl sei mit den Orakelzahlen zu ihr gekommen und in verschiedenen Kombinationsversuchen habe sich ein Datum herauskristallisiert: der 24.12., 24 Uhr. »Und jetzt kommen Sie und sagen, der Fritz is' an Weihnachten von daham weg, und der Johann ist tot.« Sie schüttelte sich vor Lachen. Dabei wirkte sie so erbärmlich, wie nur jemand wirken konnte, der vor dem Nichts stand.

»Der Johann ist erschlagen worden.«

Die Flotte Frieda erstickte fast an ihrem Lachen, das ihr im Hals stecken blieb.

»Der Fritzl hat g'sagt: Er wird den Jean bluat'n lass'n.«

»Hat er das so gesagt: Er wird den Jean bluat'n lass'n?«
»So oder so ähnlich. Ich hab doch schon gar nimma
zug'hört: Der Fritzl is' ja ein Plauderer. Ich bin ja selber
haaß auf den Jean.« Sie nahm wieder die Wichtelkerze in
die Hand und streichelte dem Wichtel über die rote Zipfel-
mütze. Beinahe zärtlich sagte sie: »… g'wesen. Des is' des
Letzte, was vom Jean bleibt: die deppaten Wichtelkerzen.«

Bruder Benedikt war ganz in sich versunken. Der eine
hatte tatsächlich bluten müssen, und der andere war
wie vom Erdboden verschluckt. Mit dem ersten Zug um
fünf Uhr früh fuhr er zurück nach Purbach. Die Bahn-
fahrt glich dem Blindflug durch einen Tunnel. Wie ein
Schemen lag Nebel über der Strecke. Die Wartehäuschen
an den Bedarfshaltestellen wirkten auf ihn, als wären
sie Wächter einer dumpfen Landschaft. Zwischen dem
dicht besiedelten Speckgürtel und der flachen Ebene,
diesem Niemandsland im Vorhof der Zivilisation, lichtete
sich der Nebel. Und gab den Blick frei auf schwarz-braune
Äcker, struppige Getreidefelder und knorrige Weinzeilen.
Sein Kopf war leer. Er selbst fühlte sich leer. Sein Blick
war hohl. Doch auf einmal, wie ein Zeichen des Himmels
auf dieser von Gott verlassenen Erde, stachen ihm zwei
Rehkitze am kahlen Feld ins Auge. So kitschig wie wahr-
haftig. Zwei Bambis, die sich im Bruchteil eines Augen-
blickes wie zutrauliche Haustiere zeigten. Der Augenblick
brannte sich unter seine leere Hirnrinde, viel intensiver
als die nächtliche Leuchtreklame, die sich lichtenden
Nebelschwaden im Niemandsland und die beiden kleinen
Rehkitze. Er rieb sich die Augen, blickte nochmals nach
draußen. Doch da war schon wieder alles schwarz. Verschwunden war der Zauber. Wie weggewischt, das Ver-

wirrspiel der Natur. Er stieg aus. Die Dunkelheit umfing ihn. Der weiße Kirchturm wirkte auf ihn wie ein Leuchtturm: Er gab ihm die Richtung vor. Die Glocken schlugen zur vollen Stunde. Endlich wurde er ruhig. Die Kirchturmuhr zeigte ihre Wirkung. Er folgte dem vertrauten Geläut. Je näher er seiner Heimat kam, umso mehr hielt ihn das größer werdende eiserne Ziffernblatt der Kirchturmuhr in seinem Bann. Es war ein ordnendes Maß, kein verstörendes. Je näher er Kirche und Pfarrheim kam, umso geordneter wurden auch seine Gedanken. Der Takt, den ihm die Kirchturmuhr vorgab, begleitete ihn auf dem Heimweg. Er wies in die Ewigkeit und gab ihm zu verstehen, wie relativ die Geschehnisse, die ihn so aus der Bahn warfen, eigentlich waren. Er drehte den Schlüssel im Schloss um. Der Mensch denkt, und Gott lenkt. Er musste auf andere Gedanken kommen, um den Kopf frei zu bekommen für eine Erkenntnis, die ihm in diesem Fall weiterhalf.

KAPITEL 8

Siaß-sauer

Es war mühsam gewesen, diese Spreizendorfer ausfindig zu machen. Aber Frau Inspektor Zimmermann war hartnäckig. Am Feiertag konnte sie nicht auf das Tourismusbüro der Landeshauptstadt zurückgreifen. Sie hatte sich also die Mühe gemacht, sämtliche Hotelrezeptionen persönlich abzuklappern. Unter dem Namen der Frau war natürlich kein Zimmer gebucht. Aber der Tipp eines ihr bekannten Zimmermädchens, die wiederum ein anderes Zimmermädchen kannte, das ihrer Kollegin von einem komischen Gast erzählt hatte, der gleich für einen ganzen Monat die Superior Suite gebucht hatte, ohne sie zu bewohnen ... Diese stille Post hatte schließlich zum Hotel Schlafgut geführt. Das noble Boutiquehotel war am Rande der Stadt etabliert. In einem alten Schlössl mitten in den Weingärten. Die Rieden gehörten, Ironie des Schicksals, zum Weingut der Barmherzigen Brüder in Eisenstadt. Das Schlosshotel wurde allerdings privat betrieben. Im Schlafgut hatte Johann Janitschek eingecheckt, um ungestört seinen Johannestrieb zu pflegen. Auf Nachfrage an der Rezeption bekam Frau Inspektor Zimmermann die Auskunft, die Begleitung des Gastes hätte über Weihnachten hier eingecheckt. Herr Janitschek habe im Vorhinein bis Jahresende bezahlt. Die Mühen der Ebene hatten sich also gelohnt. Die Zimmermann war für ihren tatkräftigen Einsatz gleich doppelt belohnt worden. Ein anonymer Hinweis eines Purbachers passte ganz ins Verdächtigenprofil der Spreizendorfer. Der Zeuge, der sie unter verdeckter Nummer angerufen hatte, wollte in der Mordnacht eine weibliche Stimme vom Kirchturm gehört haben. »Schau schee, Jean«, habe jemand gerufen. Der Ausruf deckte sich mit der Kritzelei, die Bruder Benedikt an der Kalkwand entdeckt hatte. Es schien also eine Frau im Spiel gewesen zu sein. Als Zeugin der Tat, als Mittäterin, ja vielleicht sogar als Mörderin. Von Strizzi-Fritzl, so das morgendliche Update mit den Wiener Kollegen, fehlte noch immer jede Spur. Entweder war auch er ermordet und anschließend entsorgt worden oder er war tatsächlich auf der Flucht. Aber das war Sache der Kollegen. Frau Inspektor Zimmermann war unter Umständen einer heißen Fährte auf der Spur. Es war Samstag. Ihr Teamkollege trat erst am Montag, nach den Weihnachtsfeiertagen, seinen Dienst an. Dann wurde auch der ganze Polizeiapparat wieder hochgefahren. Sie hatte also noch zwei Tage Zeit, um den Fall im Alleingang aufzuklären. Was sie brauchte, war eine erste Festnahme: ein handfestes Erfolgszeichen. Sie machte sich, müde, aber voll Adrenalin, ins Schlafgut, um der Geliebten von Janitschek auf den Zahn zu fühlen.

Cäcilia Spreizendorfer schien bereits auf die Beamtin gewartet zu haben. Sie war ein Häuflein Elend. Die Augen rot gerändert. Blasses Gesicht. Fettige Haare. Überschminkt und mit Parfüm zugeschüttet saß sie der Zimmermann gegenüber. Sie war auch im Alltag keine Schönheit. Eher der Typ unscheinbare, brave Landpomeranze. Aber nun, in dieser prächtigen Suite – mit Whirlpool neben dem Kingsize-Bett – wirkte sie wie ein groteskes Abziehbild.

Ein Wunschbild, verloren in der Welt des Schönen Jean. Ein von seinem Schöpfer kreiertes Wesen, das, nachdem der Schöpfer nicht mehr lebte, wesenlos geworden war.

»Jetzt erst kommen S'«, war das Erste, was Cäcilia Spreizendorfer sagte.

»War das eine Frage?«, sagte die Zimmermann und gab selbst die Antwort: »Sie hätten sich melden müssen.«

»Ich hab net können«, kam es lapidar aus dem Munde von Cäcilia Spreizendorfer.

»Wie, nicht können!?«

»Ich hab eine Blockade.«

»Ihr Quartier hier, das zahlt der Ermordete!?«

Cäcilia Spreizendorfer nickte schwach.

»Sie hatten also ein sexuelles Verhältnis mit ihm.«

»Ich hab ihn gerng'habt.«

Der Satz kam so naiv, so selbstverständlich, so banal rüber, dass er die Zimmermann mit voller Wucht traf. Sie hatte sich alles so schön zurechtgelegt. Geliebte wird nicht erhört, begeht Verzweiflungstat und wird von der Kommissarin in Windeseile überführt. Zack, zack, zack. Weihnachten: Mord. Silvester: Mord geklärt. Aber jetzt saß da ein Häuflein Elend, das kein Wässerchen trüben konnte, und sagte diesen banalen Satz, der alles über den Haufen warf.

»Gerngehabt ... g'schnackselt haben Sie mit ihm aber schon?«

Cäcilia Spreizendorfer blickte durch die Zimmermann hindurch ans andere Ende des Raumes. Sie ließ sich Zeit mit ihrer Antwort. Schließlich begann sie zu erzählen: »Ich hab den Jean kennengelernt, gleich nachdem er eingezogen ist. Ende November war das. Bruder Benedikt hat mich gebeten, die Wohnung zu putzen. Der Gast

127

war hochzufrieden. Er hat mir einen Hunderter Trinkgeld gegeben. Als ich das nicht angenommen hab, hat er gemeint, ich solle es als Anzahlung nehmen. Ich hab dann jeden zweiten Tag bei ihm sauber gemacht.«

»Sie haben seine schmutzige Wäsche gewaschen.«

Cäcilia Spreizendorfer ging auf den Seitenhieb nicht ein: »Wir sind ins Reden gekommen. Über Gott und die Welt. Er war so verständnisvoll, so einfühlsam.«

»Ein Frauenversteher.«

»Wissen S', wie gut das tut? Mein Mann hat ja nur sei Blosn im Kopf.«

Die Zimmermann räusperte sich, und Cäcilia Spreizendorfer übersetzte: »Seine Musik. Die Trompete ist das Einzige, was ihn interessiert.«

»Der Herr Janitschek hingegen war vielseitig interessiert.«

Sie nickte.

»Vor allem an dem einen«, kam es scharf von der Zimmermann.

»Mein Mann und ich, da is' schon lang ka Leidenschaft mehr. Seit unserm zweiten Kind bin ich bei ihm als Frau abg'meldet.«

»Tote Hose. Da is' Ihnen ja der Hosenstall vom Janitschek grad recht gekommen.«

»Es hat sich alles harmonisch ergeben. Der Jean hat mich hierher mitgenommen. Das hat mir natürlich imponiert. Mietet sich in einem Schlössl eine Liebesinsel. Das is' was anderes als daheim bei Kind und Kegel.«

»Da kann man schon einmal auf die Seite springen.«

»Der Sex war nicht das Wichtigste. Der Jean war ja schon gesetzter und nicht mehr so agil.«

»Hat er mehr wollen als können …«

128

»Wie gesagt, mir ist es darum gegangen, verstanden zu werden. Mich bei jemandem aufgehoben zu fühlen, geborgen.«

»Große Worte für ein Pantscherl mit einem Strizzi.«

»Der Jean war Geschäftsmann!« Sie fuhr geradezu in die Höhe.

»Sie wissen aber schon, welche Art Geschäft er betrieben hat?«

»Er war ein Freund von Bruder Benedikt!«

Bruder Benedikt hatte nach seinem nächtlichen Ausflug beschlossen, die alten Geschichten ruhen zu lassen. Es war ein Fehler gewesen, in Eisenstadt den Rotlichtmord aufzuklären. Es war ein Fehler gewesen, den Schönen Jean als Gast zu beherbergen. Es war ein Fehler gewesen, sich von dieser Zimmermann provozieren zu lassen. Er war Landpfarrer und Mönch. Als solcher war er für das Gute im Menschen zuständig. Um das Böse kümmerte sich die Polizei. Bei der Rückfahrt von Wien nach Purbach war es ihm wie Schuppen von den Augen gefallen. Die Ursache seiner Beziehung zu den Randexistenzen der Gesellschaft lag in seiner Arbeit als Gefängnisseelsorger. Die Wirkung war fatal. Denn im Gefängnis war die ganze Religiosität grundsätzlich nur Schein. Keiner dort war wirklich fromm. Die Häftlinge rannten mit Büßer- und Leidensmienen herum, um sich einen Vorteil zu verschaffen. Es war frommes Gehabe. Jemandem wie dem Schönen Jean hatte der religiöse Dienst Abwechslung im täglichen Einerlei verschafft. Er hatte sich auf Bruder Benedikt als Gottesersatz eingelassen. Hatte gelacht mit ihm und hatte ihn mit seiner Fröhlichkeit zum Lachen gebracht. All das, um ihn zu blenden und sich einen Vorteil gegenüber den anderen zu verschaffen. In Purbach war ihm das Kunststück zum zweiten Mal gelungen: Er hatte sich als reuiger Sünder präsentiert, als Pilger. Und war doch der alte Pülcher geblieben, der er immer gewesen war. Bruder Benedikt fühlte sich verkauft und verraten. Was noch schlimmer war: Er hatte die Gretl-Tant' in diesen Pakt mit dem Teufel hineingezogen. Aber nun war Schluss. Er schwor sich, nicht mehr mit dem Abgrund zu liebäugeln. Sollte sich die Zimmermann mit dem Eierschädel beschäftigen. Er hatte sich um seine eigene, kleine Welt zu kümmern: um seine Pfarre. Glück hinein, Unglück hinaus. Er würde den ersten Tag der Woche sinnvoll nutzen, um in seinen privaten Gemächern im Pfarrhof den Weihnachtsputz zu machen.

Frau Inspektor Zimmermann zuckte leicht zusammen. Dieser verfluchte Mönch. »Es ist kein Leumundszeugnis, der Freund von Bruder Benedikt zu sein.«

»Ich habe ihm vertraut, weil er ein Freund vom Pfarrer gewesen is'.«

»Ihr Vertrauen war so groß, dass Sie zu Hause ausgezogen sind.«

»Ausgezogen ... vom Jean hab ich Abstand gebraucht. In der Thomasnacht haben der Jean und ich in die Zukunft geschaut.«

»Und was haben Sie gesehen?«

»Der Jean hat gesehen, dass wir keine Zukunft haben.«

»Oha. Das ist interessant.«

»Das hab ich auch gesagt. Daraufhin hat er es mir beinhart ins Gesicht gesagt ...« Sie starrte ein Loch in die Wand. Redete nicht weiter. Starrte nur an die Wand. Die Zimmermann ließ ihr Zeit. Es hatte also eine Trennung gegeben. Vielleicht steckte hinter dieser Trennung der Schlüssel für die Tat. Cäcilia Spreizendorfer starrte wie irr. Sie hörte auch nicht das Läuten des Handys. Die Zimmermann blickte aufs Display. Der Kollege von der Technik. Sie drückte ihn weg. Schrieb ihm: »nicht jetzt«. Eine Textnachricht ploppte auf: »habe prepaid entsperrt. nur eine sms: ich weiß alles.« Cäcilia Spreizendorfer starrte noch immer. Doch nun starrte auch die Zimmermann. In ihrem Hirn ratterte es. Eine Person, die alles wusste, spielte Schicksal und ließ eine Trompete vom Kirchturm segeln. Direkt auf den Schädel des Schönen Jean. Vor ihr saß die Gattin eines Trompeters im Liebesnest des Ermordeten und starrte ein Loch in die Wand.

»Was hat er Ihnen ins Gesicht gesagt?«, nahm die Zimmermann die Befragung wieder auf.

»Er kann mit mir net kommen.«

Die Erwartungshaltung von Frau Inspektor Zimmermann fiel zusammen wie ein Kartenhaus: »Das soll vorkommen.« Die Enttäuschung war der Beamtin ins Gesicht geschrieben.

Cäcilia Spreizendorfer blickte sie verzweifelt an: »Deshalb hat er's mit einer anderen getrieben. Am Kreuzweg. Bei Nacht und Nebel. Mit der is' er gekommen. Er hat's mir in epischer Breite geschildert. Wie eine Heilsbotschaft.«

»Ein Machtspielchen.«

»Der Saubär. Ich hab ihn wirklich gerng'habt. Er hat sich tausendmal bei mir entschuldigt. Und hat gemeint, des sei net von Bedeutung. Es sei nur die Geilheit g'wesen. Rein körperlich. So, als ob er ein wildes Tier wär.«

»Hat er gesagt, mit wem?«

»Is' das net egal, in dem Moment. Irgend a Foaferl halt!«

Den Ausdruck hatte sie doch schon einmal gehört. Hatte die Gretl-Tant' sie nicht so geheißen? Sie stieß die Frage scharf hervor: »Ein was?«

»Na, ein naives Ding halt, das auf seine Maschen reing'fallen is'.«

Die Zimmermann wechselte die Farbe, behielt allerdings die Kontrolle: »Das hat Sie verletzt.«

»Gehasst hab ich ihn in dem Moment.«

»Mir ist die Logik nicht ganz klar. Ihr Liebhaber betrügt Sie. Daraufhin verlassen Sie Ihren Mann und ziehen ausgerechnet ins Nest des Liebhabers?«

»Ich hab mein' Mann net verlassen. Aus'zogen bin ich. Ich hab an Abstand 'braucht. Von meinem Mann, vom Jean, von meinem Leben. Der Jean hat das verstanden. Er hat g'meint, an dem ganzen Wirrwarr is' nur er schuld. Ich soll mich hierher zurückziehen und im neuen Jahr mit meinem Mann einen Neuanfang machen.«

»Und hier, allein in dem Hotelzimmer, da hat es in Ihnen gearbeitet. Da haben die schwarzen Gedanken Ihr Hirn zu vernebeln begonnen.«

Cäcilia Spreizendorfer gab keine Antwort. Stattdessen stand sie auf und ging zum Schrank. Sie holte ihren Koffer hervor und begann zu packen. Frau Inspektor Zimmermann ging zu ihr. Und half ihr aus einem inneren Antrieb heraus beim Packen. »Frau Spreizendorfer, ich muss Sie bitten, mit mir auf die Dienststelle zu kommen. Ich nehme Sie vorläufig nach Paragraf 112 Absatz 2 Nummer 3 StPO, Verdunkelungsgefahr, fest. Sie haben das Recht, eine Person Ihres Vertrauens zu verständigen. Haben Sie mich verstanden!?«

Cäcilia Spreizendorfer nickte nur.

Die Zimmermann wusste, sie konnte die Verdächtige vierundzwanzig Stunden in Gewahrsam nehmen. Am kommenden Tag, spätestens am Montag früh, musste sie einem Richter vorgeführt werden. Sie hatte also vierundzwanzig Stunden Zeit, um die Frau nach allen Regeln der Verhörkunst in die Enge zu treiben. Wenn das Gekritzel an der Kirchturmwand, die SMS am Handy und die weibliche Stimme in der Nacht ihr zuzuordnen waren, dann hatte sie den Lucky Punch. Wenn nicht, hatte sie zumindest einen Einblick in das Wesen dieser eingeschworenen Dorfgemeinschaft gewonnen.

Bruder Benedikt schlief den Schlaf der Gerechten: Schon lange nicht mehr, eigentlich seit seiner Jugend, hatte er in einen Samstag hineingeschlafen. Als er um die Mittagszeit aufstand und von seinem Schlafzimmer ins Erdgeschoß wechselte, war die Gretl-Tant' bereits voller Tatendrang. »Ausg'schlafen!«, sie sagte nicht mehr und sagte damit doch alles. Sie fragte ihn nicht, wo er die Nacht über verbracht hatte. Sie sah es ihm an und wusste, was ihn umtrieb. Er lächelte nur. »Neigi Bes'n kehr'n gut – da alte kennt die Winkel«, sagte die Gretl-Tant'. Und gab ihm damit zu verstehen, dass er in seinem jugendlichen Elan übers Ziel hinausgeschossen war und sich nun der Erfahrung ihres Alters versichern konnte: »Heut mach ma Kehraus!«
Benedikt fühlte sich wie befreit von einer großen Last. Ohne viele Worte zu verlieren, hatte ihm die Gretl-Tant' die Bürde, die ihm in den letzten Tagen aufgelastet wurde, abgenommen. Er fragte nicht nach einem Frühstück, sondern ging nach dem Staubsauger. Wann hatte er zuletzt selbst den Haushalt gemacht? Es musste in seiner Studienzeit gewesen sein.

»Nix da, Sie haben mich schon richtig verstanden. Wir putzen nach der alten Art, da brauch' ma keinen Staubsauger.«

»Sie meinen, ich soll mit dem Besen kehren?«

»Ich muss Ihnen doch net die Kraft der Symbolik erklären!«

Bruder Benedikt lachte. Er war nach der nächtlichen Irrfahrt angekommen. Hatte, nachdem er für einen Moment geglaubt hatte, den Boden unter den Füßen zu verlieren, wieder Bodenhaftung. Er ging also um den Besen und machte sich an die Arbeit.

»Und dass S' mir ja kan Winkel auslassen«, kam es im schroffen Befehlston.

Er fing im Pfarrbüro an. Hier hatte das Unheil seinen Anfang genommen. Unter dem Schreibtisch hatte sich der Staub von Wochen angesammelt. Er wirbelte ihn regelrecht auf. Die Staubwolke erinnerte ihn an die Ankunft des Schönen Jean vor gut einem Monat. Ein Monat, der sein eigenes Leben durcheinandergewirbelt hatte. Ein Monat, der das beschauliche Leben seiner treuen Pfarrköchin in Unordnung gebracht hatte. Er musste sauber machen. Weg mit dem Dreck, mit dem ganzen Unrat, den er in die Pfarre gebracht hatte. Der Besen kratzte am Boden. So fest stakte er unter dem Schreibtisch herum.

»Z'ammkehren reicht, Sie brauchen den Boden net aufreißen wie an Acker.«

»Ich bin ein bisschen ungelenk«, entschuldigte sich der Mönch.

»Sie haben noch immer a Unruhe in Ihnen«, stellte die Gretl-Tant' fest. Sie schweifte ab, um ihn auf andere Gedanken zu bringen. Ihre Mutter habe noch auf Grasbesen geschworen, auf Astenden, die sie aus dem Wald holte, übereinanderschichtete und mit einem Bindfaden auf den Besenstiel band. Sie schwor auf diesen primitiven Behelf zeitlebens. Dem rissigen und groben Fußboden konnte der Besen aus dem Wald nichts anhaben. Aber Mist und Staub auch nicht. Welche Erleichterung sei da der Reisbesen gewesen, der in jede Ritze eindrang. Die Mutter hielt trotzdem auf den Grasbesen. Weil der schon immer gute Dienste geleistet habe. Sie habe oft vor Zorn über die scheinbare Starrköpfigkeit ihrer Mutter ausgerufen, dass sie einen Besen samt Stiel fressen würde. Erst viel später sei ihr bewusst geworden: Die Sturheit ihrer Mutter war nichts anderes als Lebensklugheit. Während sie, die junge Gretl, leichtfertig Menschenunmögliches in den Raum stellte, brachte sie ihre Mutter auf den Boden der Tatsachen zurück.

»Sie haben recht, Gretl«, sagte Bruder Benedikt, und ein wissendes Lächeln umspielte die Lippen der Gretl-Tant'. Im Laufe des Hausputzes kehrten sie das Unterste zuoberst. Sie staubten die Fensterbretter ab, die Nippesfiguren, wischten die Schubladen aus, machten sich über das Geschirr, die Töpfe und Schneidbretter her. Sein Kopf wurde wohlig leer bei dieser einfachen Arbeit. Die Gretl-Tant' schwelgte in Erinnerungen an ihre Jugend: »Wia des Presto auf'kommen is', hat's a gesungene Radiowerbung 'geben. Wir jungen Madln haben die auswendig können wia a Gedicht.« Sie lachte vergnügt wie ein kleines Mädchen und sagte es in eigentümlichem Singsang auf: »Töpfe, Teller, Tassen, Schüssel, Essbesteck und Kasserolle, Eierbecher, Fleischmaschinen reinigt Presto wundervoll. Alles blitzt und glänzt im Nu, nimmst du Presto nur dazu.«

Bruder Benedikt wischte schwungvoll über das Linoleum der Arbeitsplatte und fiel in ihren Singsang ein: »Alles blitzt und glänzt im Nu, nimmst du Presto nur dazu.«

Sie lachten beide laut auf, lachten die Unbill der letzten Tage weg. Da stand plötzlich, wie ein Geist, Herr Spreizendorfer in der Küchentür.

»Entschuldigen S', dass ich so unangemeldet ... das Tor war offen.«

»Stofferl«, kam es schneidig von Richtung der Gretl-Tant', und ihr früheres Kindergartenkind zuckte merklich zusammen: »Du warst schon als Bua a Giwiz.«

Der solcherart als unwillkommener Gast Gescholtene zog den Kopf ein und blickte peinlich berührt zu Boden. Bruder Benedikt trat auf ihn zu: »Sie werden schon wissen, was Sie zu uns führt!«

»Ja«, sagte Herr Spreizendorfer. »Die Gattin is' verhaftet worden.«

Es brauchte eine Tasse starken Jagatee und ein großes Stück vom Christtagsstollen, um einen zusammenhängenden Bericht zu bekommen. Seine Gattin habe sich telefonisch gemeldet. Aber nicht aus ihrem Hotelzimmer – um zurückzukommen. Sondern aus dem Kommissariat des Landeskriminalamtes Eisenstadt. Um ihre Verhaftung zu melden.

»Und, Stofferl«, fragte die Gretl-Tant' mitfühlend, »hat s' was wollen?«

»Ja, a Zahnbürschtl.«

»Sie war schon immer praktisch eing'stellt«, sagte die Gretl-Tant' und freute sich trotz der widrigen Umstände über die Nachhaltigkeit ihrer Kindergartenpädagogik.

»Praktisch is' s', aber jetzt im G'fängnis«, kam es kleinlaut aus dem Munde des Gatten.

Bruder Benedikt beruhigte: »Sie ist für vierundzwanzig Stunden festgesetzt.«

»Und? Geht's dann frei?«

»Wenn sie nichts angestellt hat.«

Stofferl Spreizendorfer verfiel in Selbstmitleid: »Warum straft der Himmelvota grad mich! Des ganze Weisenblosn jedes Jahr, für nix und wieder nix. Mein Leben: a einziger Scherbenhaufen. Die Kloane fragt ständig nach ihrer Mutter. Der Hund knurrt wiara Motorsäge. Und mei' Mutter schimpft die Cäcilia a Bodhur.«

»Die hot's notwendig«, rief die Gretl-Tant' aus, »die oide Bissgurn.«

»Gretl-Tant'«, antwortete ernst der Sohn, »das nehmen S' sofort zurück!«

Die Gretl-Tant' ging nicht auf ihn ein, stattdessen schimpfte sie auf den Schönen Jean: »Olles nua wegen dem Schani, dem ausg'schamten. Diese Karnalli. Wenn der net jedem Kittel nachg'rennt wär, hätt ma jetzt net den Scherm auf.«

Bruder Benedikt schaltete sich ein: »Gretl, den Toten sagt man nichts Schlechtes nach.«

»Weil's doch wahr is'!« Die Gretl-Tant' kochte vor Wut. »Da hat's schon den Richtigen dawischt. Und du, Stofferl, fahrst jetzt sofort zu deiner Frau und bringst ihr des vermaledeite Zahnbürschtl!«

Stofferl Spreizendorfer zog Rotz in seiner Nase auf. Der Mann war nur mehr ein Häuflein Elend. Er wusste nicht ein, nicht aus. Er wusste nur, die Gretl-Tant' duldete keinen Widerspruch. Langsam erhob er sich, nickte den beiden zu und ging.

Die Gretl-Tant' sah ihm nach, dann sagte sie mit sorgenvoller Miene: »Heiraten is' net Kappentauschen.«

Und mit dieser Aussage – heiraten wolle wohlüberlegt sein – verließ sie die Küche und ließ einen ratlosen Mönch zurück.

KAPITEL 9

Schmähstad

Bruder Benedikt brauchte Luft. Luft zum Atmen. Luft zum Nachdenken. Er nahm den Weg zum See. Ein elendslanger, schnurgerader Trampelpfad durchs Schilfmeer, das dem Neusiedler See sein markantes Aussehen gab. In der warmen Jahreszeit war dieser Weg eine beliebte Flaniermeile für Familien und Hundehalter. Im Winter war er eine einzige Herausforderung für den Wanderer. Eismatsch und der frostige Wind, der vom See in Wellen heranrollte, machten die Strecke unwirtlich. Doch genau diese Unwirtlichkeit suchte Bruder Benedikt. Er suchte den einsamen Fußmarsch, anstrengend genug, um die Durchblutung anzuregen. In der Nacht war ein wenig Schnee gefallen. Der schmale Weg glich einem weißen Band, das sich im Nichts verlor. In den Morgenstunden noch hatte er dem Teufel abgeschworen. In den Nachmittagsstunden hatte dieser sich zurückgemeldet. Eines seiner Schäfchen stand unter Verdacht. Und er spürte es: Cäcilia Spreizendorfer war unschuldig. Er wusste um ihre Probleme in der Ehe. Er hatte geahnt, dass sie sich mit dem Schönen Jean eingelassen hatte. Aber er kannte auch ihre Persönlichkeit. Wenn sie eines war, dann: geradeaus. Hätte es eine Auseinandersetzung zwischen den beiden gegeben, dann wären die Fetzen geflogen. In einem Hotelzimmer in Eisenstadt. Dann hätte es vielleicht Handgreiflichkeiten gegeben. Aber niemals wäre es seiner Putzfrau in den Sinn gekommen, einen heimtückischen Mord zu begehen. Noch dazu einen Mord, der genau genommen keiner war. Eine wie Cäcilia Spreizendorfer spielte nicht Schicksal. Sie war bodenständig. Das Schicksal in Gottes Hände zu legen, ein Gottesurteil zu fällen, das traute er schon eher Edeltraud Schreyvogel zu. Doch auch dieses Schäfchen seiner Herde konnte und wollte er nicht verdächtigen. Sie war viel zu beseelt für handfeste Tatsachen. Jemand wie sie tötete mit Worten, nicht mit Taten. Der Kanal, der neben dem Trampelpfad verlief, war an manchen Stellen gefroren, an anderen kräuselte sich das Wasser: Die beige Wasseroberfläche stand in Kontrast zum Hellbraun des Schilfs. Er war aufnahmebereit, setzte Schritt vor Schritt: bedächtig und aufmerksam. Es geht dich nichts an, hämmerte es in seinem Kopf, misch dich nicht ein. Das Hämmern wurde verdrängt durch die Sorge um seine Herde. Eines seiner Schafe würde fortan als schwarzes Schaf gebrandmarkt. Es reichte bereits der bloße Verdacht. Das Gerücht um die Festnahme von Cäcilia Spreizendorfer würde in Windeseile die Runde machen. Irgendetwas blieb immer über: die Ehe schlecht, die Frau schlecht, der Mann gut. Betrogen und verlassen. Er musste dem, was da kommen würde, sein ganzes Gewicht entgegensetzen. Die Waage der Gerechtigkeit forderte es ein. Er, der Pfarrer, war das Zünglein an der Waage.

Auf den letzten Metern vor dem Ziel, nach gut einer Stunde Gehzeit, krümmte sich der Weg. Nach dem gleichförmigen Stück, das hinter ihm lag, war ihm die Biegung willkommen. Er nahm Schwung. Eine kleine Bucht tat sich vor ihm auf. Friedlich und gleichzeitig gottverlassen lag sie da. Eine Sitzbank stand nahe am See, als habe sie jemand vergessen. Halb am Ufer, halb im Wasser. Die Wellen schwappten eiskalt gegen ihre gusseisernen Füße. Die Bank fügte sich ein in die befremdliche Szenerie: der Himmel blitzblau, der See tiefschwarz mit weißen Einsprengseln von gefrorenem Eis.

Die Kerzerl-Mitzi halte ihren Strizzi-Fritzl in einem goldenen Käfig, hatte der »Tod« gesagt. Aber war dieser Käfig nicht allemal besser als das unstete Leben auf der Straße? Der Strizzi-Fritzl! In Ungarn wurde der Onkel *strýc* genannt. Davon leitete sich die verniedlichende Bezeichnung für diese halbseidenen Gestalten ab. Doch sie waren Lichtjahre entfernt von den lieben Onkeln der Kindheit. Der Strizzi-Fritzl war keine Märchenfigur. Im Gegenteil: Er hatte es faustdick hinter den Ohren. Er war keiner, der, wie die Onkel auch seiner eigenen Kindheit, großzügig gab. Der Strizzi-Fritzl nahm nur. Dereinst bestand sein Geschäft in der wechselweisen Handhabe von Zuckerbrot und Peitsche. Gegenwärtig handhabe er die Beziehung zu Rosemarie Augustin. Er nahm Anteil an ihrem Dasein als Dienerin der Muttergottes. Hatte ihre religiöse Ambition auf ihn abgefärbt? Oder hatte ihn religiöser Fanatismus zur Wahnsinnstat getrieben? Es schien Bruder Benedikt gut möglich, dass dieser schlichte Charakter eine zwiegespaltene Persönlichkeit war – oder seit dem Zusammenleben mit der Kerzerl-Mitzi geworden war. In Wien die Arbeit unter Huren. In Purbach das Zusammenleben mit einer Heiligen. Wenn man auf solch eine Pendelbewegung eingerichtet war – und das Pendel nur mehr in eine Richtung ausschlug –, konnte einen wie den Strizzi-Fritzl der heilige Zorn überkommen. Der Schöne Jean hatte ihm auf einen Schlag die Lebenshälfte gestohlen. Er hatte einen Teil seiner Existenz ausgelöscht. Als Hausmeister hatte er wie eh und je Zuckerbrot verteilen und die Peitsche knallen lassen können. Er konnte Macht ausüben. Ohne den Hausmeisterposten stand er ganz unter der Fuchtel der Kerzerl-Mitzi, die scheinbar ebenfalls um die Wirkung von Zuckerbrot und Peitsche wusste. Er war ihr hilflos ausgeliefert.

Vom langen Stehen waren ihm die Beine eingeschlafen. Seine Füße fühlten sich bleiern an. Er schüttelte sie, rieb sich die Waden. Dann trat er den Heimweg an. Eine Zeit lang ging er gedankenlos. Innere Leere machte sich in ihm breit. Frostig peitschte die Luft ihm entgegen. Er senkte den Blick. Im Schnee waren frische Spuren: von Hundepfoten, von Schuhsohlen. Mensch und Tier hatten sich in die Einsamkeit gewagt, waren jedoch nicht bis zum rettenden Ufer vorgedrungen, sondern in der Mitte des Weges umgekehrt.

Wäre jemand wie der Strizzi-Fritzl, der ein Leben lang die Bequemlichkeit gesucht hatte, bis zum Letzten gegangen? Zweifel machten sich bei Bruder Benedikt breit. Der »Tod« hatte recht: Dem Windhund war alles zuzutrauen, nur kein Mord. Und hatte die Flotte Frieda den Strizzi nicht als Jammergestalt geschildert? Ein Nervenbündel, das von der Kerzerl-Mitzi mit Schweigen bestraft worden war. Schweigen! Das war eine der größten Demütigungen, die ein Mensch einem anderen zufügen konnte. Jemand, der tagelang schwieg, war zu allem fähig. Bruder Benedikt wischte den Gedanken sofort wieder zur Seite. Er durfte sich jetzt nicht in Spekulationen verrennen. Rosemarie Augustin war zwar schrullig, aber sie war von ehrlicher Gottesfurcht. Eine liebenswürdige Person. Sie stand, zumindest in Gesellschaft, immer hinter ihrem Partner. Nannte ihn höchstens einen bösen Buben.

Kein schlechtes Wort über ihn oder irgendjemand anderen kam über ihre Lippen. Im Grunde genommen war die Kerzerl-Mitzi sein weibliches Gegenüber. Wie er, Bruder Benedikt, richtete sie nicht, sondern nahm die Menschen so, wie sie waren. Wie er, lebte sie in selbstverständlichem Gottvertrauen. Sie war hilfsbereit. Spendete großzügig. Unterstützte die Aktivitäten der Kirchengemeinde. Er konnte nur Gutes über diese Frau sagen. Andererseits: Hatte die Flotte Frieda nicht auch von einem Vorfall an Mariä Empfängnis gesprochen? Irgendetwas Ungutes, das in Zusammenhang mit dem Schönen Jean und dem Strizzi-Fritzl stand. Etwas, das lange zurücklag und durch eine Wichtelkerze plötzlich wieder präsent geworden war? Konnte dieser Vorfall aus grauer Vorzeit einen Schalter bei der frommen Frau umgelegt haben? Nein, er wollte und konnte das nicht glauben! Rosemarie Augustin war genauso ein Schaf seiner Herde wie Cäcilia Spreizendorfer. Er musste seine ganze Kraft verwenden, deren Unschuld zu beweisen. Das war seine Pflicht und Aufgabe als Hirte.

Cäcilia Spreizendorfer saß verloren in dem kahlen, kühlen Raum, in dem das Verhör stattfand. Wobei: Als Verhör deklarierte die Zimmermann ihr Gespräch natürlich nicht. Für diesen Vorgang brauchte es eine ganze Batterie an offiziellen Schritten. Und vor allem brauchte es für ein Verhör ihren Partner. Was hier an einem Samstag stattfand, war der Austausch unter Frauen. Wenn dieser Austausch sachdienlicher Hinweise tatsächlich zu einem Geständnis führte, war ihr Partner allerdings abgemeldet. Sie setzte sich der Verdächtigen gegenüber: »Sie haben also ein Verhältnis mit Johann Janitschek gehabt?«

»Ja.«

»Ihr Mann wusste von diesem Verhältnis?«

»Nein.«

»Ihr Mann ist Trompeter?«

»Ja.«

»Er hat am 24. Dezember am Weisenblasen teilgenommen?«

»Ja.«

»Sie waren zu diesem Zeitpunkt im Schlafgut in Eisenstadt, zwanzig Kilometer vom Tatort entfernt?«

»Ja.«

»Kann das Hotelpersonal Ihre Anwesenheit bezeugen?«

»Nein. Zu Weihnachten war geschlossen.«

»Ich stelle fest: Herr Janitschek ist eine Stunde nach dem Weisenblasen mit einer Trompete erschlagen worden.«

Cäcilia Spreizendorfer zuckte merklich zusammen.

»Ich stelle weiters fest: Sie haben kein Alibi.«

»Ich hab am Weihnachtsabend mit meinen Kindern telefoniert«, kam es kleinlaut von Cäcilia Spreizendorfer.

»Wann?«

»Am frühen Abend.«

Die Zimmermann notierte es: »Also lange vor der Tat.« Sie zog ihre erste Trumpfkarte: »Im engeren Kreis des Tatortes wurde ein Prepaid-Handy gefunden, auf dem nur eine SMS-Nachricht verzeichnet ist: ›ich weiß alles‹.«

Cäcilia Spreizendorfer krallte sich regelrecht in die Lehne ihres Sessels.

»In die Kalkwand zum Aufgang des Kirchturmes wurde Folgendes gekritzelt: ›Schau schee, Jean.‹« Sie prüfte die Mitteilung auf ihre Wirkung: Cäcilia Spreizendorfer verkrampfte sich. Aus ihrem Gesicht verschwand jegliche Farbe. Sie war jetzt leichenblass.

»Haben Sie dazu etwas zu sagen?«

»Nein!« Sie schrie es sich regelrecht aus dem Leib.

Frau Inspektor Zimmermann lächelte. Sie agierte nun wie in Zeitlupe. Jede ihrer Bewegungen drückte Überlegenheit aus. Sie strich mit der Handfläche über die Tischplatte, als wolle sie Brösel entfernen.

»Seh ich genauso«, sagte sie unvermittelt.

Cäcilia Spreizendorfer bekam Schüttelfrost.

»Ich habe nämlich eine Zeugenaussage. Mitten in der Nacht hat jemand den Ausruf einer weiblichen Stimme gehört. Direkt vom Turm, hinunter zum Kreuz, wo das Opfer gestanden ist.« Sie lehnte sich zurück, streckte sich, kostete den Triumph mit jeder Faser ihres Körpers aus. »Eine feste, weibliche Stimme.«

Sie formte ihre Lippen theatralisch, baute den Satz lautmalerisch auf, bevor sie ihn mundgerecht präsentierte: »›Schau schee, Jean.‹«

Cäcilia Spreizendorfer blickte sie mit vor Schreck geweiteten Augen an. Sie schnappte nach Luft. Auch ihr Mund ging nun auf und zu. Sie brachte jedoch kein Wort heraus.

Frau Inspektor Zimmermann war zufrieden. Sie hatte nach ihrem sachdienlichen Hinweis das Gespräch sofort abgebrochen. Mit dem korrekten Zusatz, die Verdächtige müsse sich dazu nicht äußern. Sie könne selbstverständlich einen Anwalt anrufen. Es gäbe einen Journaldienst der Anwaltskammer. Sie würde sie nun in Verwahrungshaft nehmen. Die kommenden vierundzwanzig Stunden könne sie verwenden, um sich auf das offizielle Verhör vorzubereiten. Dieses würde in Anwesenheit ihres Kollegen stattfinden. Es gäbe zwei Optionen: Bei einem Geständnis binnen der nächsten vierundzwanzig Stunden habe sie aller Wahrscheinlichkeit nach mit einem milderen Urteil zu rechnen. Alles, was offiziell ausgesagt würde, führe zu einer Strafverschärfung. Im Übrigen habe dieses Gespräch eben nicht stattgefunden. Sie könne es als private Plauderei verbuchen.

Cäcilia Spreizendorfer, völlig verwirrt von dem ungewöhnlichen Auftreten der Beamtin, der ungewohnten Umgebung, der außergewöhnlichen Situation, hatte eingeschüchtert herumgedruckst. Was, wenn sie unschuldig sei? Daraufhin hatte die Zimmermann von Frau zu Frau geantwortet, dann könne sie nach den vierundzwanzig Stunden Festsetzung heim zu Kind und Kegel. Und ansatzlos: ob sie bis dahin etwas benötige? Cäcilia Spreizendorfer hatte nur darum gebeten, ihren Mann anrufen zu dürfen, er möge ihr eine Zahnbürste bringen.

Über diesen Wunsch konnte sich die Zimmermann noch zerkugeln, als sie bereits die Wohnungstür hinter sich geschlossen und sich auf die Couch geknotzt hatte. Eine Zahnbürste! Und der Dodel von Ehemann war tatsächlich dahergetrottet, wie ein Haushündchen. Bodo, sitz! Bodo, gib Pfötchen! Bodo, brav! Sie mochte keine Waschlappen. Sie mochte Männer im Allgemeinen nicht. Sie mochte auch keine Frauen. Sie war geschlechtslos. Im Grunde genommen war ihr die menschliche Natur zuwider. An schlechten Tagen mochte sie nicht einmal sich selbst. Aber dieser Samstag war ein guter, ja, ein sehr guter Tag gewesen. Sie wusste natürlich, der kommende Tag hielt nur zwei Möglichkeiten für sie bereit: Entweder sie hatte ins Schwarze getroffen und mit der Spreizendorfer tatsächlich die Mörderin gefasst – das konnte sie nur durch ein umfassendes Geständnis in Er-

146

fahrung bringen –, oder die Verdächtige ging frei. So oder so. Sie konnte nur gewinnen. Eine Nacht in der kahlen Zelle hatte schon hartgesottene Mannsbilder zur Besinnung gebracht. Und Bruder Benedikt, der sicher umgehend vom Gatten der Spreizendorfer ins Vertrauen gezogen worden war, würde ebenso umgehend versuchen, sein Schäfchen ins Trockene zu bringen. Sie kicherte über die schräge Wortschöpfung. Heute war ihr Tag.

Morgen war der Tag des Herrn. Der Tag, an dem sie mit ein wenig Glück vor dem Gotteshaus des Mönches in der Retourkutsche vorfahren konnte. Sie musste wieder kichern. Gut gelaunt krallte sie sich die Fernbedienung. Das zierliche Ding in der Hand, zappte sie sich von einem Schwachsinn zum nächsten. Im Sekundentakt knallte sie die Sender regelrecht ab. Frauentausch. Zapp! Talk, Talk, Talk. Zapp! Ganz unten. Zapp! Um Himmels willen. Zapp! Heute sage ich alles. Zapp! Mitten im Leben. Zapp! Herzblatt. Zapp! Jäger und Gejagter. Sie knallte den Bildschirm ab. Wie ein Westernheld sprang sie auf und postierte sich breitbeinig in der Mitte ihres Wohnzimmers. Den kleinen Raum, der kahl und weiß war, dominierten zwei Möbel: eine rote Couch in der Form eines Kussmundes und der X-Large-Fernseher. Es waren die einzigen Möbel. In Wildwest-Manier stand sie in der Mitte des Raumes und hielt die Fernbedienung im Anschlag als handle es sich um ihre Dienstwaffe. Sie zielte auf den schwarzen Bildschirm. Ballerte eine ganze Munitionsladung ab: Klickklickklickklick... Entweder du bist schnell oder du bist tot. Und sie war blitzschnell und quicklebendig. Die meisten Menschen waren ja nur zu zwanzig Prozent lebendig. Die restlichen vier Fünftel waren scheintot. Augen, Ohren, Nase, Hirn wurden also bei Otto

Normalverbraucher nur zu einem Fünftel genutzt! Was für eine Vergeudung von Ressourcen. Die Zimmermann lebte hundert Prozent. Sie war immer auf Sendung! Ein Spürhund, der jedem Polizeihund den tierischen Rang ablief. Und wer, wenn nicht sie selbst, kannte sie in- und auswendig. Hab dich lieb, hatte ihr ein Therapeut einmal gesagt. Das nahm sie wörtlich. Sie stellte den Timer ihrer Apple-Watch auf vier Minuten und sechs Sekunden ein. Sie legte sich auf die Couch – und tat sich Gutes. Die Zeit lief. Vier Minuten und sechs Sekunden, so lange hatte Otto Normalverbraucher täglich Sex. Hochgerechnet. Denn wer hatte schon täglich Sex. Außer ihr. Sie zog ihr Programm durch. Effizienz bestimmte ihr Leben. Ihr Vater hatte ihr eingebläut, Zeit sei Geld! Das geringe Beamtensalär bestärkte sie darin, den väterlichen Ratschlag im Auge zu behalten. Es förderte sozusagen ein effizientes Zeitmanagement. Danach fühlte sie sich grundentspannt. Sie rollte sich zusammen wie ein Kätzchen und verfiel in einen Mikroschlaf.

Die Apple-Watch blubberte: ein Anruf. Sie schoss hoch, kam sich plötzlich vor wie lebendig begraben. Ein Zombie. Sie biss sich fast ins Handgelenk, als sie bellte: »Scheiße, Feierabend!«

»Ich störe ungern«, vernahm sie die bedächtige Stimme von Bruder Benedikt, »aber ich muss Sie sprechen.«

Sie blickte auf das digitale Zifferblatt. Es war zwanzig Uhr abends. Das war ja schneller gegangen, als sie gedacht hatte.

»Sprechstunde ist Montag früh. Zu Dienstbeginn.«

»So lange kann ich nicht warten.«

»Ist es wichtig!?« Sie grinste. Der Mönch wirkte irgendwie kleinlaut, jetzt, wo sie sein Schäfchen in ihren Stall gesperrt hatte. Wieder so ein schräges Bild. Sie kicherte laut und glucksend.

»Was gibt's da zu lachen?«

»Nichts. Sie haben mich aus dem Schlaf gerissen.«

»Sie haben ohne Not Frau Spreizendorfer festgesetzt. Und das am Wochenende!«

»Gefahr im Verzug. Geht Sie nichts an.«

»Ich möchte Ihnen einen Vorschlag zur Güte machen. Wir tauschen meine Informationen gegen Ihre Verdächtige.«

»Ein schlechter Deal für mich.«

»Das wissen Sie im Vorhinein?«

Sie überlegte. Wenn der Mönch an die Unschuld seiner Putzfrau glaubte, konnte das der naive Glaube an die Unschuld an sich sein. Oder um wertvolles Insiderwissen.

»Sind die Infos handfest oder Ihrem Kirchenlatein abgetrotzt?«

»Ich habe mich im Milieu umgehört.«

»Sie haben was!?« Der Puls der Zimmermann schlug bis zur Halsschlagader. Da war es wieder, ihr altes Trauma. Da fahndeten die Kollegen in Wien nach dem Flüchtigen, und der Mönch hörte sich im Alleingang im Milieu um. Einfach so. Ohne jemanden zu informieren. Sie war auf 180. Mit zusammengebissenen Zähnen fauchte sie: »Ich komme!«

Bruder Benedikt war sich bewusst, sein Alleingang würde bei Frau Inspektor Zimmermann die noch frische Eisenstädter Wunde aufreißen. Er war also um Schadensbegrenzung bemüht. Er führte die junge Beamtin in sein privates Wohnzimmer im Obergeschoß. Er hatte es nach eigenem Geschmack eingerichtet. Bruder Benedikt war retro. Er schätzte nach Studienaufenthalten in Skandinavien das nordische Design der Siebzigerjahre. Sein privates Wohnzimmer stand in völligem Kontrast zum restlichen Pfarrhof. Dominierte hier ein Einrichtungsmix aus Bauernbarock und Biedermeier, so stach in seinem Privatbereich zuallererst die Signalfarbe Orange ins Auge. Die prägende Farbe dieses Design-Jahrzehnts. Die Wohnzimmertür war orange, der Teppich war orange. Eine Resopal-Küche mit Durchreiche war ebenfalls orange. Ein kleiner Essbereich aus Teakholz mit Sesseln aus schwarzem Kunstleder schloss sich an die schmale Küchenzeile an. Die Wände waren mit sandfarbener Grastapete verkleidet. Dem Essbereich gegenüber stand sein persönlicher Schreibtisch, ebenfalls im Scandinavian Teak Design. Ein oranger Bürocontainer des Space Ages ergänzte die Arbeitsecke. Ein graues Tagesbett neben dem Schreibtisch lud zum Mittagsschläfchen ein. Zwei organisch geformte Amöben-Fauteuils aus Schaumstoff und ein Barwagen aus rauchfarbenem Hartplastik bildeten den Abschluss des stylischen Rückzugsortes.

Die Zimmermann staunte nicht schlecht beim Eintreten. Falls Bruder Benedikt auf diesen Überraschungseffekt gesetzt hatte, um ihr den Wind aus den Segeln zu nehmen: Die Übung war ihm gelungen. »Klosterzelle ist das keine«, war das Einzige, was sie hervorbrachte.

Bruder Benedikt lächelte verlegen, beinahe entschuldigend: »Meine Ordenszelle entspricht auch der üblichen Norm eines Klosters.«

»Sie sind aber gar nicht … die Norm.«

Bruder Benedikt hob die Schultern: »Man tut, was man kann. Aber, um hier keinen falschen Eindruck zu machen. Das Zeug hier hab ich vor meinem Eintritt in den Orden gekauft. Ich bin in den Siebzigern groß geworden. Das sind die Möbel meiner ersten Wohnung. Das Einzige, was ich in meine Zelle mitnehmen durfte, war der Bürocontainer hier. Auch das bereits ein Exotikum. Den Rest habe ich im Elternhaus eingelagert.«

»Und hier ist das erlaubt?«

»Solange ich Pfarrer bin, bin ich vom Orden sozusagen beurlaubt. Ich unterstehe direkt dem Bischof.«

»Mir soll's recht sein.«

Er deutete zu den amöbenartigen Sitzgelegenheiten: »Setzen wir uns!«

Am Bartisch hatte er einen Teller mit Weihnachtsgebäck und eine gute Flasche Wein platziert. Die Zimmermann versank regelrecht in dem organischen Schaumstoffgebilde. Bruder Benedikt entkorkte den Wein, doch die Zimmermann winkte ab. Sie trinke keinen Alkohol.

»Kann ich ein Glas Wasser haben? Kekse sind so bröselig.«

Er ging ums Wasser.

»Sie hätten mich über Ihren Ausflug in die Unterwelt informieren müssen!«

»Ich habe alte Bekannte zu Weihnachten besucht.«

»Alte Bekannte, die mit dem Fall zu tun haben.«

»Sie haben mich auf die Liste der Verdächtigen gesetzt.«

Sie trank das Glas in einem aus: »In der Hitze des Gefechts.«

»Wie ich jetzt dastehe vor meinen Pfarrkollegen.«

»Jetzt tun Sie nicht so wehleidig.«

Er schenkte sich selbst ein Glas ein und hielt die Nase hinein, ehe er antwortete: »Sie meinen, ist der Ruf mal ruiniert, lebt's sich völlig ungeniert.«

»Es tut mir leid. Aber allein zu schlafen, während nebenan jemandem der Schädel eingeschlagen wird, wirft einmal kein gutes Bild auf einen.«

»Fangen Sie schon wieder an, Frau Inspektor.« Er lehnte sich in die Lehne der Amöbe.

»Sorry, wahrscheinlich bin ich übers Ziel hinausgeschossen. Also, was haben Sie?«

»Wie geht es Frau Spreizendorfer?«

»Gut.«

»Sie meinen, den Umständen entsprechend gut.«

»Ich habe das Recht, sie vierundzwanzig Stunden in Verwahrungshaft zu nehmen.«

»Recht haben und Recht bekommen ...« Er besann sich eines Besseren. Grundsatzdiskussionen waren momentan fehl am Platz.

»Frau Zimmermann, die gute Frau ist genauso wenig schuldig wie Sie und ich.«

»Sagt Ihnen wer!?«

»Mein Hausverstand. Aber lassen wir das. Die eine Sache ist die zwischen Janitschek und dem Heiland. Letzterer hat als Hausmeister in einem Mietshaus gearbeitet, das Janitschek an Prostituierte und Ausländer vermietet hat. Das Haus hat er vor Kurzem verkauft. Die Mieter verlieren über Nacht ihr Dach über dem Kopf. Und der Strizzi-Fritzl verliert seine Arbeit.«

»Sie verdächtigen ihn?«

»Nein. Einen Mord traue ich ihm nicht zu. Andererseits, er ist flüchtig. Die zweite Sache ist die zwischen ihm und Rosemarie Augustin.«

»Diese nette ältere Dame. Ein bisschen schrullig vielleicht. Aber dass die mit einem Strizzi herummacht, hätt ich ihr nicht zugetraut.«

»Es gab ein Zerwürfnis zwischen den beiden im Advent. Ein intensives Zerwürfnis.« Er machte eine kurze Pause, ehe er weitersprach.

»Es ist nur so ein Gefühl. Und alles in mir sträubt sich gegen dieses Gefühl. Aber ich befürchte, das Zerwürfnis zwischen den beiden und die Flucht von Heiland stehen mit der Tat in irgendeinem Zusammenhang.«

Frau Inspektor Zimmermann musste an den Zeugen denken, der in der Tatnacht eine weibliche Stimme vom Kirchturm rufen gehört hatte.

»Der Heiland hat aus einem Geschenkedepot des Janitschek Kerzen für den Adventskranz der Frau Augustin gebracht. Das war am ersten Adventsonntag. Daraufhin ist die Frau Augustin explodiert. Und hat seither mit ihrem Partner kein Wort mehr gewechselt.«

»Das soll vorkommen. Hat sie nicht einen Kerzenfetisch?«

»Sie meinen, weil sie im Ort die Kerzerl-Mitzi heißt? Sie zündet jeden Tag in der Kirche eine Kerze an. Das ist kein Fetisch, das ist gelebte Religiosität.«

»Der Strizzi-Fritzl bringt Kerzen heim, und die Kerzerl-Mitzi dreht durch.«

»So hat es mir die Flotte Frieda, eine Wohnungsprostituierte und frühere Geliebte von Heiland, geschildert. Es waren Kerzen in der Form eines Wichtels. Also, nur der Vollständigkeit halber.«

Die Zimmermann lachte befreit auf: »Sagen Sie's doch gleich! Wenn mir ein Mann Wichtelkerzen schenkt, würd ich ihn zum Zwerg kürzen.«

»Ich fürchte, die Kerze steht zwischen dem Heiland, der Frau Augustin und dem Janitschek.«

»Wie kommen Sie jetzt darauf?«

»An Mariä Empfängnis, am 8. Dezember, ist die Frau Augustin in einen religiösen Wahn verfallen. Und der Heiland hat seiner Vertrauten, der Prostituierten, angedeutet, es hätte an besagtem Tag irgendwann in der Vergangenheit einen schlimmen Vorfall gegeben. Er hat sich nicht weiter dazu geäußert, nur gesagt: ›Sie weiß es.‹«

Frau Inspektor Zimmermann wurde hellhörig. Die Andeutung des Strizzi-Fritzl passte zur Nachricht auf dem Handy: »ich weiß alles«. Sie überschlug kurz im Kopf ihre These: Der Schöne Jean trägt ein Geheimnis mit sich herum, das dem Strizzi-Fritzl schadet. Als dieser mitbekommt, dass seine Gefährtin ebenfalls in dieses Geheimnis eingeweiht ist, dreht er durch und begeht den Mord. Gemeinsam mit der Gefährtin, deren Ruf in der Nacht gehört worden war. Oder mit der Hure, die dem Mönch eine Schauergeschichte aufgetischt hatte, um von sich selbst abzulenken. Aber warum auf diese vertrackte, völlig unsichere Art und Weise? Eine Trompete, die nach dem Zufallsprinzip in stockdunkler Nacht aus der Höhe in die Tiefe segelt. Auf einen stecknadelkopfgroßen Schädel. Der ganze Vorgang glich einem Gottesurteil. Hatte Bruder Benedikt nicht eben gesagt, die nette Frau Augustin sei in einen religiösen Wahn verfallen? Vielleicht war das das Mordmotiv. Aber war dieser gottesfürchtigen Nonne eine solche Verzweiflungstat zuzutrauen? Sie musste die Spur zur Hure verfolgen. Die hatte vermutlich auch den Strizzi auf dem Gewissen, der vermutlich bereits im Abrisshaus einbetoniert war.

»Die Flotte Frieda hat mir etwas gegeben.« Benedikt legte den zerknüllten Zettel auf den Bartisch.

Die Zimmermann las laut vor: »Im Mutterleib und im Grab hast du zu schweigen.«

Bruder Benedikt nahm einen Schluck Wein: »Nach ihrem Bettag an Mariä Empfängnis hat sie ihm jeden Tag eine Nachricht dieser Art zukommen lassen. Jeden Tag einen Zettel. Mit ihrem Schweigen hat sie ihn beinahe in den Wahnsinn getrieben.«

»Was, wenn diese Hure Ihnen da einfach nur eine gute Story aufgetischt hat?«, dachte die Zimmermann laut.

»Die Flotte Frieda! Das ist eine durch und durch anständige Frau. Eine ehrliche Haut, wie man in Wien sagt.«

»Sie glauben ja wirklich ans Gute im Menschen.«

Er seufzte, ließ sich mit der Antwort Zeit: »Mit den Jahren bekommt man eine gewisse Menschenerfahrung. Wenn Sie ihr in die Augen gesehen hätten, wie ich ihr vom Tod des Schönen Jean, vom Mord an Johann Janitschek, erzählte habe ... Augen lügen nicht.«

Frau Inspektor Zimmermann ging nicht weiter darauf ein. Sie sagte nur so beiläufig wie möglich: »Ich werde ihr Alibi von den Kollegen überprüfen lassen.«

»Finden Sie den Fritz Heiland.«

Die Zimmermann nickte nur: »Darauf können Sie Gift nehmen.«

»Und reden Sie mit der Frau Augustin.«

Sie stand auf. Es kam ihr leicht ironisch über die Lippen: »Es wird mir ein Vergnügen sein.«

»Und noch etwas ...«

Sie war bereits im Begriff zu gehen, drehte sich noch einmal halb zu Bruder Benedikt, der in seiner Amöbe versunken war: »Ja!?«

»Lassen Sie die Frau Spreizendorfer frei. Morgen ist Sonntag. Der Tag der Familie.«

Sie verabschiedete sich mit einem Nicken und verließ den Raum. Konnte der Mönch Gedanken lesen? Denn wenn sich ein Gedanke im Laufe des Gespräches in ihrem Hinterkopf geformt hatte, dann dieser: Die Spreizendorfer war unschuldig. Wenn sie an ihr festhielt, würde sie selbst, Brunhilde Zimmermann, amtlicherseits zum Handkuss kommen.

KAPITEL 10

Kraut und Ruam

Ihre Freisetzung, wie es Frau Inspektor Zimmermann genannt hatte, war so unspektakulär vor sich gegangen wie ihre Festsetzung. Cäcilia Spreizendorfer war in der Früh in ihrer Zelle geweckt worden. Ein Justizwachebeamter hatte sie freundlich begrüßt und in den menschenleeren Speisesaal geführt. Dort hatte bereits die junge Beamtin auf sie gewartet. Sie hatte einen strengen, aber versöhnlichen Blick: »Frau Spreizendorfer, Ihre vierundzwanzig Stunden sind um. Es gibt keinen triftigen Grund, Sie weiterhin anzuhalten.«

Gemeinsam hatten sie gefrühstückt. Ei im Glas, backofenwarmes Brioche, Caffè Latte. Sie war sich vorgekommen wie in einem Traum. Und doch war es ein einziger Albtraum. Sie hatte von der süßen Frucht der Freiheit gekostet und dafür in den sauren Apfel der Versuchung gebissen. War aus dem Paradies direkt in der Hölle gelandet.

»Wollen Sie heim? Ich kann Sie mitnehmen!« Die junge Beamtin klang so furchtbar banal. So selbstverständlich. Heim? Was bedeutete das? Hatte sie überhaupt noch ein Daheim? Ihr Mann war ihr so fremd gewesen, als er ihr gestern die Zahnbürste gebracht hatte. Ihre kurze Begegnung am kalten Gang der Haftanstalt hatte sich so unecht angefühlt. Es war, als trennten sie Lichtjahre. Als wären zwischen ihrem Auszug und dieser Begegnung mehrere Leben vergangen. Einzig die Zahnbürste fühlte sich vertraut an. Sie hatte sie regelrecht aufgefressen, allein, in der Zelle, vor dem Spiegel. Ihr Spiegelbild hatte einer Fratze geglichen. Die Rabenmutter, die ihre Kinder verlassen hatte. Die Schlange, die ihren Mann hintergangen hatte. Sie hatte ihr Leben weggeworfen für einen Toten. Nun war sie selbst lebendig begraben. Dem Dorftratsch ausgesetzt, ausgestoßen aus der Gemeinschaft. Einer unsicheren Zukunft entgegentaumelnd, einer Zukunft als Aussätziger. Die Stimme der jungen Beamtin holte sie aus ihren trüben Gedanken. Sie wiederholte ihre Frage: »Frau Spreizendorfer, ich muss nach Purbach. Soll ich Sie mitnehmen?«

Sie blickte automatisch auf ihre Uhr, dann blickte sie die Beamtin fest an: »Ja, bitte. In einer halben Stunde beginnt die Sonntagsmesse.«

Und jetzt stand sie vor dem schweren Holztor am Hintereingang der Kirche. Frau Inspektor Zimmermann hatte sie am Kirchplatz aussteigen lassen. Nicht, ohne sie zu fragen, ob sie das wirklich für eine gute Idee hielt: sich gleich bei ihrer Rückkehr mitten unter die Kirchenschar zu mengen. »Aber ja!«, hatte sie fast trotzig zur Antwort gegeben: Nur in der Herde der weißen Schafe könne sich das schwarze Schaf beweisen. Die Zimmermann hatte sich mit der Antwort zufriedengegeben. Kopfschüttelnd war sie in ihren Wagen gestiegen und davongebraust.

Cäcilia drückte die gusseiserne Klinke herunter. Die Messfeier war in vollem Gange. Sie hörte die Worte von Bruder Benedikt in Vorbereitung auf die heilige Kommunion: »Und Jesus sagte zum Brot: ›Das ist mein Leib.‹ Und er sagte zum Wein: ›Das ist mein Blut.‹ Dann brach er das Brot, teilte es aus. Und er trank mit den Aposteln aus dem Kelch. Schließlich sagte er: ›Tut dies zu meinem Gedächtnis.‹«

Sie lauschte mit einem Ohr an der zweiten Tür, die in den Kirchenraum führte. Die Orgelmusik erklang. Es war der Zeitpunkt, an dem die Kirchenbesucher aus den Reihen und in den Gang traten. Die Menge drängte nach vorn. Es war für sie der Zeitpunkt, um in den Kirchenraum einzutreten. Im ersten Moment beachtete sie niemand. Die Kirchgänger in den hintersten Reihen hielten den Blick fest auf das Geschehen am Altar gerichtet. Doch mit den ersten Kommunionsempfängern, die zurück in ihre Reihe traten, richteten sich die Blicke auf sie. Erst einer, dann zwei, drei, vier. Schließlich drehten sich alle um. Starrten sie an wie eine Fremde. Musterten sie von oben bis unten. Sie, Cäcilia Spreizendorfer, die Ehebrecherin. Die Mordverdächtige. Die Sünderin. Ein Raunen ging durch die Anwesenden.

Das Raunen steigerte sich in halblautes Gemurmel, mit dem sich die Orgelklänge vermischten. Sie setzte Schritt vor Schritt, senkte ihr Haupt nicht, sondern blickte, im Gegenteil, nach oben, als fände sie Halt in den Deckenfresken des Kirchenschiffes. Es war ein Zeichen ihrer Hilflosigkeit, doch auf die Kirchengemeinde musste es wirken, als stelle sich da eine hoch erhobenen Hauptes dem Kirchentribunal: Seht her, ich bin unschuldig, bin direkt aus der Zelle gekommen, zu empfangen das Lamm Gottes!

Bruder Benedikt, der auf der Stufe zwischen Altar und Mittelgang stand, registrierte über die Köpfe seiner Schafe hinweg die Ankunft der treuen Pfarrmitarbeiterin. Er sandte innerlich ein Stoßgebet gen Himmel. Freilich, er bemerkte auch den Unmut unter den Seinen, das Getuschel. Wenn dieser nur nicht in lautstarken Ärger umschlug. Eine Mutter mit zwei Kindergartenkindern, Zwillingen im rosafarbenen Dirndl, formte die Hände: Lamm Gottes, du nimmst hinweg die Sünde der Welt … Er legte die Hostie in die Handschale der Mutter und bekreuzigte die beiden Kleinen. Cäcilia Spreizendorfer musste unmittelbar nach ihrer Entlassung in den Schoß der Mutterkirche zurückgekehrt sein. Wahrer Glaube war ja doch stärker als sämtliche irdische Unbill. Doch in den Augen der Kirchengemeinde war sie als Ehebrecherin gebrandmarkt. Sie hatte gegen das sechste Gebot verstoßen – und hatte diesen Verstoß noch nicht gesühnt. Kirchenrechtlich müsste er ihr die Kommunion verweigern. Bruder Benedikt bekam feuchte Hände. Er zitterte. Der Feuerwehrkommandant baute sich vor ihm auf wie ein Baum. Er fixierte den Mönch. Der Uniformierte schien die Gedanken des Gottesmannes erraten zu haben. Sein Blick bedeutete nichts Gutes. Bruder Benedikt teilte das Brot mit ihm. Er teilte es mit dem Bürgermeister. Mit dem Schäfer Franz. Mit den Damen der Kaffeeklatschrunde, mit der Gretl-Tant', er teilte es mit Edeltraud Schreyvogel und ihrem Gatten und mit all den anderen, die mit Cäcilia Spreizendorfer auf Du und Du standen. All ihre Blicke warnten ihn vor dem Sakrileg, dem Bruch mit der kirchlichen Tradition. Schließlich stand die Sünderin vor ihm. Sie löste den Blick von der Decke, kurz schweiften ihre großen Augen umher, ehe sie den Blick zu Boden senkte. In Erwartung biblischen Donners erstarrte sie zur Salzsäule. Bruder Benedikt brauchte eine Schrecksekunde, ehe er zur Reaktion fähig war. Er legte ihr seine Hand auf die

Schulter und predigte es regelrecht in die Unendlichkeit des Kirchenschiffes: »Lamm Gottes, du nimmst hinweg die Sünden der Welt. Erbarme dich unserer Cäcilia!« Er legte ihr die Hostie auf die Zunge und bekreuzigte ihre Stirn. Sie kniete vor ihm nieder und flüsterte mit belegter Stimme: »Bruder Benedikt, erbarme dich meiner.«

Ein Aufschrei ging durch die Kirchengemeinde. Es war, als ob eine überlebensgroße Welle das Kirchenschiff ins Schlingern brachte. Bruder Benedikt selbst schien es, als ob ihm der Boden unter den Füßen wegzubrechen drohte. Der Aufschrei kam von der Kopftuchmafia. Doch plötzlich war ein zartes Klatschen zu vernehmen. Ein Bub in einer der ersten Reihen, vom Schauspiel angetan, patschte die Hände fröhlich zusammen. Ein zweites Paar Hände, diesmal jene seines Vaters, fiel in den Beifall ein. Die Welle wiederholte sich. Doch es war eine Welle der Sympathie. Eine Welle der Zustimmung zu diesem Akt der Nächstenliebe. Eine positive Welle, die den Bann brach. Schließlich klatschten alle außer den alten Betweibern, die ihre Finger in den Rosenkränzen verknoteten. Bruder Benedikt half Cäcilia Spreizendorfer auf die Beine. Er führte sie zur ersten Reihe, wo der Bürgermeister ihr Platz machte. Mit weichen Beinen ging er zurück zum Altar. Er hatte eine regelrechte Gänsehaut.

Währenddessen saß Frau Inspektor Zimmermann im Wohnzimmer von Rosemarie Augustin und ließ die biedermeierliche Atmosphäre auf sich wirken. Ein ausladendes Ensemble aus Nussholz lud zum gemütlichen Verweilen ein. Am Salontisch, am Ablagetisch, auf den Blumentischchen lagen Klöppeldecken. Am Diwan und den beiden Fauteuils Sitzschoner aus gehäkelten Spitzendecken. In einer Glasvitrine, die, passend zum restlichen Ensemble, ebenfalls aus Nussholz war, standen Püppchen aus Meißner Porzellan. Die blickdichten Vorhangschals korrespondierten harmonisch mit der lichtdurchlässigen Gardine, Weißware mit verspielter Stickerei. Streulicht fiel matt in den Raum und gab ihm die Aura von Ruhe und Entspannung. Im Leseeck, das von einer umfangreichen Bibliothek umfangen war, stand der Weihnachtsbaum. Nicht biedermeierlich, sondern geradezu barock aufgeputzt: mit Lichtergirlanden, kandierten Äpfeln, Lametta aus Schilfrohr, filigranen Pappmaschee-Sternen, goldlackierten Nüssen und Engelchen, gehäkelt, aus Metallplättchen geschlagen, in Gold, Silber und Porzellan.

Frau Inspektor Zimmermann saß auf der äußersten Kante des Diwans und wartete auf Rosemarie Augustin. Diese hatte sie im Morgenmantel empfangen und sich, nachdem sie ihren Gast ins Wohnzimmer komplimentiert hatte, entschuldigt. Sie habe am Tag des Herrn keinen Besuch erwartet. Sie bitte um etwas Geduld: »Ich muss meine Person richten.« Der Gast wagte es nicht, sich bequem hinzusetzen. Scheu und Respekt verboten es ihr, sich hier einzurichten. Obwohl, am liebsten hätte sie sich aufs Sofa gelümmelt, die Beine hochgestreckt und vor sich hin gedöst. Alles, wirklich alles hier erinnerte sie an ihre Großmutter. An Faulenzernachmittage, an familiäre Weihnachtsabende. Seit ihre Großmutter nicht mehr lebte, hasste sie das Wiegenfest.

»Entschuldigen Sie vielmals, Fräulein Zimmermann.« Rosemarie Augustin stand im Raum. Das Haar hatte sie zum Knoten aufgesteckt. Sie trug schlichtes Schwarz.

»Ich habe mich zu entschuldigen, O…« Sie verschluckte den Selbstlaut, ehe er sich zur Oma verselbstständigte:

»Frau Augustin. Mich hier an einem Sonntag ungebeten bei Ihnen einzufinden … Aber morgen beginnt bei uns wieder der normale Arbeitsalltag. Ich wollte davor noch mit Ihnen persönlich sprechen.«

»Das ist gut. Denn worüber man nicht sprechen kann, darüber muss man schweigen.«

Die Zimmermann räusperte sich. Und schwieg.

»Trinken Sie mit mir ein Tässchen Grüntee.« Die Kerzerl-Mitzi hatte eine wohltuende Unaufgeregtheit.

»Gerne, liebe Frau Augustin, vielen Dank.« So kannte sie sich gar nicht. Sie kam sich vor wie das kleine Mädchen, das sie einmal gewesen war, das artig »bitte« und »danke« sagte und Gedichte auswendig lernte.

Die Kerzerl-Mitzi deckte den Salontisch mit einem japanischen Teeservice. »Kennen Sie die vier Prinzipien des Teetrinkens? Hochachtung, Respekt, Reinheit und Stille.« Letzterem sann sie nach, indem sie den Kopf zu einer gedachten Melodie wiegte. Die Zimmermann tat es ihr gleich. Sie konnte in diesem Moment nicht anders. Die Kerzerl-Mitzi lächelte sie wissend an, als wollte sie ihr mit dem Lächeln bedeuten: Wir sind Seelenfreundinnen. Als sie den Raum verließ, um den Tee zu holen, ermahnte sich die Zimmermann zu Professionalität. Sie klärte für sich den Fahrplan – erstens: Wichtelkerze, zweitens: Dreieck Strizzi-Mitzi-Jean, drittens: Mariä Empfängnis und die Flotte Frieda. Sie musste ihre Fragen so rücksichtsvoll wie möglich in die Plauderstunde einfließen lassen. Die Kerzerl-Mitzi stellte das Kännchen auf ein Stövchen zum Warmhalten. Die Keramik erinnerte die Zimmermann an Streubilder. Als ob sie nach diesem auffälligen Dekorationseffekt gefragt hätte, wurde sie von ihrer Gastgeberin über das seltsame Muster aufgeklärt.

»Dieses Teeservice ist mit Gold geflickt. Eine traditionelle japanische Reparaturmethode. In die Kittmasse wird feinstes Pulvergold eingearbeitet. Das Gold soll den Makel der Bruchlinien hervorheben.« Wieder lächelte sie: »Entgegen der landläufigen Meinung bringen Japaner der Fehlerhaftigkeit große Wertschätzung entgegen.«

»Darf ich hier gleich einhaken?«, fragte die Zimmermann schüchtern.

»Sie meinen, bei der menschlichen Fehlerhaftigkeit …«

»Berufskrankheit. Frau Augustin, mir ist zu Ohren gekommen, dass es zwischen Ihnen und dem flüchtigen Heiland zu einem Zerwürfnis gekommen ist.«

»Zerwürfnis! Es gab eine kleine Meinungsverschiedenheit. Nichts Weltbewegendes.«

»Über eine Wichtelkerze.«

Die Kerzerl-Mitzi ließ sich Zeit. Sie schenkte ihrem Gast und sich selbst Tee in die Tasse. Dann drehte sie ihre eigene Tasse zweimal im Uhrzeigersinn und schlürfte lautstark drei Schlückchen. Nach dieser sonderbaren Zeremonie hauchte sie: »Kerzen sind religiöse Reliquien, keine Witzfiguren.«

»Meine Rede.«

»Ich war geschockt. Mein Gefährte, von dem ich dachte, er kenne mich wie ich mich selbst …!«

»Nun, Ihr Gefährte ist aus, wie soll ich sagen, robusterem Holz geschnitzt als Sie.«

»Natürlich. Ein grober Pflock. Doch mit einem weichen Kern. Wie gesagt, das Ganze war nicht weltbewegend.«

»Verstehe.«

»Aber nehmen Sie doch ein Schlückchen zu sich. Grüntee entspannt.«

Ungelenk nahm die Zimmermann die Tasse mit spitzen Fingern. Sie kreiste sie einmal, zweimal, ungefähr so, wie es ihr die Kerzerl-Mitzi vorgezeigt hatte. Das Schlürfen allerdings ließ sie bleiben. Sie wollte nicht unhöflich erscheinen.

»Sie müssen den Tee schlürfen«, sagte die Kerzerl-Mitzi. »Das gehört zum guten Ton.«

Seltsame Sitten, dachte die Zimmermann. Wo war sie stehen geblieben? »Ein grober Pflock. Vom selben Holz wie der Johann Janitschek?«

»Männer! Was soll ich Ihnen sagen. Sind Männer nicht alle aus demselben Holz geschnitzt?«

Die Zimmermann nickte heftig. Das hatte ihre Oma auch immer gesagt. Und ein Holzscheit in den Ofen nachgelegt: Sollten doch alle Männer im Fegefeuer schmoren.

»Sehen Sie«, führte die Kerzerl-Mitzi aus, »Herr Johann und mein Friedrich sind noch Männer der altmodischen Art.«

Die Zimmermann verbesserte: »Waren.«

»Mein Friedrich gilt bisher nur als vermisst!«

»Gott bewahre«, schluckte die Zimmermann. »Die Vergangenheitsform bezieht sich natürlich nur auf den Toten.«

»Zur Goutichkeit, der Fritzl hat halt das Beschützersyndrom. Wahrscheinlich hat ihn das mit diesem Herrn verbunden.«

»Er ist der Beschützer einer gewissen Frieda. Nachname hab ich nicht bei der Hand. Prostituierte aus Wien.«

»Er war ihr Beschützer. Das ist längst vergangen. Diese und andere Damen standen unter seinem Schutz. Mein Gott, er hat halt nichts anderes gelernt.«

»Nichts anderes gelernt als Zuckerbrot und Peitsche?«

»Im alten Rom gab es Brot und Spiele. Ist das nicht dasselbe?«

»Aha.« Sie verstand nur Bahnhof, hatte aber zumindest Fahrt aufgenommen: »Bei dieser Dame, die als Flotte Frieda amtsbekannt ist, hat Herr Heiland in der Vorweihnachtszeit regelmäßig das Gespräch gesucht.«

»Er ist …«, die Kerzerl-Mitzi verbesserte sich, »er war ja als Hausmeister dieser Immobilie erste Ansprechperson der Mieter.«

»Frau Augustin, ich muss Sie das fragen. Kann es sein, dass sein Kontakt mit dieser Dame auch außerberuflicher Natur gewesen ist?«

Die Antwort kam schneidend und duldete keine Widerrede: »Nein.«

Die Zimmermann biss sich auf die Zunge. Eindeutiger zweideutig hätte sie die Frage wohl nicht stellen können. Wenn der Strizzi-Fritzl beruflich mit der Flotten Frieda verkehrte, schloss das ja nicht aus, dass er sich bei ihr Dienstleistungen holte, die ihm seine Gefährtin verweigerte.

»Es gab also nur beruflichen Kontakt zwischen den beiden.«

»Nur und ausschließlich. Aber, liebes Fräulein Zimmermann, worauf wollen Sie eigentlich hinaus?«

»Ihr Gefährte hat sich mit besagter Dame über einen Sinnspruch ausgetauscht, der angeblich von Ihnen stammt.« Sie gab ihr den Zettel.

Rosemarie Augustin setzte sich ihre Brille auf. Flüssig las sie: »Als du noch im Mutterleib warst, hast du geschwiegen. Da du dich ins Grab legst, wirst du wieder schweigen.« Sie blickte vom Zettel auf und Frau Inspektor Zimmermann fest ins Gesicht: »Ja, das habe ich geschrieben. Ein theologisch-philosophischer Sinnspruch.«

»Warum tauscht sich Ihr Gefährte mit einer Berufs-
kollegin über Theologie aus?«

»Das müssen Sie ihn selbst fragen.«

»Glauben Sie mir, das würde ich gern.«

Ein moralinsaures Lächeln umspielte die Mundwinkel
der Kerzerl-Mitzi: »Kann ich Ihnen sonst noch weiterhelfen?«

Der Stimmungsumschwung im Hause Augustin brachte die Beamtin ganz aus dem Konzept. Hatte sie sich
eben noch als kleines Mädchen im Schoße seiner Oma
gefühlt, so kam sie sich plötzlich wie der Eindringling im
Haus einer Fremden vor. Sie hatte noch genug Fragen:
zum Beispiel zu den Vorkommnissen rund um Mariä
Empfängnis oder der weiblichen Stimme vom Kirchturm in
der Tatnacht oder dem sinnlosen Mordhergang. Doch keine dieser Fragen kam ihr über die Lippen. Sie hatte eine
Grenze überschritten und die Gastfreundschaft dieser netten älteren Dame überstrapaziert. All diese Fragen würde
sie erst in Anwesenheit ihres Kollegen im Rahmen der
offiziellen Ermittlungsarbeit stellen. Für heute war die
Teestunde mit Rosemarie Augustin beendet. Schließlich
war Sonntag. Und an diesem Tag sollte die Arbeit ruhen.
Morgen war auch noch ein Tag. Konkret: der erste Arbeitstag in voller Kompaniestärke. »Frau Augustin, das
ist es schon wieder. Sie haben mir sehr weitergeholfen.«

Die Kerzerl-Mitzi gewann sofort wieder ihre Fassung
zurück. Sie erhob sich und begleitete ihren Gast form-
vollendet zur Eingangstür: »Viel ist es ja nicht, was ich
beitragen kann. Aber, zur Goutichkeit, ganz weltfremd
ist man ja dann doch auch wieder nicht.«

Die Zimmermann gab der weltlichen Schwester die
Hand: »Seien Sie froh, dass Sie in diesem Dreck nicht

wühlen müssen. Und nochmals: Nicht bös sein, ich hab's nur gut gemeint.« Frau Inspektor Zimmermann schwebte regelrecht die Hausstiege zu ihrem Auto hinunter. Sie, das kriminologische Schwergewicht, fühlte sich regelrecht schwerelos.

KAPITEL 11

Es ist ein Ros' entsprungen

Eine akademische Viertelstunde nachdem Frau Inspektor Zimmermann gegangen war, schloss die Kerzerl-Mitzi sorgfältig das Haustor ab. Sie blickte die Stiefelgasse hinauf und hinunter. Die Sonne stand am Horizont über den fünf Kleinhäusern der Gasse. Sie hob ihren Kopf und fing die goldene Wärme regelrecht auf. Einen kurzen Moment genoss sie das Sonnenbad. Dann gab sie sich einen Ruck, ließ ihren Blick noch einmal über die Gasse schweifen und verschwand blitzschnell im Nebenhaus. Die fünf Häuser waren Zwillingsgebäude. Einst waren sie als Behausung für die Fischer des Hauses Esterhazy erbaut worden. Einstöckige Giebelhäuschen, die ganzen Familien samt Kindern und Kindeskindern Platz boten. Seit dem Zuzug von Wienern nach Purbach gehörten sie Wochenend-Besitzern und standen daher die meiste Zeit leer. Die Einzige, die das ganze Jahr über in Purbach verbrachte, war die Kerzerl-Mitzi. Sie hatte drei Gelegenheitsnachbarn. Das fünfte Haus stand dauerhaft leer. Keiner wusste um dessen Besitzverhältnisse. Es war Rosemarie Augustins Geheimnis. Sie hatte es unter dem Mantel der Verschwiegenheit gemeinsam mit ihrem offiziellen Haus erworben, schwarz. Bis vor Kurzem hatte sie für das Haus auch keinen Bedarf gehabt, obwohl es, im Unterschied zu ihrem Hauptwohnsitz, über einen Erdkeller verfügte. Präziser formuliert: Bis Weihnachten hatte sie dafür keinen Bedarf gehabt. Sie stand in dem engen Hof, der baugleich ihrem anderen Hof war, atmete tief ein und speicherte nochmals etwas Wärme. Wieder gab sie sich einen Ruck und schloss die Eisentür auf, die in den Keller führte. Die Sonnenstrahlen tauchten das Erdloch in verschwommenes Licht. Bucklige, steile Stufen aus gebrannten Handziegeln führten hinunter in einen weiß gekalkten Schlund. In der Mitte des Raumes stand ein Weinfass mit einer Lampionkerze darauf. Die Christrosen-Kerze, die ihr der Strizzi-Fritzl geschenkt hatte. Sie war bereits zur Hälfte heruntergebrannt. Rund um das Fass versammelte sich auf einem Mauervorsprung jene Puppen-Familie, die die Kerzerl-Mitzi entsorgt hatte. Die »Docken-mütter«, drei gedrechselte Holzfiguren mit beweglichen Armen. Sie zog an der Schnur einer Puppe, und diese wiegte das Wickelkind, das sie im Arm hielt. Ein englisches Holzmodell mit pechschwarzen Glasaugen und gestickten Augenbrauen saß neben einem Puppenmädchen, das zwar Beine, aber keine Füße hatte. Sie hatte ein Gesicht aus Gips. Und Haare, die festgenagelt waren. Eine Gruppe Steiff-Puppen, die man an der Mittelnaht im Gesicht erkannte, standen aufrecht daneben. An ihrer Seite hockte fast verschämt ein amerikanisches Püppchen mit ausgestopftem Körper und simplen, primitiven Stümpfen statt feingliedriger Hände. Eine Käthe-Kruse-Puppe schaute sie mit sehnsüchtigem Ausdruck an. Sie saß neben einer italienischen Trachtenpuppe. In direkter Nachbarschaft zu »Lucy«, einer Filzpuppe, deren Augen und Mund aufgemalt waren. Sie kuschelte sich an einen Matrosen, der einen Anzug aus dunkelblauem Samt trug. Schneewittchen und die sieben Zwerge, Fabrikate aus derselben Firma wie der Matrose, gesellten sich dazu.

Eine weitere Puppe in der Größe eines Kindes, genannt
»Amy«, war in ein Trauerkleid aus dem 19. Jahrhundert
gehüllt, als die Sterblichkeit hoch war und Kinder den
Großteil ihres jungen Lebens Schwarz trugen. Neben ihr,
einer leblosen Puppe gleichend, kauerte der Strizzi-Fritzl.
Sein Maßanzug aus feinem Zwirn war verdreckt. Staub
und Spinnfäden bedeckten sein Gesicht. In seinem Mund
steckte ein Kissenknebel. Die Kerzerl-Mitzi hatte ihn extra
für das Schandmaul des Strizzi-Fritzl genäht. Das weiche
Lederkissen hatte sie in liebevoller Handarbeit mit flo-
ralem Stoff bezogen. Ein Band mit Schnallenverschluss
sorgte für mundgerechten Tragekomfort. Weniger angenehm, aber notwendig, waren die Kabelbinder an Armen
und Beinen, die ihn in seiner Kauerstellung fixierten.
Der Strizzi-Fritzl blickte die Eintretende aus tränenden,
leeren Augenhöhlen an. Doch die Kerzerl-Mitzi hatte nur
Augen für ihre Puppenfamilie. Aus erzieherischen Gründen war es notwendig gewesen, die Puppen in den Keller
zu sperren: Sie waren Teil ihres Planes. Umso bemühter
war sie um ihr Wohlergehen. Sie streichelte einer schreienden Babypuppe über das Echthaar-Köpfchen: »Nicht
weinen, bald schon bist du wieder daheim bei Mutti.«

Der Strizzi-Fritzl riss die Augen weit auf. Er wand sich
bei dem Satz wie ein Aal. Todesangst ließ seinen Körper
erzittern. Ungeachtet dieser Reaktion, widmete sich die
Kerzerl-Mitzi ihrem Baby. Sie zupfte am Taufkleid, das
seinen Wachskörper verhüllte. Sie strich die Zierfalten
glatt und setzte ihm ein Seidenhäubchen auf, das sie extra
für das kleine Köpfchen genäht hatte. Lieblich war das
Ding, durch und durch lieblich. Ganz und gar nicht lieblich
war die Puppe, die auf der grünen Seite des Strizzi-Fritzl

saß. Es handelte sich dabei um eine Braut. Mit üppigem Wachskörper. Die matronenhafte Puppe in ihrem prächtigen Brautkleid mit Rüschen und Faltenbesatz wirkte wie eine aufgetakelte Bordsteinschwalbe. Die Kerzerl-Mitzi strafte sie mit Missachtung, genau wie Friedrich Heiland. Beobachtet wurde sie nur von einer Schlitzkopf-Puppe. Pausbäckig und mit selbstgefälligem Ausdruck, wirkte letztere äußerst zufrieden. Eine Puppe mit Strohgewand reihte sich neben eine andere, deren Stoffkörper mit Rosshaar gestopft war. An einer Stelle quoll es bereits hervor. Die Kerzerl-Mitzi stopfte das Rosshaar behelfsmäßig zurück unter den Stoff.

Eine deutsche Papiermaschee-Puppe eröffnete die Galerie von ausgesuchten Exemplaren der Puppendoktor-Kunst. Nachkriegspuppen mit Schlafaugen nahmen einen Kinderstar in ihre Mitte, ein Püppchen, das »Shirley Temple« bis aufs Haar glich. Auf einem Altholzregal standen Porzellanköpfe, deren aufgemaltes Blond von Honigfarben bis Goldbraun reichte. Die Gesichter mit ihren dicken Bäckchen und dem kurzen Hals gaben den Büsten ein kindliches Auftreten. Den Abschluss der Sammlung machten die Charakterpuppen. Puppen, bei denen Zunge und Zähne sichtbar waren. Puppen mit Föhnfrisur. Puppen mit gekrümmten Gliedern. Puppen, die ihre Augen verdrehen konnten. Deutsche Wertarbeit. Die Lieblingspuppe der Kerzerl-Mitzi war allerdings »Bubbles«. Sie war als einzige geschützt untergebracht. Die Babypuppe lag in einem geblümten Kinderwagen aus dem Biedermeier. Sie trug originale Babykleidung mit Häubchen und Schühchen. Die Kerzerl-Mitzi nahm sie aus dem Wagen. Sie wiegte sie und drückte dabei einen unsichtbaren Knopf am verlängerten Rücken. Das

Püppchen hatte einen offenen Mund mit zwei Milch-zähnen. Wie auf Kommando kreischte es herzzerreißend. »Tss, tss, tss«, machte die Kerzerl-Mitzi und zog dabei eine Schnute.

Sie wiegte »Bubbles« und ging mit ihm durch den Raum: »Tss, tss, tss, tun wir zahnen, tss, tss, tss.« Dem Strizzi-Fritzl standen die Tränen in den Augen. Er hatte seit drei Tagen nichts gegessen, nichts getrunken. Er hatte seit drei Tagen nur Dreck gesehen. Dreck und dieses Horror-Kabinett aus der Werkstatt des Puppendoktors. Geleuchtet hatte ihm im Dunkel einzig und allein die Lampionkerze, deren umlaufendes Motiv sich ihm ins Hirn hämmerte: »Es ist ein Ros' entsprungen.« Bizarre Bilder zerschnitten den Tränenregen.

Rosemarie, die um ihr Leben betet. Ein Veitstanz des Krampus. Der Nikolo als Lobspender: »Du hast die Sache gut gemacht, drum wirst du auch nicht ausgelacht ...« Rosemarie, die nackt wie einst Eva im Paradies vor Krampus und Nikolo steht. Vor Angst bibbernd. Fenster-höhlen, Tausende, Abertausende. Grelles Licht. Das Dunkel der schwarzen Scham. Rote Pumps. Und ein dünnes Stimmchen: »Es ist ein Ros' entsprungen, aus einer Wur-zel zart.«

Unsicher lüftete er den Regenmantel, horchte zuerst in sich hinein, dann in den Raum. Rosemarie wiegte noch immer Bubbles in ihren Armen, doch sang sie die Puppe nun tatsächlich in den Schlaf.

Als die Kerzerl-Mitzi bemerkte, dass der Strizzi-Fritzl sie aus schreckgeweiteten Augen anstarrte, drückte sie einen versteckten Knopf, und »Bubbles« hörte in der Se-kunde auf zu weinen. Sie bettete das Püppchen wieder in den Kinderwagen und deckte es sorgsam zu. Nachdem sie versonnen auf das friedlich schlafende Baby geblickt hatte, wandte sie sich scharf dem einzigen Lebenden zu: »Du hast dieser Hure von unserem Geheimnis erzählt. Tag für Tag warst du bei ihr und hast dich bei ihr ausgeweint. Statt Abbitte zu leisten, hast du mich verraten. Die Kommissarin hat mir alles erzählt.« Sie wandte sich der Stiege zu, ohne dem Wimmern und Scharren des Heiland Bedeutung beizumessen. Auf halber Stiege drehte sie sich noch einmal um: »Geh in dich und reinige dein Gewissen. Ein gutes Gewissen ist ein ständiges Weihnachten.« Behutsam schloss sie das Eisentor hinter sich. Er war wieder allein, der Strizzi-Fritzl. Hahn im Korb inmitten einer Schar von herzallerliebsten Püppchen. Lebend begraben unter einem Haufen lebloser Weihnachtsgeschenke. Er war Absterbens Amen.

Der Strizzi-Fritzl hatte sich in den vergangenen drei Tagen und Nächten intensiv mit dem Glauben beschäftigt. Im Angesicht des Todes eine durchaus verständliche Übung der Demut. Im Glauben fand der Mensch Halt. Der Glaube half dem Menschen über seine Zweifel hinweg. Der Glaube des Strizzi-Fritzl allerdings beschränkte sich auf kindliche Naivität. Er glaubte dies und das. Vor allem aber glaubte er, einem Delirium, einer alkoholbedingten Wahnvorstellung, auf den Leim gegangen zu sein. Er befand sich im Zustand geistiger Verwirrung. Sein Bewusstsein war gestört, sein Denkvermögen eingeschränkt. Trotz der klammen Kälte im Keller schwitzte er. Alles, was er gerade erlebte, der Hunger, der Durst, war einzig und allein diesem Wahn geschuldet. Es war alles nicht wahr, alles nur ein Albtraum, aus dem er, sobald er ausgenüchtert war, aufwachen würde. Wann immer ihm

Zweifel kamen, ließ er den Blick über die Puppen schweifen, diese lieblichen Geschöpfe aus der Hand des freundlichen älteren Herrn, den er nur als Puppendoktor kannte – und im Augenblick waren die Zweifel vergessen. Dann nahm sein Glaube wieder kindliche Züge an. Und er blendete die schmutzige, düstere Realität, die ihn umgab, aus.

Der Puppendoktor! Seit Jahr und Tag suchte er bei ihm nach einem Geschenk aus Pappmaschee oder Porzellan, das er seiner Rosemarie unter den Weihnachtsbaum legte. Der Puppendoktor war nicht von dieser Welt. Er war eine männliche Feengestalt, eine Märchenfigur, die dem Strizzi-Fritzl jedes Mal, wenn er zu Beginn des Advents bei ihm vorstellig wurde, das Gefühl gab, ein guter, ja, ein besserer Mensch zu sein. Der Puppendoktor heilte die wunde Seele des Heiland mit jedem Besuch ein bisserl mehr. Er machte ihn mit jeder Puppe, die er ihm verkaufte, zu einem besseren Menschen. Dem Ablasshandel der Kirche gleich, kaufte sich der Strizzi-Fritzl bei ihm Weihnachten für Weihnachten ein kleines Stück vom Paradies. Und nun weilte er in diesem Paradies, ein wenig gehandicapt zwar, aber mitten unter seinen Puppen. Denn es waren im Grunde seine Puppen. Er war der Erste, der sie in der Hand gehabt hatte. Der Erste, der ihnen über das Kopferl gestreichelt hatte. Derjenige, der sie quasi adoptiert hatte. Wenn Rosemarie Augustin die Leihmutter war, dann war er ihr leiblicher Vater. Schließlich hatte er sie gegen bares Geld erstanden. Hatte sie aus dem Pflegeheim des Puppendoktors ausgelöst. Ihnen Obdach und ein heimeliges Nest verschafft. Hier, inmitten seiner Kinderschar, war er in Sicherheit. Er musterte die Braut an seiner Seite. Sie erinnerte ihn an die Flotte Frieda. War nicht sie es, die ihm in den vergangenen Tagen in seiner Verzweiflung zur Seite gestanden hatte?

Das ganze Schlamassel hatte am ersten Adventsonntag begonnen. Rosemarie hatten Kerzen für den Adventkranz gefehlt. Frieda hatte ihm mit Wichtelkerzen aus dem Lager des Schönen Jean ausgeholfen. Er hatte sich nichts dabei gedacht. Doch Rosemarie hatte die Kerzen wortlos genommen. Und sie im Mistkübel entsorgt. Danach war sie verstummt. Bis zu jenem kurzen Moment ihres Erscheinens eben. Und ihre ersten Worte hatten wiederum Frieda gegolten. Frieda, der Hure, der er das ganze Schlamassel eigentlich zu verdanken hatte. Hätte sie ihm nicht die Wichtelkerzen gegeben, wäre seine Mitzi, diese unheilige Jungfrau, niemals – nie und nimmer! – verstummt. Andererseits war Frieda auch der rettende Engel. Ihre Worte klingelten plötzlich in seinem Ohr: »Wundern tät's mi net, wann ihr bei dem Wichtel da Schiach angeht.«

Daraufhin hatte er sämtliche Devotionalienläden in Wien nach geschmackvollen Kerzen abgeklappert. Ausgerechnet in einem Souvenirladen in der Nähe des Stephansdoms war er fündig geworden. Eine wuchtige Lampionkerze, die ein florales Muster zierte: ineinander verschlungene Christrosen. Ein Spruchband mit deutschen Textzeilen wand sich um das wächserne Rund: »Es ist ein Ros' entsprungen.« Die Kerze sei nicht nur eine Bereicherung für jede Adventdekoration, sie erinnere nicht nur an die zentrale Botschaft des Weihnachtsfestes, nein, sie sei sogar nach dem Abbrennen wiederverwendbar. Er hatte kein Gehör für das Geschwafel gehabt, nur Augen für den Liedtext.

Im flackernden Kerzenlicht entzifferte er den vollen Wortlaut der Banderole:

»Es ist ein Ros' entsprungen / aus einer Wurzel zart, / Wie uns die Alten sungen, / von Jesse kam die Art. / Das Röslein, das ich meine, / davon Jesaias sagt, / Hat uns gebracht alleine / Marie, die reine Magd.«

KAPITEL 12

Fischer-Silvester

Am Montag nach Weihnachten, dem 29. Dezember, am ersten offiziellen Arbeitstag, waren sie alle versammelt im Büro des Landeskriminalamtes in Eisenstadt. Der Amtsarzt, der Gruppenleiter, ihr Kollege. Die Staatsanwältin. Und last but not least der Kopf der Marsmännchen-Truppe. Diesmal in Zivil. Lagebesprechung. Frau Inspektor Zimmermann schilderte den Tathergang und informierte über die bisherigen Erkenntnisse: Mord nach Zufallsprinzip. Die SPUSI in Zivil präsentierte das Ergebnis des Sicherungs- und des Auswertungsangriffes: Trompete mit Delle. Der Amtsarzt gab einen fundierten Bericht der Leichenschau: von Trompete erschlagener Schädel. Der Staatsanwältin blieb die Mutmaßung: Mord, Totschlag, Unfall mit Todesfolge?

Der Gruppenleiter tauschte sich in einer Online-Konferenz in Anwesenheit der Gruppe mit den Kollegen aus Wien aus. Die Großfahndung nach Friedrich Heiland vulgo Strizzi-Fritzl war auf den Raum Ostösterreich ausgedehnt worden. Unter anderem suchte die Wasserpolizei in Wien und im Burgenland die Alte Donau und den Neusiedler See nach dem Flüchtigen ab. Man könne nicht ausschließen, dass der Gesuchte ins Wasser gegangen sei. Der Amtsarzt hatte das Schlusswort: »A toter Eierschädel und a mörderische Wasserleich: Prosit Neujahr!« Danach ging jeder seiner Wege: die Staatsanwältin ihrer juristischen, die Ermittler der kriminalistischen – der Amtsarzt ging auf die Toilette.

Frau Inspektor Zimmermann schließlich – ging ihrem Bürokollegen aus dem Weg. Sie schloss sich in der Asservatenkammer ein. Sie müsse Ordnung ins Chaos der letzten Tage bringen. Eigentlich hasste sie ja die Asservatenkammer. Doch noch mehr hasste sie ihren Kollegen. Dieser war ein Besserwisser vom alten Schlag. Einer, der wenig hielt von Kopfarbeit und sich beim Ermitteln auf seinen Bauch verließ. Analyse war ihm ein Fremdwort, das er nicht einmal in den Mund nahm. Menschenkenntnis hingegen war sein persönliches Wort des Jahres. Dem Kollegen kam es ausgesprochen gelegen, dass sich die siebeng'scheite Frischg'fangte hinter ihren Akten versteckte. Erwartungsgemäß waren ihre bisherigen Ermittlungsergebnisse gleich null. Sollte sie doch in der Asservatenkammer Spuren horten, bis ihr schwarz vor Augen wurde. So konnte er wenigstens in aller Ruhe an seinem Arbeitsplatz ankommen. Sich erst einmal einen heißen Kaffee machen, dann den Urlaubsrundgang durch die Abteilungen antreten und schließlich mittags in der Kantine mit den Kollegen fachsimpeln. So ein Mord lag ja nicht alle Tage auf dem Schreibtisch und gehörte dementsprechend sorgfältig aufbereitet.

Ordner waren für die Zimmermann vor allem eines: Zeitfresser. Doch nun, an diesem blauen Montag, dem Übergangstag vom Weihnachts- in den Arbeitsstress, halfen sie ihr über die Zeit hinweg, die sie brauchte, um die Anwesenheit der vielen Menschen im Allgemeinen und jener ihres Kollegen im Speziellen zu verarbeiten. Sie rückte die Ordner zurecht. Dann beschriftete sie deren

Rücken: Perücke Janitschek, Penis-Ring Janitschek, Putz-Flakon Janitschek und so weiter. Sie legte neue Ordner an mit noch unbekanntem Inhalt. Ordner für ihre privaten Unterlagen. Diese konnte sie dem Kollegen zum richtigen Zeitpunkt unter die Nase reiben. Schließlich brachte sie ein System in die privaten wie die offiziellen Ordner. Und systematisierte das Ordnerverzeichnis nach dem Prinzip der doppelten Buchhaltung. Zuletzt ging sie die offiziellen, die privaten und, da noch Zeit blieb, gleich auch die Ordner mit verjährten Fällen durch. Letztere zu entsorgen, wagte sie dann aber doch nicht. Sie verließ pünktlich zum Dienstschluss das Landeskriminalamt mit der kriminalwissenschaftlich belegten Gewissheit: fünfundneunzig Prozent dessen, was im Ordner landet, ist tote Materie.

Am darauffolgenden Tag begann sich das Rad der Ermittlungen in Bewegung zu setzen: ein emsiges Türenschwingen zwischen den Büros der SPUSI, der Gerichtsmedizin und der Tatortgruppe setzte ein – das sich bereits am nächsten, dem Silvestertag, merklich verringerte. Am letzten Tag des Jahres interessierte sich niemand so recht für einen Toten und einen Verdächtigen, der vielleicht ohnedies als Wasserleiche – in einem Aktenordner landete.

Ein Toter konnte bis zum Wochenende warten, eine Wasserleiche bis zum Sankt Nimmerleinstag. Die Ermittlungen, die eben erst Fahrt aufgenommen hatten, wurden also aufs nächste Jahr vertagt. Nach Adam Riese war das der Freitag. Da wollte man dann in die Vollen gehen und übers Wochenende fleißig Überstunden schreiben. Schließlich hatte man bei der Polizei keinen »Nine-to-five-Job«. Man war als Gesetzeshüter, was die Arbeitszeit betraf, eindeutig Anarchist im Dienste von Recht, Ordnung und dem eigenen Gehaltskonto.

Umso umtriebiger ging es in Purbach zu. Hier feierte zwar jeder für sich allein den Jahreswechsel. Aber alle gemeinsam feierten sie untertags ihren Fischer-Silvester. Dieses Fest fand am Hafengelände statt: unter dem Vorsitz des letzten Berufsfischers vom Neusiedler See. Auf einem hässlichen Betonplatz überwinterten die Segelboote. Große neben kleinen. Dazwischen lagen vereinzelt Plastikbomber, wie die Tretboote für die Urlauber genannt wurden. Im Eingangsbereich gab es eine Freifläche. Hier war ein in Tarnfarben gehaltenes Küchenzelt des Bundesheeres aufgestellt. Auf dem Gerüst, das zum Kranen der Boote diente, baumelte, als Zeichen seines Standes, die Zille des Veranstalters. Ein Kanonenofen sorgte für wohlige Stimmung. An den Heurigentischen saß, wer sich am Steckerlfisch labte. Die Mehrheit der Festgäste aber scharte sich um zwei ausrangierte Bauwägen, die zu einer Schnaps- und einer Weinbar zweckentfremdet worden waren. Unter freiem Himmel sorgten Ölfässer, gefüllt mit Brennholz, für Wärme. Beim Fischer-Silvester, der als Frühschoppen begann und pünktlich um elf Uhr nachts als Alkoholleichenschau endete, durfte man als Einheimischer nicht fehlen. Und so standen sich alle, wirklich alle, die Füße in den Bauch: und besprachen das Thema Nummer eins. Nein, nicht den Mordfall Janitschek. Getuschelt wurde über die weiße Leber der Cäcilia Spreizendorfer. Vergessen war die Solidaritätsbekundung der wenigen Kirchgänger am Sonntag. Die Mehrheit der Purbacher war bei der Messe nicht anwesend gewesen und hatte daher ihre eigene Meinung zur Causa prima: der weißen Leber der Spreizendorfer. Diese anatomische Kuriosität sagte man Frauen nach, die liebestoll waren.

Der Ewiggestrige, ein alter Weinbauer mit rechter Gesinnung, stellte fest, schon als kleines Mädchen habe sie sich vor ihm keine Blöße gegeben.

Die Erdverwurzelte, eine Gemüsebäuerin und Freundin von Cäcilia von Kindesbeinen an, musste das leider bestätigen: Sie habe nicht einmal ihrem eigenen Bruder die kalte Schulter gezeigt.

Der Präsident, der es ob seiner Obmannschaft im Kegelverein zu diesem Ehrentitel gebracht hatte, tat verständnisvoll: Wer glattes, schwarzes Haar und ein offenes Lachen habe, sende eindeutig zweideutige Signale aus, das sei wissenschaftlich erwiesen. Es habe also kommen müssen, wie es gekommen sei.

Die Weinerliche, eine in ewigem Weltschmerz verharrende Winzerin, die in einem anderen Leben sogar Weinkönigin gewesen war, eiferte: So feuchtfröhlich wie die Spreizendorfer an den Kirtagen unterwegs gewesen sei, wundere es sie nicht, wenn diese weiße Mäuse sähe.

Sie wurde vom Maler und Landstreicher, einem Leberkranken, korrigiert: »Wir red'n net von weiße Mäus', sondern von ihrer weißen Leber.« Die Weinerliche verzog sich daraufhin umgehend – wurden ihr doch in einem anderen Leben ebenfalls unzählige Affären nachgesagt.

Ein Lebenskünstler grübelte: Diese Ehe habe bereits alle Höhen und Tiefen erlebt.

Ja, ja, brachte sich der Kapitän, der im Sommer Urlauber über den See schipperte, ein, hoch hätten die Wellen geschlagen im Hause Spreizendorfer.

Die Schmerzenspuppe, eine dauerhaft Leidgeplagte, säuselte: »Die Cäcilia ist doch so a zartes, verschlossenes Wesen.«

Stille Wasser seien eben tief, ließ da das Purbacher Orakel aus dem Hintergrund vernehmen. Ihre Zunge war bereits schwer.

Bruder Benedikt, an seiner Seite die Gretl-Tant', hörte wohl die Botschaft, doch ihm fehlte der Glaube an das, was seiner Pfarrmitarbeiterin da nachgesagt wurde. Sie war ein Mensch, der sich geirrt hatte. Punkt. Sie hatte sich in eine Liebelei verrannt. Punkt. Sie musste für sich selbst einen Ausweg aus diesem Irrweg finden. Punkt. Das war die eine Seite. Dass die Unschuldsvermutung nur vor Gericht, nicht aber innerhalb einer Dorfgemeinschaft galt, die andere Seite. Wer einmal Schuld auf sich geladen hatte, trug diesen Rucksack oft bis an sein Lebensende. Das war bittere Realität. Der Mönch war lebensklug genug, um zu wissen, dass seine Predigt von der unantastbaren Würde des Menschen außerhalb der Kirche ins Leere lief. Der Mensch war ein Tier. Er stellte sein Leben her, indem er es lebte. Allein das Erbarmen Gottes setzte all den bösen Gedanken eine Grenze. Bruder Benedikt war aber auch Kirchenmann genug, um kraft seines Amtes zu walten. Und zwar hier und jetzt. Daher sprengte er die Gruppe der Lästernden, indem er sich vor ihnen aufbaute. Da stand er nun in seiner schwarzen Kutte. Die Kapuze in die Stirn gezogen, sodass ihnen allein sein wildentschlossener Gesichtsausdruck den nötigen Respekt einflößte: »An seinem Schandmaul hat sich schon mancher verbrannt!« Er hatte es regelrecht gebrüllt. Jedenfalls hielten die reihum Stehenden in ihrem frivol-boshaften Geplänkel inne. Die Gretl-Tant' trat zu

Bruder Benedikt und übersetzte: »Jetzt haltets endlich die Goschn!« Daraufhin zogen ihre ehemaligen Kindergartenkinder die Köpfe ein und vertrollten sich unter dem Gelächter der Anwesenden.

Bruder Benedikt war wütend. Am letzten Tag des Jahres zeigte sich, dass er gescheitert war, an sich und seinem Anspruch an das Leben. Die Königsdisziplin eines Pfarrers sollte es sein, die Gemeinschaft des Kirchenvolkes aneinander zu binden. Mit ihm selbst als lebendigem Symbol dieser Gemeinschaft. Er, Benedikt, hingegen hatte es geschafft, einen Keil in diese Gemeinschaft zu treiben. Durch seine Schuld stand ein Mitglied seiner Pfarre am Pranger. Er selbst war das Symbol krankhafter Ich-Bezogenheit. Es war einfach nicht wahr, woran er immer geglaubt hatte. Ein Mensch konnte nicht gleichzeitig verschiedenen Gesellschaften angehören. Der Strizzi nicht gleichzeitig der Unterwelt und der Kirche. Der Mönch nicht gleichermaßen der Kirche wie der Unterwelt. Er hatte Gottes Schöpfungsplan durchkreuzt, indem er zwei Gesellschaftsordnungen aufeinanderprallen ließ. Mit seiner Einladung an den Schönen Jean hatte er Unheil über die Pfarrgemeinde gebracht. Er hatte Unfrieden gesät und Misstrauen geschürt.

Diese und viele Gedanken mehr gingen Bruder Benedikt durch den Kopf. Auf seinem Weg vom Hafengelände unten am See hinauf zur Kirche mitten im Ort. Er suchte die Ruhe der leeren Kirche, um mit sich ins Reine zu kommen. Er wusste: Der Mensch denkt und Gott lenkt. Seine Hoffnung war: Wenn er seine Gedanken ins Haus Gottes trug, würde dieser sie in die richtige Richtung lenken. Seine Schritte hallten im mächtigen Kirchenschiff wider. Er ging direkt auf den Weihwasserkessel beim Eingang zu und bekreuzigte sich. Dann setzte er sich in eine der Betbänke und betrachtete seinen Wirkungsbereich aus diesem ihm fremden Blickwinkel. War der Altarraum nicht eine Bühne und er nur ein Schauspieler an diesem Theater? War nicht sein ganzes Tun und Wirken ein einziges Schauspiel? Nein, er glaubte an das, was er predigte. Er war von dem, was er seiner Gemeinde vorlebte, überzeugt. Nur, war es das Richtige, was ihn vorwärtstrieb? Was er in sein Leben an Gutem mitgebracht hatte, die Gastfreundschaft seines Ordens, war seiner Gemeinde zum Verhängnis geworden. Wie hatte sein Ordensoberer einmal zu ihm gesagt: »Was du ins Leben mitbringst, damit musst du dich ein Leben lang herumschlagen.« Niemand, und schon gar nicht er selbst, konnte über seinen eigenen Schatten springen. Man stolperte immer wieder über die eigene Unzulänglichkeit.

Eine dünne, zittrige Stimme riss ihn aus seinen Gedanken. Sie kam vom Nebenschiff der Kirche. Aus dem Marien-Andachtseck. Die dünne Stimme gab eine Melodie von sich. Zittrig erklang: »Es ist ein Ros' entsprungen ...« Auf leisen Sohlen näherte sich Bruder Benedikt der Stimme. Er lugte ums Eck. Da kniete Rosemarie Augustin, die Kerzerl-Mitzi, auf einem Betschemel und besang das Ölgemälde, das die Heilige Muttergottes mit dem Jesukindlein im Arm zeigte. Auf einem Metallgestell brannten unzählige Teelichter. Bruder Benedikt räusperte sich. Doch die Kerzerl-Mitzi schien völlig entrückt. Er trat näher: »Gott zum Gruße ...« Ihr Hinterkopf bewegte sich wie in Zeitlupe. Langsam ließ sie den Gesang ausklingen. Es wirkte beinahe theatralisch, wie eingeübt. Schließlich verstummte sie ganz. Langsam drehte sie ihren Kopf in seine Richtung. Sie lächelte: »Grüß Gott, Bruder Benedikt. Gebenedeit sei Maria, der Herr sei mit ihr.« Sie erhob sich langsam.

»Sie suchen die Stille im Trubel?«

»Es tut gut nach allem, dieses Zwiegespräch am letzten Tag des Jahres.«

Bruder Benedikt machte eine Handbewegung in Richtung des dem Andachtseck angeschlossenen Beichtstüberls. Dieser Ort der inneren Einkehr stand allen offen: ob sie nun ihre Sünden loswerden oder sich einfach nur für einige Minuten allein zurückziehen wollten. Die Kerzerl-Mitzi folgte ihm.

»Wie geht es Ihnen«, sagte Bruder Benedikt.

»Den Umständen entsprechend«, sagte die Kerzerl-Mitzi.

»Haben Sie für Ihren Fritzl gebetet?«

»Ich habe für seine Aufnahme in den Himmel gebetet.«

»Aber – er ist ja nicht tot.«

Die Kerzerl-Mitzi lächelte: »Nein, er ist noch nicht tot.«

»Frau Augustin«, er verbesserte sich, »Schwester Rosemarie, wenn Sie wissen, wo er ist, dann sagen Sie das der Polizei.«

Sie antwortete nicht darauf, sondern stellte eine Gegenfrage: »Warum waren Sie bei dieser Hure?«

Er gab darauf keine Antwort, also beantwortete sie die Frage für sich selbst.

»Sie waren bei ihr, weil Sie mir nicht vertrauen!« Klar und entschieden stellte sie diese Anschuldigung in den Raum.

Bruder Benedikt stotterte: »Vertrauen ... es geht hier nicht um Vertrauen oder Misstrauen. Ich wollte Licht ins Dunkel bringen.«

»Sie haben nach der Wahrheit gesucht.«

»Frau Augustin, Sie kennen doch die Wahrheit.«

»Die Wahrheit ... Fragt das Schicksal nach der Wahrheit?«

»Wenn einem der Schädel eingeschlagen wird, ist das nicht Schicksal.«

»Eine Trompete ist ins Dunkel der Nacht gesegelt. Ins leere Nichts. Ein Mensch hat sich in diesem Nichts verirrt. Hell hat ihm das Ewige Licht geleuchtet.«

»Frau Augustin, wenn Sie etwas wissen, müssen Sie es der Polizei sagen.«

Die Kerzerl-Mitzi lächelte versöhnlich: »Aber Bruder Benedikt, ich habe nicht behauptet, wissend zu sein. Ich glaube.« Sie setzte sich kerzengerade hin und legte ihre Hände in den Schoß, als faltete sie sie zum Gebet. Dann hob sie leise zu sprechen an.

»Es ist nun einundzwanzig Jahre her, seit jenem Abend, an dem eine Kränkung unvorstellbaren Ausmaßes mein Lebensglück zerstört hat. Genauer gesagt: Es ist an Mariä Empfängnis geschehen, am achten Dezember vor einundzwanzig Jahren. Ich habe den Abend vor mir, als ob es gestern gewesen wäre. Ich war frisch getrennt von Friedrich, war von der Wiener Innenstadt in die anonyme Großfeld-Siedlung gezogen. Eine riesige Wohnanlage, in der jeder für sich lebte. Ich hatte mich eingelebt, ja, fühlte mich wohl in diesem anonymen Einheitsgrau.«

Bruder Benedikt sagte: »Das graue Sein nach dem grellen Schein des Rotlichts.«

Ein dünnes Lächeln umspielte die Mundwinkel der Kerzerl-Mitzi: »In der Vorweihnachtszeit glitzerten Millionen an kitschigen Leuchtdioden in den Fensterhöhlen.«

Nachdem es an ihre Wohnungstür geklopft und sie durch den Türspion einen weißen Bart gesehen hatte, fand sie das im ersten Moment eine nette Geste: der Nikolaus. Arglos hatte sie die Tür geöffnet. Und dabei den ersten Schreck erlebt. Hinter dem Rotgekleideten versteckte sich ein dunkler Geselle: der Krampus: »Bis zur Unkenntlichkeit verkleidet unter seiner grausigen Larve.« Sie hätte ob des sonderbaren Gebarens stutzig werden müssen: »Drauß't vom Walde komm ich her … Die Stimme war metallisch verzerrt.«

Bruder Benedikt sagte: »Metallisch verzerrt? Der Nikolo!?«

»Ich bin so überrumpelt gewesen. Aus Verlegenheit habe ich gelacht. Ob ich denn auch brav gewesen sei?«

Bruder Benedikt wackelte verständnislos mit dem Kopf über so viel Naivität.

»Aus heutiger Sicht … ich hätte den beiden die Tür vor der Nase zuschlagen müssen. Aber ich! Habe gelacht. Und gesagt habe ich: ›Ich bin halt kein Kind von Traurigkeit.‹«

»Was man halt so sagt, wenn zwei Fremde vor einem stehen.«

Sie ignorierte seinen ironischen Unterton.

»Als mich der Nikolo dann auch noch gefragt hat, ob ich denn meine Wohnung brav aufgeräumt und sauber gemacht habe …« Sie stockte und starrte ein Loch in den Boden.

»Darf ich raten: Sie haben die Tür ganz geöffnet und den Beweis für Ihre Ordnungsliebe angetreten.«

Sie antwortete nicht. Und Bruder Benedikt ließ ihr Zeit, sich zu sammeln. Beinahe lautlos, mehr hauchend als flüsternd, schilderte sie das anschließende Martyrium. »Der Krampus drückt mich an die Wand. Der Nikolo zwingt mich in die Knie. Der Krampus grunzt und faucht.«

»Die metallische Stimme ...«

»Sie reißen mir die Kleider vom Leib. Drängen mich nach draußen auf den Balkon. Tausende Fensterhöhlen. Abertausende Augenpaare. Millionen Leuchtdioden. Und ich. Ganz allein, nackt, in der Betonwüste. Der Nikolo zückt eine Kerze.«

»Eine Wichtelkerze ...«

»Es ist ein Ros' entsprungen, von Jesse kam die Art.« Sie hatte es gesungen, nicht für ihn, Bruder Benedikt, sondern in Erinnerung an den Schrecken jener Nacht. »Ich habe mich verhaspelt. Den Ton habe ich auch nicht getroffen. Da hat mich der Nikolo eine dreckige Hure geschimpft, der Muttergottes nicht würdig. Blechern hat sein Schrei in der Betonwüste Widerhall gefunden. Geraune aus Tausenden Mündern und dann, eine einzelne Stimme ...« Sie stockte.

»Der Krampus?«

»Nein. Eine kräftige, ordinäre Männerstimme von irgendwoher.« Wieder stockte sie, bevor sie den Satz regelrecht ausspuckte: »Heast, a Nockate!« Sie schien im Erdboden zu versinken ob des ordinären Ausdrucks, schließlich setzte sie sanft nach: »Sie müssen verstehen ... seither sind Männer für mich ... einfach nur pervers.«

Bruder Benedikt lehnte sich zurück und schloss die Augen: Panzerworte, in Sanftmut gekleidet. Sie war gedemütigt worden. Sie hatte diese Demütigung nie verwunden. Sie hatte aus dieser Demütigung die für sie einzig mögliche Konsequenz gezogen: eine weltliche Nonne zu werden. Als Nonne war sie zur Mörderin geworden.

Die Kerzerl-Mitzi schnellte auf: »Und was das Schlimmste ist: Der Krampus hat mich mit heißem Wachs beträufelt, angefeuert von den Stimmen aus der Dunkelheit.«

»Die im grellen Licht, die im Dunkeln sieht man nicht ...«

»Ich musste nackt am Balkon stehen. Tausenden geilen Männerblicken ausgesetzt. Beträufelt mit Wachs von einer – Wichtelkerze.«

»Sie mussten sich Gott ergeben.«

»In diesem Moment ... habe ich Gott gehasst.«

»Sie haben sich Ihrem Schicksal ergeben, haben es in Gottes Hände gelegt.«

»Gottes Schicksal hatte mich in seiner Hand. Ich war ihm schutzlos ausgeliefert.«

»Und Sie haben sich geschworen ...«

Sie vollendete den von ihm begonnenen Satz: »... wenn es jemals so käme, dass mir Gerechtigkeit widerfahren würde, wollte ich das Schicksal selbst in die Hand nehmen.«

»Schwester Rosemarie. Sie wissen, das ist falsch.«

»Die beiden haben mich, angefeuert von den Stimmen aus dem Nichts, beschimpft, sie haben mich zum Gaudium der ganzen Siedlung der Ehrlosigkeit, der Unanständigkeit und Unkeuschheit geziehen.«

»Haben Sie sich deshalb dazu entschieden, fortan ein ehrenhaftes, anständiges, keusches Leben zu führen?«

Sie antwortete nicht, stattdessen fuhr sie in ihrer Schilderung fort. »Irgendwer hat plötzlich gegrölt: ›Du bist die Rose aus dem Gemeindebau.‹ Und eine derbe Frauenstimme hat sich überschlagen: ›Perverse Sau!‹« Jede dieser Einmischungen habe einen Teil ihres Herzens absterben lassen.

»Irgendwann bin ich einfach umgekippt. Als ich aufgewacht bin, lag ich nackt am Balkon. Mein Körper eine einzige groteske Verrenkung. Mein Herz – leer.«

»Sie haben nach Halt in dieser Leere gesucht.«

»Und diesen Halt in der Gemeinschaft der Kirche gefunden, Bruder Benedikt.«

»Gesunde an dem, was dich kränkt.«

»Ich habe mich durch eine Operation wieder in den Stand der Jungfräulichkeit gebracht und bin der ›Marianischen Jungfrauen-Kongregation‹ beigetreten.«

»Sie wissen, dass Sie als Nonne stets das Gute in den Mittelpunkt Ihres Tuns zu stellen haben.«

Plötzlich strahlte sie in gottergebener Verzückung: »Aber gerade das habe ich doch gemacht, Bruder Benedikt. Ich habe Friedrich Heiland von der Straße aufgelesen und in Kost und Logis genommen.«

»Sie sind eine Josefsehe mit ihm eingegangen.«

»Getreu unserem Gelübde: ›Ich bleibe Jungfrau bis zur Bahre, bis zum Altare, bis zum Schleier, dann welche Feier!‹«

»Friedrich Heiland … ist er der Nikolo gewesen oder war er der Krampus?«

»Was spielt denn das noch für eine Rolle!«, fauchte sie ihn an.

»Die Wichtelkerze!«

»An diesem Unding habe ich ihn erkannt.«

»Der Schöne Jean und der Strizzi-Fritzl. Ihr Kostgänger und sein Kompagnon.«

»Mein ist die Rache, so steht es in der Bibel geschrieben.«

»Die Rache ist kein Menschenrecht.«

»Außer ein Mensch wird zum deklarierten Werkzeug Gottes.«

»Schwester – Frau Augustin, es heißt: Du sollst nicht töten.«

»Bruder Benedikt, Sie können das nicht verstehen. Nicht ich habe getötet, Gott hat mir den Weg gewiesen.«

»Sie haben Schicksal gespielt.«

»Das Leben ist kein Spiel.« Nach einer kurzen Pause setzte sie nach: »Genauso wenig wie der Tod.«

»Frau Augustin, Sie müssen sich stellen.«

»Aber ich habe mich doch eben gestellt. Ihrem Urteil habe ich mich gestellt.«

»Ich fälle kein Urteil.«

»Eben darum.«

»Sie wissen, dass ich an das Schweigegelübde gebunden bin.«

»Eben darum.«

»Sie müssen sich vor einem irdischen Gericht verantworten.«

»Wofür verantworten? Ich habe der Gerechtigkeit zu ihrem Recht verholfen. Ich werde mich daher nur Ihnen gegenüber verantworten. Bruder Benedikt, das hier ist meine Beichte. Ich habe nach der Mitternachtsmette den Übeltäter Johann Janitschek mittels einer fingierten Nachricht auf seinem Mobiltelefon zum Missionskreuz unterhalb der Kirchturm-Mansarde gelockt. Ich selbst habe mich während der Messe im Kirchturm versteckt und unter Zuhilfenahme einer von den Weisenbläsern vergessenen Trompete dem Schicksal seinen Lauf gelassen.«

»Sie haben Schicksal gespielt.«

»Ihre banale Wortwahl enttäuscht mich. ›Rächet, Geliebte, euch nicht selbst, sondern gebt Gottes Zorn Raum.‹«

»Gottes Zorn …« Bruder Benedikt seufzte: »Eine aus höchster Höhe in niederste Niederung segelnde Trompete. Stellen Sie sich, Rosemarie, und plädieren Sie auf versuchten Totschlag. Ich denke, man wird Ihnen das Prinzip Zufall zu Ihren Gunsten anrechnen.«

»Aber ich wollte ihn töten«, empörte sie sich. »Denn alle Schuld rächt sich auf Erden. Und nun bitte ich Sie, mich freizusprechen von dieser Schuld.«

Bruder Benedikt atmete schwer. Es war ihm, als lastete ein tonnenschweres Gewicht auf seinem Brustkorb. Schau schee, Jean. Die weibliche Stimme in der Nacht, es war Rosemarie Augustins Stimme gewesen.

»Wo ist der Fritzl!?«, blaffte er sie an.

»Verschwunden«, antwortete die Kerzerl-Mitzi, »sprechen Sie mich nun endlich frei von meiner Schuld!?«

Doch er atmete nur schwer.

»Tun Sie Ihre Pflicht und Schuldigkeit.«

Sie wartete eine weitere Reaktion ab. Als diese ausblieb, stand sie ruckartig auf, strafte ihn mit einem bösen Blick und verließ grußlos den Beichtraum.

Die Silvestergesellschaft steuerte auf ihren Höhepunkt zu. Es waren nur mehr die Mitglieder des Traktoren-Vereins anwesend. Junge und alte Männer, die ihre Leidenschaft für alte Ackerschlepper einte. Die kalte Abendluft war alkoholgeschwängert. Die Jungen drängten sich um die Schnapsbar. Die Alten unterhielten sich mit dem Weingeist. Die Jungen sangen »Schifoan is des leiwandste, des ma sich nur vorstellen kann …« Sie dischgarierten

über Hundertstel- und Millisekunden, über Schanzen-
rekorde und die Einsamkeit des Eskimos im Eiskanal.
Sie waren im Wintersport-Fieber.

Bei den Alten hingegen war die üble Nachrede ein-
geschrieben: »Was ausg'red't g'hört, g'hört ausg'red't«.
Wer hier, wie alle Anwesenden, einheimisch war, wur-
zelte über Generationen im Heimatboden. Wenn also
zwei sich trennten – hing ein Rattenschwanz an Familie
am Besitz der beiden. Und so waren es die Familien der
Eheleute Spreizendorfer, die feuchtfröhlich aneinander-
gerieten. Sei nicht immer der Stofferl ausg'weist bis Jue-
regett! Habe er also die Nächte bis in die frühen Morgenstunden durchgezecht? Lallte die Familie der Cäcilia.

Sei diese, Cäcilia, nicht auf Joah und Tog a Bodhur
g'west? Lallte jene des Stofferl.

Die Kerzerl-Mitzi plagte das schlechte Gewissen. Bruder
Benedikt hatte ihr den Dispens verweigert, als Sünderin
hatte er sie entlassen. Schuldbeladen werkelte sie in ihrer
Küche. Sie bereitete ein Silvestermenü für ihren Fritzl
vor – ein Fischgulasch. So, als ob sie damit ihre Schuld
sühnen wolle. In Wahrheit allerdings beruhigte sie das
Kochen. Da musste man Übersicht bewahren, planvoll
vorgehen. Sie drückte zwei Knoblauchzehen aus. Dann
schnitt sie einen roten Paprika in feine Streifen und ho-
belte eine Stange Lauch. Sie zitterte beim Abmessen von
Mehl und edelsüßem Paprikapulver. Sie erhitzte Butterschmalz in einer gusseisernen Pfanne und schwitzte die
Zwiebeln glasig an. Danach gab sie zwei Esslöffel Paprikapulver bei, den Knoblauch und einen Löffel Mehl. Sie
röstete die Zutaten kurz durch und löschte sie mit Weiß-
wein und Fischfond ab. Sie würzte mit Salz, Pfeffer und

Zucker und ließ das Gemisch bei kleiner Hitze köcheln. Währenddessen würfelte sie das enthäutete und von Gräten befreite Fischfleisch. Sie pürierte den Fischfond. Dabei umklammerte sie den Pürierstab so fest, dass die Adern auf ihrem Handrücken blau anliefen.

Die Kerzerl-Mitzi mengte Obers bei. Sie nahm eine Handvoll Paprikastreifen und Lauchringe und ließ sie im heißen Gulasch ziehen, sodass das Gemüse bissfest wurde. Zuletzt gab sie die Fischwürfel in die Pfanne und verschloss diese mit einem Deckel. Sie verstaute den Topf mit dem dampfenden Gulasch in einem Weidenkorb. Sie füllte eine Karaffe mit Wasser und mischte geruchlosen Methylalkohol dazu. Den Korb nahm sie in die eine, das Wasserglas mit der tödlichen Medizin in die andere Hand. Das Fläschchen mit dem vor allem als Putzmittel verwendeten Methylalkohol steckte sie in ihre Kochschürze. Zuletzt griff sie nach dem Mobiltelefon des Strizzi-Fritzl und steckte es ebenfalls ein. Solcherart gerüstet wechselte sie ins Nachbarhaus.

Als sie die Eisentür zum Keller öffnete, begann der Strizzi-Fritzl zu zappeln wie ein Fisch an Land in Erwartung des rettenden Wassers. Lange konnte er nicht mehr ohne Nahrung existieren. Der Geruch, der ihm in die Nase stieg, ließ ihn beinahe wahnsinnig werden. Delirierte er bereits? Oder gab es für ihn tatsächlich Erbarmen nach den Tagen und Nächten der bußfertigen Abbitte? Die Kerzerl-Mitzi stellte den Korb mit dem dampfenden Topf auf dem Weinfass ab. Dort ließ sie ihn stehen. Die Wasserkaraffe stellte sie daneben. Dann widmete sie sich in aller Ruhe ihren Puppen. Sie holte das Putzmittel aus ihrer Kochschürze und tränkte ein weiches Tuch mit dem Mittel. Dann wischte sie sorgsam den Staub und Dreck aus den Gesichtern ihrer Puppenkinder. Bald schon würde ihr die Puppenfamilie wieder im trauten Heim Gesellschaft leisten. Ungeachtet des verzweifelt Zappelnden, begann sie seelenruhig ein Gespräch mit den leblosen Gestalten. Hätte er nicht gewusst, dass die Puppen für sie Lebewesen aus Fleisch und Blut waren, er hätte an das entrückte Selbstgespräch einer Verrückten gedacht. So aber entsprach die bizarre Vorstellung ihrer Lebenswirklichkeit. Sie faselte etwas von Demütigungen, die stärker seien als der Wind, den man sät … und davon, dass deren Ernte schlimmer sei als der vorangegangene Sturm. Sie faselte vom lebenslangen Schweigen, das tödliche Fantasien freisetze. Von Selbstjustiz als magischem Akt: Erst wenn der Schädiger vernichtet sei, mache das die Tat ungeschehen. Sie sprach vom letzten Tropfen, der ein durch Kränkung übervolles Fass zum Überlaufen gebracht habe. Und davon, dass Gott den Ohnmächtigen mit Macht ausstatte. Das Zwiegespräch mit ihren Puppen war eindeutig an ihn gerichtet. Und tatsächlich: Unvermittelt fixierte sie den Strizzi-Fritzl. Direkt in die Augen sah sie ihm. In seine hohlen und leeren Augen. Und dabei leuchteten ihre Augen selbst wie einst der Stern zu Bethlehem. Ja, sie selbst, Schwester Rosemarie, Jungfrau im Zeichen der Gottesmutter, schien plötzlich erleuchtet. Sie sprach den Strizzi-Fritzl, der an nichts anderes mehr denken konnte als an den dampfenden Topf Fischgulasch und die Wasserkaraffe daneben, direkt an:

»Friedrich, Rache hat einen langen Atem.«

Sein eigener heißer, staubtrockener Atem stieß tröpfchenweise an die Maulsperre, die sie ihm verpasst hatte.

Er machte ruckartige Bewegungen: die letzten Zuckungen eines Banernen, eines Knochenmannes.

»Gottes gerechte Rache ist ein Akt der Befreiung und Erlösung.«

Er versuchte, ihr mit den Augen zu signalisieren, wie leid ihm das Geschehene tat. Doch blendete ihn ihre Erleuchtung, sodass sein dumpfer Blick nicht bis zu ihr durchdrang. Er versuchte, an ihre berufsbedingte Barmherzigkeit zu appellieren, und lenkte den Blick ab in Richtung des Weinfasses. Sie fing den Blick auf und lächelte milde.

»Du hast Hunger, Friedrich, und dich dürstet.«

Er nickte matt.

»Wer hungert, soll gesättigt werden. Wer dürstet, der wird getränkt.«

Ein sattes Grunzen unter dem Knebel bekundete himmelhochjauchzende Freude. Ein Stoßseufzer. Ein Rülpser. Ein Tropfen und ein kleiner Bissen als Lebensfaden. Umsichtig nahm sie ihm den Knebel aus dem Mund. Sie ließ ihn ein Kaffeelöffelchen vom Fischgulasch kosten. Sein Magen rebellierte, doch konnte er nicht erbrechen. Er japste nach Luft, versuchte etwas zu sagen. Doch seine Zunge klebte bleiern am Gaumen. Die Kerzerl-Mitzi wendete sich von ihm ab und Bubbles zu.

»Still, still, still, weil's Kindlein schlafen will«, sang sie und wiegte dabei die Babypuppe mit den Schlafaugen in ihrem Arm. Er formulierte mühsam ein Wort: »D-u-r-s-t.« Sie tat, als hörte sie ihn nicht, und wiegte weiterhin die Puppe in den Schlaf. Sie drückte einen unsichtbaren Knopf, und Bubbles schloss endlich die Augen. Die Kerzerl-Mitzi legte sie in den Puppenwagen.

»Du sollst nicht Durst leiden, Friedrich. Doch zuvor hast du tätige Reue zu leisten.«

Er nickte so heftig, wie es ihm nur möglich war: Doch es war nicht mehr als ein leises Zittern mit dem Hinterkopf. Sie zog sich Einweghandschuhe über. Dann holte sie aus ihrer Küchenschürze das Mobiltelefon des Strizzi-Fritzl. Sie sagte den Zahlen-Code laut auf, während sie ihn eintippte: »Eins-zwei-drei-vier.«

»Friedrich, wie oft habe ich dir gesagt, du sollst dir einen sicheren Zugang zu deinem einzigen Hab und Gut zulegen. Mit deiner Fahrlässigkeit hast du nun dein eigenes Schicksal besiegelt.« Sie lächelte selig: »Gott im Himmel allerdings wird es dir als Guthaben in deinem Sündenregister anrechnen.« Er war dem Wahnsinn nahe. Was faselte die Verrückte da!? Sie kicherte: »Eins, zwei, drei, vier, ich, mich, mein, mir – der Herrgott segne alle vier.« Er formulierte abermals seinen Hilferuf: »Durst.« Beim zweiten Mal kam er ihm flüssiger über die Lippen. Sie horchte auf: »Horch, Friedrich, eine Maus hat um Milch gepiepst.« Er schloss die Augen. Sein Leben blitzte an ihm vorüber wie eine davonfahrende U-Bahn. Als er die Blitze nicht mehr aushielt und die Augen wieder öffnete, sah er die Kerzerl-Mitzi im eckigen Schein seines Handy-Displays eine Nachricht tippen. Sie wirkte hoch konzentriert. Ihre Zunge leckte über die Oberlippe. Ihm war, als züngle eine Schlange – ein Déjà-vu an die Weihnachtsbaum-Szene.

»So!« Unvermittelt griff sie nach seiner Schreibhand. Behandschuht führte sie seinen bloßen Daumen an die grüne Taste seines Mobiltelefons. Sie drückte damit auf den Senden-Button. Und wirkte wie verwandelt. Sie lachte schrill auf wie eine Hexe. Stieß einen gar nicht damenhaften Jauchzer aus und eröffnete das Festmahl: »Friedrich, lass uns das letzte Abendmahl genießen.« Er achtete in diesem Moment nicht auf die Tragweite dieses Satzes. Das Einzige, was er registrierte, war: Leben.

Sie löffelte ihm Fischgulasch in den ausgedorrten Rachen. Er erbrach sich. Sie löffelte weiter. Er erbrach sich. Sie stieß ihm den Löffel regelrecht in den Rachen. Er spürte, wie sein Lebenswille löffelweise zurückkehrte: ein Löffel für die Mama, ein Löffel für den Papa … Endlich setzte sie die Karaffe an seine Lippen. Wasser, der Lebensquell!

Den ersten Schluck registrierte er noch mit brennendem Schmerz. Den restlichen Inhalt der Karaffe flößte die Kerzerl-Mitzi ihm bereits im selig machenden Zustand völliger Bewusstlosigkeit ein.

Irgendwann wachte er auf. Sein Magen war ein einziges Flammenmeer. Mit irrem Blick musterte er das Erdloch. Das Loch war leer. War er bereits im Himmel oder noch in der Hölle? In der Mitte des Erdloches stand das Weinfass. Er lebte also noch. Seine Zunge stieß in luftleeren Raum. Der Knebel. Er war weg. Er schüttelte seine Arme. Keine Kabelbinder mehr an seinen Handgelenken, an seinen Beinen. Sein Magen rebellierte. Er erbrach sich. Er konnte die geröteten Augen vor lauter Schmerz kaum offen halten. Wo waren all die Puppen hin? Egal. Sein Körper war eine einzige Wunde. Er brannte innerlich. Ihn fröstelte, und gleichzeitig zitterte er fiebrig. Er musste raus aus dem Keller! Weg, weg, weg! Wenn dieses Erdloch hier die Hölle war, konnte ihn draußen nur der Himmel erwarten. Welcher Tag war eigentlich heute? Egal. Er lebte noch. Hatte die Hölle überlebt, um in den Himmel zu kommen. Er fieberte.

Im Himmel warteten die Menschenfischer auf ihn. Fischer? Menschen? Hatte er nicht ein Fischgulasch verschlungen und mit brennendem Wasser gelöscht, bevor sich sein Magen in dieses Flammenmeer verwandelt hatte? Fischgulasch, Feuerwasser? Gab es das nicht zum Jahreswechsel? Beim Fischer-Silvester?

Die Menschen? Die Fischer? Waren das nicht alles seine Freunde? Der Himmel, lag er nicht direkt am See? Ja, die Menschenfischer, seine Hawara, sie feierten ihr Silvester doch am Hafen! Zu ihnen, in den Himmel, zum Hafen musste er!

Die Fischer im Hafen waren seine Rettung. Er arbeitete sich an der Mauer hoch. Langsam – immer wieder rutschte er an der eiskalten Lehmwand ab. Wo war die Kerzerl-Mitzi? Das mörderische Baan!? Er hatte brennendes Verlangen nach ihr. Brennendes Verlangen, diese Hexe am Scheiterhaufen zu sehen. Wieder erbrach er sich. Mit letzter Kraft rappelte er sich auf. Endlich stand er zittrig auf den Beinen, mit dem Rücken an den Kalkverputz gelehnt. Er machte einen vorsichtigen Schritt nach vorne. Einen zweiten. Einen dritten. Und erbrach sich wieder. Nach einer Weile hatte er die Steintreppe erreicht. Auf allen vieren, wie ein Insekt, krabbelte er zur Eisentür hoch. Drückte die Klinke hinunter. Die Tür war nicht verschlossen. Er stemmte sich gegen die Tür, drückte sie ächzend, mit übermenschlicher Kraftanstrengung auf. Eisige, nachtschwarze Luft stieß ihm entgegen. Für einen kurzen Augenblick der Freiheit kühlte sie seinen in Flammen stehenden Körper.

Zeitverzögert drehte er sich um die eigene Achse. Schnee, richtiger Schnee war es, der in seinem festen Aggregatzustand, der Schneeflocke, sein Haupt bedeckte. Ein wirrer Tagtraum bemächtigte sich seiner.

Er suhlt sich im warmen Nass einer Therme. Dampfend schmilzt der Schnee auf der Wasseroberfläche. Er schwebt im Freien, in einem Salzwasserbecken. Über ihm der blaue Himmel, gesprenkelt mit weißen Flankerln.

Der Himmel: War es doch bereits so weit?

Das lauwarme Wasser, in dem er sich treiben lässt: entrückt der Banalität irdischen Seins. Er lässt sich fallen. Das Wasser umfängt ihn. Vergessen die Erden-Schwere. Vergessen der brennende Schmerz, gelöscht das Feuer in ihm. Er spiegelt sich im Wasser ... doch was sieht er da, im verschwimmenden Spiegel!? Sein eigenes Gesicht: eine glühende Lavamasse, seine Augen: schwarze Löcher. Und das Schlimmste: seine Föhnfrisur, als ob er ins Stromkabel gegriffen habe. Das Abbild des Schreckens machte ihn hellwach: Er stand vor dem Schaufenster des Verschönerungsingenieurs, direkt gegenüber seines Verlieses. Mit direktem Blick in den bereits blinden Spiegel. Im Hintergrund das Haus der Kerzerl-Mitzi. Ein Stromschlag durchzuckte ihn. Er wirbelte um die eigene Achse. Doch die Fenster waren finster. Nochmals ein verstohlener Blick in den Spiegel: seine demolierte Visage. Sein ramponiertes Äußeres. Er fühlte sich schwach. Zu schwach, um die Kerzerl-Mitzi im Schlaf zu erwürgen. Er musste weg! Der Himmel wartete.

Er hatte einen Flashback. Der vierundzwanzigste Dezember: Jesu Christi Geburt. Bruchstückhaft erinnerte er sich an die letzten Stunden vor seinem unfreiwilligen Abgang.

Vorweihnachtliches Wirrwarr: in aller Herrgottsfrüh bereits der erste Schreck. Der Christbaum! Rein ins Gewand und rauf zum Supermarkt. Ein krummes Bäumchen als letztes Angebot. Als er es ins Kreuz schlagen will, der nächste Schreck. Keine Axt im Haus. Ab ins Lagerhaus! Im Hinterzimmer die hochprozentige Wärmestube. Ein einsamer Wärmesuchender: ob er die Axt nur heute bräuchte? Ja. Der Wärmesuchende ruft den Sohn, währenddessen wärmt man sich vereint. Hochprozentiges Anstoßen auf die Gesundheit. Der Sohn kommt mit der Axt: eine weitere Wärmerunde. Der Vormittag geht vorüber. Mit vereinten Kräften versuchen sie sich mittags am Bäumchen, packen es am Wipfel, legen es übers Knie, stutzen es schließlich. Zu stumpf, die Axt. Zu dumpf, die Helfer. Ein Streit zwischen Vater und Sohn: warum die Axt nicht geschliffen sei? Endlich die glorreiche Idee: Bäumchen kopfüber und Kreuz von oben hinein. Gesagt, getan: Die Äste schlagen ihm ins Gesicht. Der Sohn, der sich vor Lachen den Bauch hält. Er selbst, den die Wut im Bauch zerreißt. Der Strizzi-Fritzl ballt die Faust – und verknotet sie, als plötzlich die Kerzerl-Mitzi in der Tür steht. Der leibhaftige Racheengel. Sie zischt wie eine Schlange: »Geht, zur Goutichkeit, geht, bevor ich mich vergess …«

Der Strizzi-Fritzl stolperte mehr, als dass er sich fortbewegte. Immer wieder musste er sich niederknien und das köstliche Fischgulasch erbrechen. Vom Keller der Kerzerl-Mitzi zum rettenden Ufer, dem Hafengelände, ging es steil bergab. Rechts und links der Gasse duckten sich kleine Häuschen mit idyllischen Vorgärten. Die Vorderfronten glichen weihnachtlichen Schaufenstern: weiße Schneelandschaften aus Watte, Krippen aus Fundholz, Lichtergirlanden in schillernden Farben. Der Santa Claus mit wallendem Bart und rotem Mantel hinterm Fenster winkte im Gleichklang mit dem Gartenzwerg im Vorgarten. Der Strizzi-Fritzl hatte kein Auge für die weihnachtliche Pracht. Er war froh, der Hölle entflohen zu sein, und stolperte dem Himmel entgegen. Bei einem Weinfass, das von einer Lichtergirlande eingefasst war, hielt er sich fest und entledigte sich des sauren Rests an Mageninhalt. Endlich fühlte er sich leer. Einzig die bittere Magensäure und das brennende Verlangen nach kühlendem Nass erinnerten ihn an das Gift in seinem Körper. Er stolperte weiter.

Der Familienzwist beim Fischer-Silvester steuerte seinem Höhepunkt entgegen. Die Stimmung war am Brodeln. Die Anschuldigung, Cäcilia sei leichte Beute williger Herren, hatte das Fass zum Überlaufen gebracht. Das Oberhaupt von Cäcilias Familie drohte dem Oberhaupt von Stofferls Familie, dem eigenen blutsverwandten Cousin, eine saftige Portion Prügel an: Weh deiner oama Haud!

Es blieb bei der Androhung, verlagerte sich doch die Auseinandersetzung nach dem beherzten Einschreiten des einzigen Berufsfischers, der in seiner Eigenschaft als Veranstalter für Ruhe und Ordnung sorgte, auf weniger emotionsgeladenes Terrain: nämlich die bei der Heirat in die Ehe eingebrachte Mitgift der Eheleute. Wer habe denn was eingebracht?

Der Cäcilia gehöre das Haus, in dem die Familie wohnte!

Der Stofferl habe die baufällige Keuschen eigenhändig renoviert und außerdem Aussicht auf das stattliche Elternhaus!

Die Cäcilia habe Baugrund und Boden im Bauerwartungsgebiet, der Stofferl hingegen nur Rebzeilen, die keinen luckerten Heller wert seien.

Wenn es nun tatsächlich zur Trennung von Bett und Tisch kommen sollte, habe sich der Stofferl das lebenslange Hausrecht redlich erwirtschaftet. Außerdem! Sie sei doch zurückgekommen wie eine reuige Sünderin, habe sich inmitten der Kirchengemeinde präsentiert als leibhaftige Maria Magdalena. Wenn das kein Schuldbekenntnis gewesen sei, was dann, so die Familie des Stofferl.

Ja, fürwahr, das sei ein öffentliches Schuldeingeständnis gewesen, so die Familie der Cäcilia. Aber eines, das nur gezeigt habe, welch rechtschaffene Persönlichkeit ihre Tochter sei. In dieser Art ging es munter weiter, und jede der beiden Familien bog sich die Deutung der jüngsten Ereignisse zurecht.

Zu Recht war dem Strizzi-Fritzl beim Auftauchen seiner Rosemarie vor dem Christbaum der Schreck in die Glieder gefahren: hatte sie doch ein Brotmesser in der Hand gehalten. Im Rückblick betrachtet, ein Zeichen. Der untrügliche Vorbote des dräuenden Unheils. Wenn er nur nicht so besoffen gewesen wäre. Im Rückwärtstaumel hatte er noch die so behände wie beseelte Tat der Wahnsinnigen wahrgenommen: das punktgenaue Ansetzen des Messers, die kräftigen Schnitzer, das sichere Verankern des Stammes im Kreuz. Lockerungsübungen für den finalen Todesstoß am Weihnachtsabend. Nichts ahnend war er mit seinen beiden Trinkkumpanen zum »Storchen-Schorsch« getorkelt. Vorglühen bis zur bitteren Bescherung. Hundertprozentig hochprozentig hatte er sich schließlich pünktlich zum Weihnachtskarpfen-Festmahl am Gabentisch eingefunden. Stille Nacht, heilige Nacht oder, in seinem Fall: Blackout. Das Erste, woran er sich wieder erinnern konnte, war der feuchte, dunkle Keller. Knebel im Mund.

Beton im Schädel. Herzallerliebste Puppen. Und die Stimme der Kerzerl-Mitzi: »Es wird scho glei' dumpa, es wird scho glei' Nacht.«

Vor dem einzigen Haus mit beleuchteten Fenstern stürzte er zu Boden. Mit letzter Kraft zog er sich am Fensterbrett hoch. Im Fenster eine Holzkrippe, grob geschnitzt. In Stroh gebettet das Christuskind, nackt und bloß. Der Tischler Josef, die Heiligen Drei Könige, die Mutter Maria. Mutter Maria? Die Kerzerl-Mitzi! Seine Wahnvorstellungen bekamen allmählich Macht über ihn. Sie kniet vor der Krippe. Reihum in prächtigen Gewändern: ihre Heilige Puppen-Familie. Das Kindlein, nackt und bloß: Es trägt das kindliche Antlitz des Neugeborenen Friedrich Heiland. Eine friedliche Stimmung.

Der Strizzi-Fritzl war angekommen. Das letzte Haus vor dem Bahnübergang. Die Grenzstation zwischen Gut und Böse.

Die Jungen waren beim x-ten »U-Boot« angelangt, einem im Bierkrügerl versenkten Schnapsstamperl. Vereint im gemeinschaftlichen Gesangserlebnis. »Hulapalu«, grölten sie und schwangen dabei ihre Beine wie Tanz-Elevinnen. Ein Fan der deutschen Welle hantelte sich auf eine Mülltonne und stimmte den frostigen Evergreen »Tiefkühlpizza« an. Die Spaß-Fraktion konterte: »Ich bin so schön, ich bin so toll, ich bin der Anton aus Tirol«. Von der Mülltonne erklang daraufhin der Schlachtruf: »Wir wollen die Eisbären sehen«. Schließlich lagen sich alle in den Armen: »Saufen, morgen, mittags, abends.«

Bei den Alten war ebenfalls Versöhnung angesagt: Es wurde Zeit zum Heimfahren. Nix für unguat, aber seinerzeit habe es so einen Pallawatsch nicht gegeben. Man stieß mit einem Fluchtachterl, rot, auf die guade oide Zeit an und erinnerte sich wie jedes Jahr eines alten Orakelbrauchs. In waldreichen Gegenden führte dereinst noch das Holzscheit Regie am Heiratsmarkt. Wollte sich die junge Braut den zukünftigen Bräutigam vor Augen führen, so stellte sie sich mit dem Rücken vor einen Holzstoß. Man könne doch einen Verein zur Pflege dieses Brauches gründen? Auf den Geistesblitz stießen sie mit einer zweiten Runde Fluchtachterl, weiß, an. Schließlich stehe ja nur der Storch auf einem Bein. Der anfangs vorherrschende Zwist – man erinnerte sich nicht einmal mehr an den Grund dafür – löste sich in feuchtfröhlichem Wohlgefallen auf.

Aus dem Schwarz der Dunkelheit schälte sich ein endloses Band, das in der Ferne verschwand: die Bahngleise, die den oberen vom unteren Teil der Ortschaft trennten. Meter für Meter arbeitete sich der Strizzi-Fritzl Richtung Bahnübergang vor. Bei den Gleisen angekommen, wurden seine Knie weich. Ihn überkam die unendliche Sehnsucht nach einer Sekunde Schlaf. Der Strizzi-Fritzl legte sich auf die Schienen zur Rast und Ruh.

Die Traktoristen schwangen sich auf ihre Schlepper. Schnuckelige Mobiles aus Stahl und Eisen, deren Reifen ein markantes Profil hinterließen. Sie starteten und reihten sich, je nach Verfasstheit mehr oder weniger akkurat, hintereinander ein. Nach dem Startmanöver tuckerten sie los. Vom Hafen aus ging es eine Baumallee entlang, vorbei am örtlichen Fußballplatz. Sie fuhren auf Sicht. Was hieß: ohne Licht. Weinbergschnecken gleich, tuckerten sie im Schritttempo vorwärts. Die Schlepperkolonne hatte etwas Beruhigendes, etwas aus der Zeit Gefallenes. Die gute, alte Zeit: Sie schien stehen geblieben. Tuk, tuk, tuk, hallte es in der kühlen Abendluft wider. Die Umrisse einer blechernen Zeitkapsel waren zu erkennen. Sie näherte sich gemächlich dem Bahnübergang. Die Jungen sangen: »Es fährt ein Zug nach Nirgendwo«.

Es fährt ein Zug nach Nirgendwo
Mit mir allein als Passagier
Mit jeder Stunde, die vergeht
Führt er mich weiter weg von dir

Gemeinschaftliches atonales Gegröle. Gemeinsames vielstimmiges Gelächter. Einer nach dem anderen tuckerte mit seinem schwer bereiften Oldtimer über den Bahnübergang. Die Gemeinschaft aus Alt und Jung verband das im wahrsten Sinne des Wortes »singstiftende« Gefühl der Langsamkeit, der Bodenständigkeit und dieselgeschwängerten Naturverbundenheit. In dieser Verbundenheit störte sich keiner von ihnen an der kleinen Bodenwelle bei den Gleisen. In einer Stunde war das alte Jahr Geschichte: Es fuhr ein Zug nach Nirgendwo ... und schreckte die Bewohnerin des letzten Hauses vor dem Bahnübergang aus ihrem Fernsehschlaf auf. Sie war kurz eingenickt. Akkurat zu Beginn der x-ten Wiederholung ihrer Lieblingsserie »Die Rosenheim-Cops« grölte es vor ihrem Fenster. Im Flanellnachthemd stürmte sie vor die Haustür, um die b'soffene Partie in die Schranken zu weisen. Sie wollte sich gerade lautstark Gehör verschaffen, um das Tuckern und Grölen zu durchdringen, als ihr der Fluch, den sie sich beim Rausstürmen zurechtgelegt hatte, im Hals stecken blieb. Statt zu brüllen, fuchtelte sie wie wild mit beiden Händen in der Luft: Reflexartig drosselten die Traktorfahrer ihre Motoren und brachten ihre altersschwachen Gefährte zum Stillstand.

EPILOG

Schöne Leich, gesellschaftlich

Zur selben Zeit machte es sich Frau Inspektor Zimmermann auf der Dienststelle gemütlich. Sie hasste den Jahreswechsel beinahe so leidenschaftlich wie den Weihnachtsabend. Deshalb meldete sie sich sehr zur Freude ihrer familiär gebundenen Kollegen zuverlässig auch zu diesem zweiten Feiertagsdienst am Jahresende. Der Fernseher lief. Über den Bildschirm flimmerten »Die Rosenheim-Cops«. Frau Inspektor Zimmermann versäumte keine Folge dieser Serie. Sie liebte die Stockl. Genau genommen liebte sie die Darstellerin der Stockl, die Schauspielerin Marisa Burger. Bei einer geführten Sightseeingtour zu den Originalschauplätzen der Serie hatte der Zufall es gewollt, dass sich die beiden bei einem Kebabstand über den Weg gelaufen waren. Frau Inspektor Zimmermann war das Herz in die Hose gerutscht, als die Schauspielerin plötzlich neben ihr stand und in lupenreinem Hochdeutsch einen vegetarischen Döner geordert hatte. Marisa Burger war ungeschminkt gewesen: eine Frau aus Fleisch und Blut. Eine Frau wie geschaffen für sie. Frau Inspektor Zimmermann hatte keinen Bissen heruntergebracht. Und als Marisa Burger sie schließlich mit dem bedeutungsvollen Satz »Früher habe ich auch Döner mit scharf gegessen, aber ich hab's ein bisschen mit dem Magen« bedachte, war ihr Herz vollends für sie entflammt. Seither liebte sie diese Frau. Und wartete Folge für Folge

211

auf eine Botschaft von der unerreichbaren Geliebten, auf eine Botschaft nur für sie …

»Es gabat a Leich!«

Frau Inspektor Zimmermann hielt den Hörer in der Hand. Ihr Herz pochte bis zum Anschlag. Sie schluckte. Ihre Stimmbänder versagten den Dienst.

»Ja …«, krächzte sie in die Muschel.

»Es gabat a Leich«, überschlug sich die Stimme am anderen Ende der Leitung.

»Marisa …«, krächzte die Zimmermann und verbesserte sich: »Frau Burger.«

»Gaugernigg«, brüllte die Angesprochene zurück.

»LKA Eisenstadt«, flüsterte die Zimmermann in Schockstarre.

»Frau Beamtin. Gaugernigg aus Purbach. Auf die Gleis liegt aner, den s' z'ammg'führt haben.«

Frau Inspektor Zimmermann setzte sich. Sie war wie gelähmt. Die Hoffnung, jemals von Marisa Burger als das wahrgenommen zu werden, was sie seit ihrem schicksalhaften Treffen war – nämlich eine liebende Frau –, diese Hoffnung war soeben zerplatzt wie eine Seifenblase.

»Der Reihe nach. Was geht hier vor!?«

Sie rettete sich in die berufliche Routine.

»Frau Beamtin …«

»Inspektor!«

»Frau Inspektor … der Traktor-Verein hat beim Bahnübergang a Leich übersehen.«

»Gerade haben Sie gesagt, jemand wurde überfahren! Für Autounfälle sind die Kollegen zuständig.«

»Kane Autos … Traktors.«

»Auto, Traktor, egal – Sie sind hier beim Mord!«

»Ich glaub, der Tote – is' da Mörder!«

»Friedrich Heiland!?«

»Ja, da Strizzi-Fritzl …«

Der Pulsschlag von Frau Inspektor Zimmermann stieg von null auf hundert. Gleichzeitig überkam sie professionelle Ruhe: »Liebe Frau Gaugernigg, Sie bewegen sich nicht weg vom Tatort.«

»Eh net, ich wohn ja da.«

»Umso besser. Und die Herrschaften vom Traktor-Verein bleiben auch, wo sie sind. Ich bin spätestens in einer halben Stunde vor Ort.«

Als Frau Inspektor Zimmermann am Unfallort eintraf, bot sich ihr ein Bild des Schreckens: Ein gutes Dutzend stockbesoffener Schwachköpfe lehnte an altersschwachen Blechkisten, rauchte wie ein gemeinsamer Traktorschlot und tuckerte weinerlich vor sich hin: »Wieso mir, wieso mir …« Sie war nahe daran, den Haufen aus Blech und Jammerlappen mit einem militärisch gebellten »Stillgestanden!« zur Ordnung zu rufen. Gott sei Dank kam ihr da die einzige Frau der Männerrunde entgegengelaufen und rief sie zur Selbstdisziplin: »Gaugernigg, ich hab Sie angerufen!« Frau Inspektor Zimmermann blickte auf ihre Uhr. Es war exakt 23.27 Uhr. Noch dreiunddreißig Minuten bis zum Jahreswechsel. Wenn sie sich beeilte, konnte sie den Fall im alten Jahr zu den Akten legen. Sie nahm sich vor, die kommende halbe Stunde voll auszukosten, ehe sie, exakt um Mitternacht und mitten hinein in den Donauwalzer, einen Rundruf bei ihren das Tanzbein schwingenden Kollegen startete. Frau Gaugernigg führte sie aufgeregt zum Bahnübergang. Sie redete dabei um ihr Leben.

»Dass ich das noch erleben darf: a echte Leich. Wo ich doch so ein Fan von den ›Rosenheim-Cops‹ bin: ›Es gabat a Leich.‹« Sie kicherte wie ein junges Mädchen: »Ja, ja, die Stöckl.«

»Stockl«, blaffte die Zimmermann sie an.

»Gell, die kennan S' auch, die Stöckl. Wer net!«

Ein Stich in ihrer Herzgegend stoppte die Zimmermann in der Bewegung. Und wie auf Kommando stoppte auch Frau Gaugernigg ihren Redefluss. Sie standen vor dem, was von Friedrich Heiland noch übrig geblieben war. Doch hatte Frau Inspektor Zimmermann, im Gegensatz zu ihrer Begleitung, keinen Blick für die sterbliche Hülle. Stattdessen blickte sie der Schwätzerin tief in die Augen. Mit belegter Stimme, fast flehend, korrigierte sie Frau Gaugernigg: »Frau Burger heißt STOCKL.«

Frau Gaugernigg glotzte wie ein Mondkalb: Seit dem nächtlichen Vorfall wähnte sie sich im falschen Film, aber diese i-Tüpferl-Reiterei zur falschen Zeit am falschen Ort in Anwesenheit eines Toten ... sie hatte ja schon viel von der Abgebrühtheit der Polizei gehört. Aber diese Polizistin da! Sie musste ein Herz aus Stein haben. Nein, die Realität war nichts für sie. Da blieb sie doch lieber bei den »Rosenheim-Cops«. Die versprachen humorvolle Bodenhaftung.

»Ja, also ... da warat die ...« Sie verbat sich das böse Wort.

»Ja.«

Damit kehrte ihr die Zimmermann den Rücken und beugte sich über das Bündel Etwas, das einmal der Strizzi-Fritzl gewesen war. Die schweren Traktorenreifen hatten ihn zu einem Brei aus Kleidung und Knochen vermahlen. Was von seinem Gesicht übrig geblieben war, erinnerte an einen zermanschten Kürbis. Und doch, der Strizzi-Fritzl war eindeutig identifizierbar. Baumelte doch um den vom Rumpf sauber abgetrennten Hals ein güldenes Rosenkranz-Ketterl mit dem gestanzten Schriftzug: Mitzi und Fritzi. Spontanes Mitleid überkam die Zimmermann: »Die arme Frau Augustin.« Sie hatte sich in der Sekunde wieder im Griff. Ruckartig schnellte sie in die Höhe, streckte sich und eilte auf die Wartenden zu: »Der Heiland bleibt hier liegen, bis die Spurensicherung da ist!« Keiner hatte etwas dagegen. Sie schritt die Männer der Reihe nach ab: »Und nun zu Ihnen!« Mit keinem von ihnen hatte sie bei den bisherigen Ermittlungen zu tun gehabt. Sie baute sich wahllos vor einem von ihnen auf.

»Bittschön, ich hab nur an Rumpler g'spürt.«

»Ich auch.«

»Ich auch.«

»Ich auch.«

Die Zimmermann zückte ihr Tablet: »Getrübte Kollektivwahrnehmung.«

»Wir sind vom Hafen 'kommen. Vom Fischer-Silvester.«

Der letzte Berufsfischer vom See meldete sich zu Wort: »Roland Girtler. Ich bin der Veranstalter.«

»Gewesen, wenn Sie hier stockbetrunken durch die Gegend bretteln.«

Der Lebenskünstler hob zu einer Erklärung an: »Am letzten Tag vom Jahr, da wird man wohl noch … auftanken dürfen.«

»Den Tank: ja.«

Die Männer glotzten verständnislos: Keiner von ihnen verstand ihren Wortwitz.

»A so a Unglück.«

»Könnte auch Mord mit Vorsatz sein.«

215

»Mord?«, machte ein Lallen die Welle.

»Oder Totschlag.«

»Totschlag ... wir war'n ja b'soffen«, meldete sich der Präsident zu Wort.

»Sind«, korrigierte die Zimmermann: »Sie sind – betrunken.«

»A bissl ang'flaschelt halt«, versuchte der Ewiggestrige die Fahruntüchtigkeit zu relativieren. Er war Ehrenbürger von Purbach und konnte sich als solcher den Skandal eines Führerscheinentzuges nicht leisten.

Frau Inspektor Zimmermann nahm den Greis ins Visier. Sie konnte Landadelige nicht leiden. Ganz leise flüsterte sie ihm ins Ohr: »Seien Sie froh, dass es ist, wie es ist.« Der Ewiggestrige verstand nur Bahnhof.

Doch die Zimmermann hatte sich ihm bereits wieder ab- und der versammelten Mannschaft zugewandt: »Und zum Beweis Ihrer Unzurechnungsfähigkeit geht jetzt jeder von Ihnen einige Meter den Schienenstrang entlang.«

Sie war in ihrem Element: Männer, wehrlos ausgeliefert dem starken Geschlecht. Insgeheim wusste sie um ihre Niederlage. Es war offensichtlich: Die Mitglieder des Traktor-Vereins hatten einen Sterbenden oder bereits Verstorbenen auf den Bahngleisen überfahren, ohne es zur Kenntnis zu nehmen. Aufgrund der gemeinschaftlich verübten Tat, die unwissentlich, ohne Vorsatz und im Zustand völliger Trunkenheit begangen worden war, würde der Vorfall schlimmstenfalls mit gemeinschaftlichem Führerscheinentzug geahndet werden. Ein Fall für die Kollegen von der Verkehrsabteilung. Umso intensiver wollte sie davor ihren ganz persönlichen Sieg vom Felde tragen. Noch zehn Minuten bis zum Jahreswechsel. Zehn Minuten bis zum alljährlichen Feuerwerk. Zehn Minuten bis zu ihrem Rundruf beim Donauwalzer. Diese zehn Minuten gehörten ganz allein ihr. Sie würde sie auskosten bis zum bitteren Ende. Zittrig setzte der Erste seinen Fuß auf die Schiene. Und rutschte ab. Zwei Männer fingen ihn im Fallen. Die drei plumpsten auf den Rollschotter zwischen den Geleisen. Unruhe machte sich breit. Doch die Zimmermann ließ sich nicht beeindrucken: »Der Nächste bitte!« Einer nach dem anderen absolvierte den unfreiwilligen Alko-Test. Schließlich fasste Frau Inspektor Zimmermann mit Blick auf die Uhr nüchtern zusammen: »Seien Sie froh, dass heut Nacht kein Bahnverkehr mehr ist, sonst würden Sie schon so daliegen wie der Kollege, den Sie überrollt haben.« Abermals machte sich Unruhe breit, diesmal mit einem aggressiven Unterton. Die Zimmermann trat den Rückzug an, bevor die Stimmung kippte: »Das Blasen können wir uns ersparen.« Ein Kichern, das sich zum Lachkrampf steigerte: Wie auf Knopfdruck schien die Luft aus dem Kessel. Die Männer fielen sich in die Arme und heulten vor Lachen. Der b'soffene Lachkrampf ging über in ein unbeschreibliches Feuerwerk am Firmament: »Prosit und Promille!« Frau Inspektor Zimmermann zückte wie zum Schutz vor intimen Handgreiflichkeiten ihr Handy und wählte die Nummer ihres Vorgesetzten. Dieser lag seiner Frau in den Armen. Wange an Wange tanzten sie im Gleichschritt, als ihm das stets eingeschaltete Diensthandy den Boden unter dem Tanzbein wegzog: »Zimmermann: Prosit Neujahr! Ich hab den Heiland: tot.«

Die nächtliche Szene, die sich eine gute Stunde darauf am Bahnübergang ereignete, wirkte wie ein Abziehbild jener Zusammenkunft, die wenige Tage zuvor, in den

Morgenstunden des 25. Dezember, unterm Kirchturm von Purbach stattgefunden hatte. Zwei illuminierte Mediziner und eine taufrische Ermittlerin. Anstelle von Bruder Benedikt ergänzte der Vorgesetzte von Frau Inspektor Zimmermann das Bildnis mit Dame. Er hielt sich aufgrund eines unübersehbaren Damenspitzerls im Hintergrund. Anstatt einer schön anzusehenden sterblichen Hülle im Sonntagsanzug lag ein Häuflein Elend, ein Etwas aus Haut und Knochen, vor ihnen. Und auch der Ort der kriminalistischen Leichenschau war kein frommer. Sie standen zwischen zwei Gleisen, die ins Nirgendwo führten. Der Gerichts- und der Allgemeinmediziner arbeiteten Hand in Hand. Dr. Veltlin leuchtete mit einer Stablampe seinem Kollegen, der eine erste Bestandsaufnahme machte.

»Kopf und Rumpf getrennt. Totenflecken noch nicht voll ausgebildet.«

»Kirschrot«, ergänzte Dr. Veltlin fachkundig.

»Unterkühlung«, stellte der Gerichtsmediziner fest: »Beginnende Leichenstarre.«

In rascher Abfolge hakte er das Offensichtliche ab: Schädel gebrochen, Genick gebrochen, Nase gebrochen, Rippen gebrochen. Arme gebrochen. Hände gebrochen. Beine gebrochen. Füße gebrochen.

»Abrinnspuren von Speichel und Blut«, zeigte sich Dr. Veltlin abermals beschlagen in der Materie.

»Die Einblutungen sind lagegerecht. Geordnetes Gesamtbild am Auffindeort.«

Er zog sich den Latexhandschuh einzeln über jeden Finger: »Kollegin, der reinste Suizid.«

Frau Inspektor Zimmermann nickte nur. Sie hatte nichts anderes erwartet von diesem Feigling.

Dr. Veltlin fasste zusammen: »Jetzt haben S' zwaa Leichen, aber kan Mörder. A schöne Bescherung.«

»Was macht Sie so sicher in Ihrer Annahme?«, sagte die Zimmermann spitz.

»Den Passagier da können S' schlecht einvernehmen«, erwiderte Dr. Veltlin.

Der Rechtsmediziner gab ihm recht: »Der Zug ist abg'fahren.«

Die beiden bestätigten sich mit einem Augenzwinkern in ihrer Meinung. Da trat triumphierend der Vorgesetzte von Frau Inspektor Zimmermann aus dem Hintergrund in Erscheinung. Er hielt ein Metallgehäuse in die Höhe: »Mir scheint, unser Lebensmüder hat ein Lebenszeichen hinterlassen.«

Die Zimmermann griff hastig nach dem Ding: »Ist das sein eigenes Handy, bis jetzt haben wir ja vom Mörder nur ein ›Prepaid‹!?«

Ihr Vorgesetzter ignorierte die rhetorische Frage und stellte eine mobiltechnische Gegenfrage: »Textet man auf so was nicht heutzutage seine letzten Worte?«

Als Frau Inspektor Zimmermann in den frühen Morgenstunden des Neujahrstages an der Haustür der Kerzerl-Mitzi läutete, ließ diese sie gefasst herein: »Ich habe Sie bereits erwartet.«

Die Zimmermann wirkte überrumpelt: Wusste die alte Dame etwa bereits Bescheid?

Die Kerzerl-Mitzi holte ihr Handy aus der Handtasche: »Ich habe Nachricht erhalten von Friedrich.«

Sie setzte ihre Brille auf: »Sie müssen entschuldigen, die Nachricht ist in umgangssprachlichem Wienerisch geschrieben.« Sie las: »Der Wortlaut: ›Hab dem Jean den

Holzpyjama an'zogen. Lass mir dafür aber net den Frack anziehen. Drum schmeiß ich den Löffel weg. Mach's gut, Mitzi, und richt mir eine Schöne Leich aus: an Purbacher Bohnenstrudel. Dein Fritzl.«

»Diese SMS wurde heute Nacht auch auf seinem Handy gefunden. Sie ist das Einzige, was ihn überlebt hat.«

»Ich habe es gespürt. Wo ist es geschehen?«

»Beim Bahnübergang. Er hat sich auf die Schienen gelegt.«

»Die Schuld! Schuldbeladen, wie er war, hat er sich aus dem Leben gestohlen.«

»Mein Beileid.«

»Möchten Sie eine Tasse Tee?«

Die Zimmermann nickte verdattert. Die Kerzerl-Mitzi ließ sie eintreten und begleitete sie ins Wohnzimmer mit den Spitzendeckerln und dem Porzellan-Nippes. Der Zimmermann fiel angenehm ins Auge, dass das Wohnzimmer auf einmal bevölkert war von unzähligen Sammler-Puppen. Wie einst bei ihrer Großmutter. Bei alten Puppen kannte sie sich aus. Drei gedrechselte Holzfiguren mit beweglichen Armen, sogenannte Dockenmütter. Eine englische Holzpuppe mit pechschwarzen Glasaugen. Eine Steiff-Puppe. Eine Käthe-Kruse-Puppe. Eine Matrosenpuppe. Schneewittchen und die sieben Zwerge. In einem geblümten Kinderwagen lag eine Babypuppe. Die Kerzerl-Mitzi nahm sie aus dem Wagen und drückte einen unsichtbaren Knopf. Das Püppchen hatte einen offenen Mund mit zwei Milchzähnen. Wie auf Kommando kreischte es herzzerreißend. »Tss, tss, tss«, machte die Kerzerl-Mitzi und zog dabei eine Schnute. Sie streichelte ihr über das Echthaar-Köpfchen: »Tss, tss, tss, tun wir zahnen, tss, tss, tss.«

»Sie sammeln alte Puppen, Frau Augustin?«

»Ja, schon lange. Sie leisten mir Beistand in der Einsamkeit.«

Sie legte die Puppe zurück in den Wagen. Dann ging sie zum Fenster und zündete eine große Christrosen-Kerze an, die eine Banderole mit Spruchband zierte. Mit heiserer Stimme sang sie:

»Es ist ein Ros' entsprungen / aus einer Wurzel zart, / Wie uns die Alten sungen, / von Jesse kam die Art. / Das Röslein, das ich meine, / davon Jesaias sagt, / Hat uns gebracht alleine / Marie, die reine Magd.«

Für einen kurzen Moment des Innehaltens wurde sie ganz eins mit dem flackernden Kerzenlicht. Frau Inspektor Zimmermann hielt den Atem an, um die fromme Frau in ihrer Trauer nicht zu stören. Die Kerzerl-Mitzi hob sanft zu sprechen an.

»Zur Wintersonnenwende hat er mich mit dieser Kerze überrascht. Sie wissen ja, der Übergang vom Licht ins Dunkel. Der Eintritt in die stillste Zeit des Jahres. Den ganzen Tag über habe ich das Unterste zuoberst gekehrt, habe ausgiebig gelüftet.«

Sie lächelte sanft: »Glück hinein, Unglück hinaus. Wie es der Brauch verlangt. Dann habe ich den Teig für die Marillenknödel angerührt. Wir haben ein Orakel-Ritual, nach alter Überlieferung. In den Teig von Marillenknödeln backe ich die Lottozahlen ein, auf die wir dann das ganze Jahr über Woche für Woche tippen.«

»Das kenne ich von meiner Großmutter«, warf die Zimmermann beseelt ein.

Die Kerzerl-Mitzi kicherte: »Ja, ja, wir späten Mädchen und unser seltsamer Zeitvertreib …« Plötzlich brach es aus ihr heraus, und weinerlich setzte sie nach: »Hätte ich gewusst, dass das der süße Anfang vom bitteren Ende ist. Aber damals … noch vor wenigen Tagen!«

Frau Inspektor Zimmermann nahm die Hand ihrer Großmutter … die Hand der Kerzerl-Mitzi. Und hielt sie fest, ganz fest. Hand in Hand schilderte die alte Frau den süßen Anfang mit dem bitteren Ende. Sie seien abends am festlich gedeckten Tisch gesessen. Mit Damasttischtuch. Feinem Porzellan. Tafelsilber. Kandelaber mit Orakel-Kerzen. Er habe sich sehr um sie bemüht.

»›Is' heut wieder Knödeltag?‹, hat er gesagt. Und ich habe genickt. Dann hat er gesagt: ›Mitzi!‹«

Sie lächelte verdruckst: »Er hat mich immer ›Mitzi‹ genannt, das Kosewort für Rosemarie.«

»Mitzi«, hat er gesagt: »Das Glück is' a Vogerl!«

Dann habe er sein Glas gehoben. Sie habe das ihre gehoben. Die Gläser haben beim Anstoßen wie Kristalle geklirrt.

Wieder wurde sie eins mit den Rauchkringeln der Christrosen-Kerze. Doch sie rief sich sogleich wieder zur Disziplin, löste ihre Hand aus der Hand der Zimmermann, stand auf und ging zum Fenster. Mit dem Rücken zu ihrem Besuch, den Blick ins Freie, in die Ferne gerichtet, vergegenwärtigte sie sich die Erinnerung an das schicksalsträchtige Orakel-Essen. Ihre Stimme war auf einmal sicher und fest.

»Sie müssen wissen, Frau Inspektor Zimmermann, Zahlen sind Schall und Rauch. Sie haben etwas Spielerisches an sich. Und ein Spiel, das war für uns dieser alljährliche Brauch, nicht mehr als ein Spiel. Dass daraus bitterer Ernst wurde … wer hätte das nur ahnen können.« Sie mahnte sich zur Disziplin und rapportierte in der Gegenwartsform: »Er lädt sich sechs beliebige Marillenknödel auf den Teller. Teilt Knödel um Knödel. Legt die eingebackenen Zahlen-Zettel neben den Teller. Isst zuerst die Mehlspeise, ordnet anschließend die Zahlen. Der erste Zettel enthält die 2. Es folgt eine weitere 2. Und noch eine 2. Eine 1. Und zwei Mal steht die 4 auf dem Zettel. Er legt die Zahlen in eine Reihe: 24 - 12 - 24.«

»Der vierundzwanzigste Dezember um vierundzwanzig Uhr«, fasste die Zimmermann die Fakten zusammen.

»Aber wir hatten doch noch nie Glück im Lotto …« Die Kerzerl-Mitzi wandte sich hilflos der Ermittlerin zu.

»Zahlen lügen nicht.«

»In diesem Fall … Aber Sie müssen mir glauben, nie im Leben habe ich bei dieser Zahlenkombination an die Mitternachtsmette, an seinen todbringenden Plan gedacht.«

»Wie auch!«

»Wir haben die Zahlen in den Lottoschein eingetragen. Und ich habe den Schein am nächsten Tag in der Trafik aufgegeben.«

»Ohne Erfolg.«

»Bei der ersten Ziehung: ja.«

»Sie werden die Kombination doch nicht weiterspielen?«

»Natürlich nicht.«

»Man soll das Glück nicht herausfordern.«

»Wie recht Sie haben.«

Frau Inspektor Zimmermann fasste zusammen: »Das angebliche Christbaum-Chaos, der angebliche Vollrausch – alles nur gespielt, um von ihm als Täter abzulenken.«

»Er hat mich belogen und betrogen.«

»Vielleicht hilft Ihnen diese Erkenntnis, ihn zu vergessen.«

»Vergessen … ja. Aber vergeben, vergeben kann ich ihm nicht!«

»Verständlich.«

»Wenn Sie mich nun bitte entschuldigen. Ich muss meine Person richten. Die Neujahrsmesse.«

Bruder Benedikt hielt, schockiert von den unmittelbaren, nur wenige Stunden alten Ereignissen, in der Neujahrsmesse eine Predigt, die keiner der Kirchgänger verstand. Scheinbar verwirrt oder aber noch nicht ausgenüchtert schleuderte er mit Gedankenfetzen nur so um sich. Er predigte von der Kränkung als Urmotiv des Urverbrechens, vom Tod als letzter, als ultimativer Kränkung, von der Gegenbewegung zum Erbarmen: der Herzensverhärtung. In der hintersten Betbank, unterhalb der zum Glockenturm führenden Orgelempore, saß die Kerzerl-Mitzi in schwarzer Trauerkleidung. Bruder Benedikt schloss seine trunkene Predigt mit einem ins Kirchenschiff gedonnerten: »Hoffart kommt vor den Fall!« Am Ende der Messe zündete die Kerzerl-Mitzi eine Trauerkerze für ihren Strizzi-Fritzl an und bestellte in der Pfarrkanzlei eine Gedenkmesse für den so tragisch aus dem Leben Geschiedenen.

Die Auswertung der SPUSI brachte endgültige Gewissheit. Vom Senden-Button des Friedrich Heiland konnte dessen kriminaltechnisch erfasster Fingerabdruck gesichert, die Nachricht an Rosemarie Augustin daher eindeutig dem tödlich Verunglückten zugeordnet werden. Der Fall wurde zu den Akten gelegt. Der mutmaßliche Mörder des Johann Janitschek hatte Suizid begehen wollen, war jedoch in einer Verkettung unglücklicher

Umstände durch Fahrunfall zu Tode gekommen, noch bevor es zum von ihm vorsätzlich geplanten Akt der Selbsttötung kommen hatte können. Gezeichnet war der Bericht von Inspektor Brunhilde Zimmermann.

Am ersten Wochentag des neuen Jahres bestellte die Kerzerl-Mitzi in der »Buschenschank zum Innenhof« den vom Strizzi-Fritzl als letzten Wunsch georderten Purbacher Bohnenstrudel. Sie hatte das der Wirtin wohlbekannte Rezept in ihrer altmodischen runden Handschrift auf Büttenpapier gemalt. Das gemalte Rezept, versehen mit dem frommen Spruch: »Möge der Herr der Seele von Friedrich Heiland gnädig sein«, hatte sie gerahmt. Sie bat die Wirtin, es beim Totenmahl in der Gaststube aufzuhängen, im Gedenken an den Dahingeschiedenen. Dann entnahm sie ihrer Handtasche die Geldbörse, zählte das Entgelt für die »Schöne Leich« auf den Tisch und verließ den Buschenschank mit den Worten: »Zur Goutichkeit, meine Pflicht hab ich getan.«

Rezept »Purbacher Bohnenstrudel«

Zutaten
Gezogener Strudelteig
Fein gehackte Zwiebeln
Semmeln (altbacken und gewürfelt)
Salz
Pfeffer
Majoran
Weiße Bohnen (gekocht)
Öl zum Herausbacken

Zubereitung
1. Strudelteig auflegen.
2. In einer Pfanne Zwiebeln in etwas Öl anrösten. Semmelwürfel zugeben und kurz mitrösten. Kräftig mit Salz, Pfeffer und Majoran würzen.
3. Vom Herd nehmen und mit den gekochten Bohnen vermischen.
4. Die Masse auf dem Strudelteig verteilen und diesen einrollen. In acht Zentimeter lange Stücke teilen und die Ränder fest andrücken.
5. In einer Pfanne reichlich Öl erhitzen und die kleinen Bohnenstrudel darin goldgelb herausbacken.

ZU GUTER LETZT: DANKE

Dieser Krimi verdankt sich einem Schlamassel. Ich bin meinem ehemaligen Vermieter, einem ungarischem *Stryc,* zu großem Dank verpflichtet. Hätte ich nicht wegen Eigenbedarf meine Wohnung wechseln müssen, ich hätte niemals Quartier im Windschatten der Pfarrkirche Purbach bezogen. Nie im Leben wäre mir der Gedanke gekommen, jemals selbst einen Krimi zu verfassen ... doch dann. Das mächtige Bauwerk tagtäglich vor Augen, den hoch in den Himmel ragenden Kirchturm in direktem Blickfeld, das Glockengeläut als Morgenritual in den Ohren. Was für eine Inspiration – für einen Krimi mit Schauplatz Kirche.

Mein erster Weg führte mich zu Sabine Schwarz, der Tourismusverantwortlichen der Stadtgemeinde Purbach. Gemeinsam mit ihr besprach ich die ersten, noch wirren Ideen und erweiterte den Schauplatz auf das gesamte Gemeindegebiet. Der nächste, übernächste und die folgenden Schritte führten mich zum Geistlichen Rat, Pfarrer Roman Schwarz, der mich in die Geheimnisse gelebten Christentums einführte. Zu Dank verpflichtet bin ich auch meinem Freund Franz Steindl, dem ehemaligen Landesvater, der mir das Wesen des Burgenländers nahegebracht hat. Mein Freund Reinhold »Reini« Leidl, ein *Kieberer* vom alten Schlag, brachte mir die wichtigste Tugend eines Kriminalisten nahe: die Menschlichkeit. Mit seiner Kollegin Manuela Mauler, im Rotlichtmilieu ermittelnd, besprach ich die Feinheiten der Kripo-Arbeit. Und dann waren da noch die Strizzis, die wienerische Ausgabe des altösterreichischen *stryc*. Diese, ins Hochdeutsche übersetzt, Onkeln haben einst die Kaffeehäuser des Zweiten Wiener Bezirks bevölkert. Sie gelten bis heute als liebenswerte Unterweltgattung: in weißer Wolle gewirkte schwarze Schafe. Die Strizzis haben mich nach Wien zurückgeführt, obwohl oder gerade weil der eine oder andere von ihnen seinen Ruhestand in Purbach verbringt. Diesen netten Onkeln mit dem sanften Lächeln auf den Lippen habe ich einen Großteil meiner Inspiration zu verdanken: Möge ihnen einst in einem anderen Leben eine »Schöne Leich« beschieden sein.

Kein Krimi ohne Team. In der Realität wie in der Fiktion steht ein ganzes Ermittler-Team hinter jedem aufgeklärten Fall. Beim Märchen, als das ich *Bruder Benedikt und die Schöne Leich* betrachte, ist es ein, auf gut Wienerisch, *Dreimäderlhaus*. Ein weibliches Verlags-Trio. Ich möchte mich daher in der Reihenfolge ihres Eintritts ins Projekt bei den Damen Anna Friedl, Julia Krug-Zickgraf und Rita Krajicek bedanken. Anna und Julia haben mich als Lektorinnen bei meinem Debüt in der Unterwelt aufmunternd betreut. Rita, fachkundig im österreichischen Dialekt, hat dem notwendigen wienerisch-burgenländischen Umgangston den sprachlichen Feinschliff gegeben.

Last but not least: Danke an Stefan Mayr, Christoph Loidl und Günther Wildner. Die beiden Ersteren begleiten mich als Programmleiter, Letzterer hält mir als Agent den Rücken frei.

Und wirklich zu guter Letzt: Danke an Sie, liebe Leserin, lieber Leser. Danke für Ihr Gottvertrauen in meine Fähigkeiten als Genreunterhalter!

GLOSSAR DER
BURGENLÄNDISCHEN UND
WIENER MUNDART

Begriffe

ang'flaschelt:	angetrunken
anlassig:	sexuell bedrängend
Bahö:	einen Wirbel machen
Banerner:	der Tod; aber auch: Jesus Christus
bearad:	attraktiv
Bissgurn:	eine grantige Person weiblichen Geschlechts
blattlwaach:	betrunken
Bodhur:	eine den Freuden des Lebens gegenüber empfängliche Dame
Bordsteinschwalbe:	Prostituierte am Straßenstrich
Branntweiner:	Likörstube, in der nur Kaffee und hochgeistige Getränke ausgeschenkt werden
Bugl:	Leibwächter eines Bordellbesitzers
Bujaza:	Lebemann
Damenspitz(erl):	Vorstufe zum Rausch
deppat:	dumm, dämlich
dischgarieren:	über eine Angelegenheit diskutieren
Dodel:	Mann mit eingeschränktem Denkvermögen
feiner Pinkl:	nobler Herr

Fetten:	schwer alkoholisierter Zustand, Rausch
Flankerl:	leichtes, winziges Stück
Foaferl:	einfältige junge Dame
Frankisten:	Unbescholtene
Frischg'fangte:	Berufsanfängerin
Funsn:	verächtliches Frauenzimmer
G'scherte:	Bezeichnung für die Stadtbevölkerung
G'schmierte:	Polizisten
g'schnäuzter Kampl:	Mann mit Föhnfrisur und guten Manieren
G'spasslaberln:	weibliche Brust
Giwiz:	Kiebitz
Goutichkeit, zur:	in Gottes Namen
Grätzel:	Bezirk
Grind:	Dreck
Haarmäschen:	Haarsträhnchen
Hack'nbraut:	Prostituierte
Haderlump:	liederlicher Mensch
Häfen:	Gefängnis
Häferl:	aufbrausender Mensch, auch: Tasse
Hapfn:	Bett
havariert:	kaputt
Hawara:	Freund, Kumpane
Hetz:	Spaß
hocknstaad:	arbeitslos
Holzpyjama:	Sarg
Jagatee:	Tee mit Rum
Johannestriebler:	stark testosterongesteuerter Mann
Jueregett:	(aus dem Ungarischen) Guten Morgen nach durchzechter Nacht

Karnalli:	ausgekochte Person, Schurke
Keuschen:	Tiny House
Kieberer:	Polizist in Zivil
Kuttinger:	Gefängnis-Seelsorger
Lamperl:	Lämmchen
luckerter Heller:	Bezeichnung für Zustand eines Finanzdesasters
Luftbussis:	gehauchte, angedeutete Küsse
Marie:	Geld
Mistkübel:	Mülleimer
net:	nicht
Odrahter:	gerissener Mensch
Pallawatsch:	Wirrwarr, Durcheinander
Pantscherl:	geheime Liebesbeziehung, Affäre
Peitscherlbua:	kleiner Zuhälter
Pepi:	Perücke
Pülcher:	Pilger wie auch Kleinkrimineller
Pülcherpartie:	Gruppe von Kleinkriminellen
Räucherkuchl:	Küchenmodell der Vergangenheit
rean:	weinen
Schani:	Kellner
Scheit:	längliches Holzstück
Schmäh, ohne:	wienerisch für: ohne Spaß
Schmalz:	Gefängnisstrafe
schöne Leich, gerichtsmedizinisch:	die sterbliche Hülle eines zu Lebzeiten schönen Menschen
Schöne Leich, gesellschaftlich:	Wiener Bezeichnung für den Leichenschmaus
Schwoazze Luft:	Unterweltbezeichnung für die Nacht

Speckjause:	deftige Jause
Speis:	Speisekammer
Strizzi:	Zuhälter; Ableitung aus dem tschechischen *stryc* für Onkel
überwutzelt:	nicht dem BMI entsprechend; fettleibig
Weana:	Wiener
weiße Leber:	weibliche Person mit ausgeprägter Libido
zerkugeln:	heftig lachen, sich über etwas amüsieren

Redewendungen

a Paarl wie Hund und Farl:
    ein Paar wie Hund und Ferkel

auf Joah und Tog: schon immer

den Scherm aufhaben: ein Problem haben

jemandem den Holzpyjama anziagn:
    jemanden umbringen

jemandem den Weisel geben:
    jemanden kündigen; ihn oder sie verlassen

jemandem geht der Schiach an:
    jemandem geht die Galle über

Schau schee: Pass auf!

Danke, dass du dich für dieses Buch entschieden hast!

Mehr Bücher findest du auf unserer Homepage:

Instagram / Facebook
@beneventopublishing

Sechs einzigartige
Verlage unter einem Dach.